The New Sonia Wayward

Michael Innes

論創海外ミステリ

Ronso Kaigai MYSTERY

189

ソニア・ウェイワードの帰還

マイケル・イネス

福森典子 訳

論創社

The New Sonia Wayward
1960
by Michael Innes

目次

主要登場人物

フォリオット・ペティケート……………退役陸軍軍医
ソニア・ペティケート…………………フォリオットの妻。女流作家
（ペンネームはソニア・ウェイワード）
アンブローズ・ウェッジ………………出版者
オーガスタ・ゴトロップ………………ペティケート夫妻の隣人。女流作家
ドクター・グレゴリー…………………ペティケート夫妻の隣人。かかりつけ医
レディー・エドワード・リフトン……ミセス・ゴトロップの友人
ジャレッティ……………………………彫刻家
ティモシー（ティム）・ジャレッティ……ジャレッティの息子
ヘンワイフ夫妻…………………………ペティケート邸の執事。使用人
ブラドナック……………………………スニッグズ・グリーン警察署の巡査部長
スージー・スミス………………………オックスフォード在住の謎の女性

ソニア・ウェイワードの帰還

第一部　海の上のペティケート大佐

第一章

ペティケート大佐は、ただ茫然と妻を見下ろしていた。自分の目に映る事実――加えて、彼女の脈を確認した自分の指の感触――は、とても信じがたいものだった。だが、まちがいない。哀れな妻は、死んでいる。

ペティケート大佐の唇から長い口笛が漏れた。それは吹いた本人が、目の前で災難か異常事態が発生したと認識しているしるしだ。彼が発見した光景を考えれば、お行儀のよい――少なくとも適切な――反応とは言いがたいだろう。だが、ペティケート大佐はその瞬間、完全にひとりきりだった。

ほんの五分前まではちがっていた。そのときには、まだソニアがいた。この旅行中、日常的で些細な夫婦の苛立ちを増幅させてきた狭苦しい空間の中でも、彼女はエネルギーを漲らせながらせわしなく動き回っていた。だが、そのソニアはもういない。ここにあるのは、ぐったりと動かない物体だけだ……ペティケート大佐は再度死体に目をやった。見ているうちに、自分の吐き気に気づく。その吐き気も口笛と同様に、突然の出来事に対する反応としては奇妙にちがいなかった。単なる船酔いだろうか？　錨を下ろした夫婦の小さなヨットは――今は彼ひとりの小さなヨットになったわけだが――確かに多少は上下に揺れていた。だが長年船に乗り慣れてきたペティケートに限って、それは考えられなかった。そうではない――吐き気の原因は、彼が恐れおののいているからだ。ソニアにはすっかり裏切られた。彼女が今どんな世界にいるにしても——ペティケート大佐はそんなものをまったく信じていなかったが——すべては俗世のわずらわしさからひとりだけ解放されようとして、ソニアが仕組んだことなのだ。では、残された自分はいったい、これからどうすればいい？

　ペティケートは懸命に気持ちを落ち着けて、妻が本当に死んでいるのかを再確認した。退役陸軍軍医である彼の目に、それは疑いようがなかった。彼は舵柄《かじづか》のそばに腰を下ろし、夕明かりを受けて銀色に輝くイギリス海峡の水面を眺めた。だが、海は何も語りかけてはくれない。そこには絶対的な中立と無関心があるのみだ。ミセス・フォリオット・ペティケート（哀れなソニアは、プライベートではしばしばそう呼ばれることに甘んじていた）の死など、海には無関係だ。彼が妻の首を絞めたとしても、鈎竿で頭を殴りつけたとしても、その無関心はまったく変わらなかっただろう。だがソニアの死は、完全に自然なものだった。もしもその死が恐ろしく不自然に見えたとすれば、あまりに自然なためにかえってそう感じるだけのことだ。殺人とは、ごく自然なものだ。ジャングルの中はまさに自然なわけだが、そこでは殺人が繰り返されている。自殺も自然なものだ——少なくとも、この絶望的な世界においてそれ以上に分別のある行為はないという意味で。だが、頑なに理性的な人間にとって、無礼なまでに説明不足だと感じることがあるとすれば、彼女の死こそその最たるものだろう。

　ペティケート自身は極めて合理的な人間だ。今回の件で恐ろしいほどのショックを受けはしたものの、ソニアの死を悼む気持ちはつゆほども湧いてこないことに気づいた。一瞬、自分が冷酷なのかと思った。だがすぐに、誰かの死を悼む気持ちというのはやりようのない怒りを抑え込み、自分も死んでしまいたいという願いから発生するのだと、以前どこかで読んだことを思い出した。それなら今悲しみが湧いてこないのは、長年妻に対して黙って忍耐を続けてきた証拠なのかもしれない。

そう考えれば、落ち着けそうなものだ。だが奇妙なことに、ペティケートはより一層不安に駆られていた。立ち上がり、よろよろとキャビンに向かう。巧妙にしつらえた小さなコンロの上には、ソニアお手製のジャガイモのソテーが出来ており、その脇には骨付き肉が四切れ、下ごしらえを済ませて焼くだけの状態で置いてあった。ひとりで四切れとも食べられそうだな、この胃のむかつきさえ収まれば。いや、二切れは明日にとっておいたほうがいいかもしれない。明日はどうなるかわからないのだから。明日だけじゃない、その次の日も――この先ずっと。何せソニアとは、三カ月ごとに入ってきた金を全部使うような生活を繰り返してきたのだ。ソニアは後先も考えず、芸術家らしい見事な使いっぷりを発揮してきた。ペティケートはそれを気に留めたことがなかった。まさか自分がひとりで残されるとは思いもしなかったからだ。

彼女の命を奪ったのは、どうやら不運な循環器系の障害のようだ。おそらくは塞栓《そくせん》だろう。それ以外に説明がつかない。自力で錨を引き上げられるほど、極めて元気な女だった。だが彼女は、まさに錨を引き上げている最中に倒れたのだ。そう、きっと検死解剖でも死因は塞栓だったと言われるだろう。いや、動脈瘤のほうが正しいだろうか？　結婚とともに早期退役したため、こういうことにはすっかり疎くなってしまった。

ヨットが縦揺れすると、滑稽なほどふわふわとしたポンポン飾り付きのスリッパが片方、ドアの前を滑っていった。日ごろから船内の整理整頓について繰り返していた軽口を、うっかりソニアに向かって叫びそうになった。ソニアは片づけのできない女だった。正面の小さなテーブルにはタイプ打ちされた紙が散乱し、床の上も同じような紙で足の踏み場もない。ポータブル式のタイプライターには、最後の一枚が刺さったままだ。彼はタイプライターに近づき、残された最後の単語に目をやった。

"inchoate"《インコエイト》という一語だ――ということは、それに続くはずの、彼女が永遠に打つことのない単語は"eyes"《アイズ》に決まっている。〈彼は底なしの得体の知れない目つき《インコエイト・アイズ》で彼女を見つめた〉そんな一文だったにちがいない。ソニアは若いころ、D・H・ローレンス（一八八五～一九三〇。イギリスの作家・詩人）の作品でその言い回しを覚え、それ以来いくぶん趣きの異なる自分の作品の中で使い続けてきたのだ。ペティケート大佐は軽蔑するように床に散乱した紙を爪先でかき混ぜた。「中断された作品《オペラ・インテルプタ》か」彼にとっては、より尊敬できる作家を引用してつぶやいた。（古代ローマの詩人ウェルギリウスによる叙事詩『アエネーイス』より）

フォリオット・ペティケートは極めて合理的な男ではあったが、妻に向ける平然とした態度は、とある激情に駆られた出来事に端を発していた。結婚当初の彼女には、大満足だった。有名人の夫でいるのは楽しかった。そして彼女はまちがいなく、ある種の有名人だった。ソニア・ウェイワードという名はよく知れ渡っていた。たとえ知的才能や高度な文学的教養を備えた人々の間ではほとんど知られていなかったとしても、少なくともソニアのロマンス小説はイギリスとアメリカ両国の大衆に広く人気を博していた。それは取りも直さず、彼女には大変な収入があったということだ。そしてそれは、ペティケートにとって満足できることだった。ソニアの人気は、聡明で洗練された夫を陰に押しやる類のものではなかった。彼がその役回りに飽きてきたころには、一緒に自分の立場を品のいい皮肉にできる少数の仲間が集まっていた。何よりも、ソニアは極めて面白い女だった。ひどく起伏の激しい性分で――たまに上機嫌のときにぶつけてくる感情は、不思議なほど相手を魅了することがあった。ペティケート本人は魅了されることがなくなっていたとは言え、そうした感情が長時間――驚くほど長く――耳のそばを勝手に飛び交う分にはまったく気にならなかった。夫婦関係におけるおのれの立ち位置については、すでに自分なりの図式を描いていた。つまり、知的才能に長けているために常に一歩引くようにしてはいるが、物静かな育ちの良さから来る礼儀正しさや丁寧さを欠くことのない夫だ。ソニアが自作の登場人物として、痩せた上品な男性のひとりを目立たないながらも印象的な上流階級の一員に仕立てるたびに、ペティケート大佐は彼女が妻としての立場を利用して彼の〝コピー〟を作っているのだと思っていた。だからこそ、彼女に幻滅させられたあの出来事に対して、ひどく戸惑ったのだ。

それは、彼女の電話の声を立ち聞きしてしまったときのことだ。わざと盗み聞きしたわけではない。ソニアは電話であろうとなかろうと、常に大声で話したので、自分に向けられていない話でもかなり耳に入ってしまうのは避けられなかった。あまりにも日常的すぎて、彼女の話し声など気にしなくなったほどだ。ただ、ふと何かの言葉が気にかかると、そのまましばらく意識的に聞き耳を立てていることはあった。その決定的な出来事のときもそうだった。

「あら、ダーリン、是非うちの主人に会ってやってちょうだい！」

どうやら彼女は、二十年ほど会っていない誰かと話しているようだった――そのせいで、いつにも増して息を荒げ、勢い込んで話していた。ペティケートは面白がって、楽しみながら耳を傾けた。

「いえ、是非、是非によ。昼食か、夕食にうちへいらっしゃいな。フォリオットなら絶対にいるから。食事どきには欠かさず、絶対うちにいるに決まってるわ。それはもう世界一堅物でかわいい男なのよ！」

後になって考えてみると、ペティケート大佐にとって彼女の言葉で一番ショックだったのは、その甚だしい無礼さだった。そのことについては、どうしても許せなかった。小さなキャビン内に腰を下ろした背後で、外の船尾にソニアの死体が転がったままの今も、その点がまだ許せずにいた。

それにもかかわらず、一切れめの肉を半分食べかけたところで、自分が涙を流していることに気づいた。妻も悪い人間ではなかったのだと、本心ではそう考えている些細な証拠だ。だが同時に、彼女が死んだ直後ほど恐怖心を強く感じなくなっているということでもあった。そして本能的に感じていた恐怖に、別の危険を知らせる理性の注意信号が灯った。自分がどれほどソニアに依存していたのか――彼女に生活の糧であるパンとバターは言うに及ばず、キャビアやシャンパンまで賄ってもらうのを頼りきっていたことに――はっきり気づいたのだ。こんな依存心は捨ててしまわなければ。それよりも、彼女を頭から消してしまわなければ。

だが実際には――その後一時間以内に――彼が消すのに成功したのは、ウィスキー・ボトルの中身のほとんどだけだった。彼にとってそのぐらいの酒は大したことではない。自分の立ち位置――あるいは、誰かに立たされた位置というべきか――について、いつもアルコールが入ったほうがはっきりする。これまで酒のために紳士らしさを見失うことはなかったのだが、今はそれも失くしていた。こんなときに限ってウィスキーに裏切られようとは。考えなくてはならないことがいくつもあるというのに、頭の中を巡っているものは到底思考と呼べそうにないものばかりだという、そんな考えさえぼんやりしてきた。恐ろしいことに、理性的に問題を考える中枢部分が、何やら混沌としたものの底へとどんどん沈んでいく。今はただ、大変な厄介事、実に耐えがたい面倒なことに直面しているのだと自分に繰り返すばかりだ。死体を乗せたままヨットが港に着いたらどうなる? 見当もつかない――ただし、その手続きは極めて煩わしいものになるはずだと確信していた。あれでソニアとはすっかり縁が切れたかと思ったのに! 一瞬正気を取り戻し、ウィスキーのボトルを押しのける。たった今、素晴らしい考えがひらめいたのだ。ソニアを船から捨てればいいじゃないか？

　再び船尾へ向かい、死体の傍らに立った。夕暮れどきで、そろそろ停泊灯をつけねばならない。だが、ほかにヨットはまったく見当たらなかった。今なら何をしようと、それを知る者は誰ひとりいない。彼は死体の上に屈み込んだ。まだかなり柔らかい。こういうもの――死体――がどれほど重いのか、すっかり忘れていた。それとも、手を焼いているのはウィスキーのせいだろうか？　もがいているうちに、何かが手の中で裂けた。ソニアがニットの下に着ていたリネンシャツが破れただけだ。だが、それで新しいアイディアを思いついた。というよりも、どこか頭の中に、まだ引き上げる途中で全貌の見えないアイディアが隠れているような気分になった。そうだ、きっとそうしたほうがいい……

　彼は小さなヨットの中をうろうろと歩き回り、そうしたほうがいいと思ったアイディアが何だったのか――ソニアをあのまま船から投げ捨てるよりもいい方法なのか――考えてみた。すっかり足元がおぼつかず、船首へ向かう途中でつまずいたときに、何かが頭の上でひらひらしているのに気づいた。薄暗がりの中へ手を伸ばして摑んでみると、ソニアが脱いだ水着を干してあったのだとわかった。これだ――もし自分にそんなことがうまくできるのなら。彼女が着ている服を全部脱がせ、どうにかこの水着の中に死体を押し込むことができるのなら。干してあった水着を外したものの、ためらった。物理的に難しいという以外にも障害があることに気づいたからだ。一瞬頭の中にとてつもない恐怖が広がった――と思うと、冷たい夜風に吹き飛ばされるかのように、どこかへ消え去った。彼は船尾へ行き、死体の脇に跪いた。服を脱がせるのはわけなかった。ジッパーやホックがどこにあるかはよく知っていたからだ。だが、次の段階では骨が折れた。水着はまだ濡れている。それが妨げとなった。

作業の半ばで手を止め、彼女の目を閉じさせようとした。職業病だろうか。それとも、ただこの目が気に障るのか。ひょっとすると彼女の目は今も、世界一堅物でかわいい男を見つめているのかもしれない。

それでもソニアは、さざ波ひとつ立てることなく静かに水中へ消えた。ひとたび彼女を船のへりから落とすと――そこまでがひと苦労だったが――死体はただ沈み、輪郭がぼやけ、完全に見えなくなった。まわりに誰もいないことに安心して作業に没頭した。安心するあまり、いつの間にかひとりきりでなくなっていたことに気づかなかった。ソニアは左舷側の船端《ふなばた》から落とした。が、背を向けて右舷側を向いたときのこと――小さなヨットが一艘、すぐ近くにいたのだ。彼は凍りつくほどの恐怖に胸が潰れる思いがした――突然の恐怖に力を奪われ、どうにかキャビンにたどり着くと、膝から力が抜けて床に倒れ込んだ。しばらく震えながら伏せたまま、誰かが呼びかける声か、もしかするともう一艘のヨットが接近する音が聞こえるんじゃないかと耳を澄ませた。だが聞こえてくるのは、自分のヨットの船体に打ち寄せる静かな波音だけだった。その音すら彼を震え上がらせた。誰かが叩いているような音じゃないか。まるで彼女が叩いているような……

何も起きなかった。彼は立ち上がり、外を覗いてみた――初めはこわごわと小さな舷窓から、次にキャビンから出て。もう一艘のヨットは遠ざかって小さくなっていた。そうだ、気づかれるはずがない。だが、危なかった。左舷側から落とすことにしてよかった。とは言え、自分の不注意だった――周りをよく見ていなかった。そんな不注意は今後、命取りになるぞ。

ペティケートはそこで顔をしかめた。どうしてそんなことを思ったのだろう？　悪事を行う者、た理由が、犯罪者が言いそうな言葉じゃないか。自分はそんなものとは関係ない。ただ死体を処分する理にかなった方法について現代的かつ極めて合理的な意見を採用しただけだ。古臭い感覚を持つ者なら気分を害するかもしれない。喪服を着ないだけでショックを受ける人間はいまだにいるものだ。それにこのことを葬儀屋が知れば、仕事を奪われたと思うだろう。だが自分は自分にできる当然の行動をとったに過ぎない。今は陸から三マイル以上離れ——明らかに公海上にいる。そして、船長だか艦長だか、あるいはこんな船だと何と呼ぶのか知らないが、責任者は自分だ。水葬を行うかどうかの判断は自分に委ねられている。きっとしかるべき聖書の言葉を読み上げたほうが、少しは慣例に近かったのだろう。だが、この船に持ち込んだ本の中に聖書は含まれていないのだ。

辺りはほとんど闇に包まれかけており、彼は灯りをつける作業に取りかかった。定期船に衝突されるのはごめんだ。もしも溺死するのなら、どうにかして、別の海で死にたいものだと思った。何かが頭の隅で引っかかっている。何だったかを懸命に思い出そうとした。ああ——そうか。ソニアに水着を着せた理由だ。水葬とは結びつかない気がした。何か別のことを考えていたはずだ。それが何だったかさえ思い出せれば、もっとすっきりするはずだが。

頭を抱えたままペティケートはふらふらとキャビンへ戻って来た。たしか、どこかにウィスキーがあったような気がする。ひと口飲めば頭が冴えるかもしれない。だが、今度はウィスキーが見つからない。彼の細く、比較的形の良い鼻のすぐ先にあるはずだが、どういうわけかそのボトルはわざと彼を避けているようだ。疲れたように座り込むと、再び打ちつける波の音に耳を澄ませた。今度はその音に何かを連想させられることはなかった——毎晩眠りにつくときに聞こえていたものだという以外には。そう、実に眠気を誘う音だ。

目が覚めると暗闇の中におり、寒さに体がこわばっていた。何かが脇腹に食い込んでいる。だがすぐにはそれが何なのか確認しなかった。彼の頭は不可解な恐怖に完全に支配されていたからだ。支離滅裂な言葉で妻に呼びかけたが、彼女の返事はなかった。そのとき、取り返しのつかないことが起きたのだと悟った。簡易ベッドに横たわらずに、折り畳みテーブルの天板を脇腹に食い込ませたままここで座っているのはそのためだ。自分は理由もなく気まぐれに、何ら合理性のない行為を起こしたのだ。首をしゃんと起こすと、急にすべてが把握できた。彼の行為は単に理不尽というだけではない。背筋が寒くなるほど危険な行動だ。これという利点もないというのに、とてつもない嘘をつかなくてはならなくなったのだから――ソニアはヨットのそばで泳いでいるうちにいなくなったのだと誓うはめに。もちろん、海の中であの致命的な発作に襲われる可能性はあった。それなら死体が発見されても――きっと発見されるだろうが――彼の身は安泰だ。ただし、あのもう一艘のヨットに乗っていた連中が、妙なものを見たと思い出したりしなければだ。

ペティケートは立ち上がり、ランプをつけようとして、圧力を調節するために何度も不器用にポンプを押した。それから何かを見つけなくてはならない気がして、戸惑ったようにキャビンの中を歩き回った。だが、本当に見つけなければならないものは彼自身の頭の中にあった――彼の心の大きな重荷、大変な恥辱を取り除いてくれる何かだ。紙切れを踏んで足が滑り、視線を落とすと床に散乱したタイプ打ちの紙の山を見つけた。次にタイプライターをじっと見た――まるで今にも勝手にキーが動き始めるんじゃないかと訝しむように横目で見つめる。彼はいつだってそのタイプライターから打ち出される内容が気に入らなかった。だが、そのおかげでこの四年間食べてこられたのだ。タイプを打つ音は、そのまま彼のポケットの中に落ちる硬貨の音となった。カーボン用紙と四つ折り紙が擦れ合う音は、彼の財布で紙幣がこすれる音だった。

すると――突然――ペティケートは目もくらむような光の中に立っている感覚にとらわれた。キャビンの中はすでにまぶしい明かりが灯っていたので、それはあくまでも心理的なものだった。彼は胸を張った。顔を上げる。硬直していた口の周りの筋肉から力が抜ける。もしもこの瞬間に、人間の善悪の行いをすべて記録している天使に試されているのだとすれば、こう宣言してやろう。医学士《MB》、英国陸軍医療部《RAMS》（退役）のフォリオット・ペティケートは、やはり善人であると。なぜなら、結局のところ、これまで守ってきた信条の高潔なる合理性を裏切るようなことは、何ひとつしていないからだ。

彼はタイプライターの前に腰を下ろした。単語をひとつ打ち込んだ。それから完成した一文を読み返した。彼の推測は、やはりそうまちがってはいなかったらしい。こんな文ができた。

謎めいていると同時に得体の知れない《インコエイト》ものが、目《アイズ》にあった。

そのひとつ前の文を読んで流れを理解した。彼は再びタイプし始め、シフトキーを探して手を止めたのを除いて、一気に次の文を打った。

謎めいていると同時に得体の知れない《インコエイト》ものが、彼の目《ヒズ・アイズ》にあった。

何の意味もなかった。だが、これでいいのだ。作業《オペラ》の中断《インテルプタ》など糞くらえ。これからのモットーは〈通常営業中〉だ。それはソニアの願いでもあるはずだと、彼は確信していた。

第二章

「初めの三万語はわたしも読ませてもらったんだ」ペティケートが言った。「なかなかいいよ。ソニアは絶好調のようだ。それが何を意味するかは、あんたも——あんたもわたしも——よくよくわかっているはずだがね」

彼はソニアの出版者であるアンブローズ・ウェッジのオフィスに座っていた。ひどくみすぼらしいオフィスだった。アンブローズ・ウェッジの父親がそこにオフィスを構えたとき——衰退して忘れ去られたヴィクトリア朝後期の弁護士事務所を、その舞台装置《ミザンセーヌ》目的にそっくりそのまま買い受けたとき——から、そのみすぼらしさは何ひとつ変わっていない。そこを買っただけで、アンブローズ・ウェッジの父親は、まるでウェッジ一族がイギリスにおける出版史の黎明期からすでに活躍していたかのような印象を作り上げた——ひょっとするとミルトン（一六〇八～一六七四。ジョン・ミルトン。イギリスの詩人）を見出し、彼の『失楽園』に十ポンド出資するという賭けに出たり、生まれは良いが困窮していたフィールディング（一七〇七～一七五四。ヘンリー・フィールディング。イギリスの小説家。〝イギリス小説の父〟と呼ばれる）やスティール（一六七二～一七二九。サー・リチャード・スティール。アイルランドの小説家）を折りよく援助したりしたかのように。壁には弁護士の残した黒い漆塗りの証書箱がいくつも並んでおり、かつての依頼人の名前を消した上から新しいものがインクで書いてあった——そのインクは時を経て目を引くほどすっかり黄ばみ、訪れた人はそこに〝エミリー・ブロンテ嬢〟（一八一八～一八四八。イギリスの小説家。『嵐が丘』の作者）や〝ウィリアム・ワーズワース殿〟（一七七〇～一八五〇。イギリスの詩人）や、あるいは単に〝『ウェイヴァリー』の筆者〟（一七七一～一八三二。歴史小説『ウェイヴァリー』を書いたサー・ウォルター・スコット。イギリスの詩人）という文字があるのではないかと期待を掻き立てられる。実際に書かれた名前の中で、際立って著名なのは〝ソニア・ウェイワード〟だった。それをペティケートは今、実に満足そうに眺めていた。〝ソニア・ウェイワードの遺稿管理者〟ではありがたみがないと考えていた。

「ソニアが絶好調だって？」ウェッジ――滑稽なほどピラミッドに似た体形の男――は心地よさそうに回転椅子に背をもたれた。「だがいったい全体――彼女に祝福あれ！――ソニアが絶好調でなかったことなどあるだろうか？　本屋にソニア・ウェイワードの新作が並ぶのは、いつ見ても嬉しいものだ。そう思わないかね？」

「そのとおり」

ペティケートは自信たっぷりに答えた。近ごろはあまりに多くの嘘をつかざるを得なくなったために、遠慮なく誠実な答えができる場面ではつい語気を強めてしまうようだ。

「飽きることがない」

「絶対にない。今回の新作など、まったく斬新だよ」

「斬新？」警戒心とも取れるかすかな不安がウェッジの顔に広がった。「まさか、新境地に踏み出そうとしてるわけじゃなかろうな？」

「いやいや――そういう意味じゃない」ペティケートは慌てて自分の発言について釈明した。「文章が素晴らしくみずみずしいと言いたかっただけだよ。だが――その――全体的なあらすじはだいたいいつもどおりだ」

「それならいい」ウェッジが再び晴れやかな表情を浮かべた。「一番信頼のおける作家でさえ、ときには大きく路線から外れてしまうことがあるのだよ。こっちがまさか思ってもみなかった作品を書いてくる。もちろん、結果はかんばしくない。その本も売れないし、次の作品が出せなくなる」

ペティケートは首を振った。

「ソニアは決してそんなことをしないはずだ。わたしがついている限り、そんなことはさせない」

「それはよかった。きみはソニアにとって大きな支えなのだからね」

親切心を示したいらしく、ウェッジは引き出しから葉巻の箱を引っぱり出して、売れっ子作家の亭主に差し出した。「ハバナ産だ」

ペティケートはその驚くような状況を満足げに受け止め、葉巻を一本受け取った。

「あんたも、ときにはひどくびっくりさせられた経験があるんだろうね」

「まさしく、そうなのだ！　たとえば、アルスパッハだ。きみの大事な細君を除けば」――そう言ってペティケートと秘密を共有するように不敵な笑みを浮かべた――「アルスパッハはわたしの抱える作家の中でも一番品がある」

ペティケートは突然甲高い声で笑った。神の摂理に与えられた優れた判断力に基づいて、彼が何かを主張する際の前置きがわりの、お決まりの笑い声だ。

「あんたの馬小屋には、ほかの馬などいないじゃないか」ペティケートは言った。

「あいつが飛び抜けて上品なのはまちがいない。勲章なんかを狙うような作品だ。やつの書く本がどんなものか、きみも知ってるだろう。判で押したように、重苦しく陰鬱だ。人類の沈痛で物悲しい音楽。深い悲哀、壮大な重み、揺るぎない慈悲。それがアルスパッハだった――ミセス・ハンフリー・ワード（一八五一～一九二〇。イギリスの小説家）のように生真面目な上に、天才だった。ところが、家庭内のトラブルに見舞われた」

「それはお気の毒に」ペティケートは型通りの同情を口にした。

「もちろん、わたしもそう思った」ウェッジは言葉を切った。「個人的な立場から、という意味だが。出版者としては、うまい話だと思った。奥さんは発狂。ひとり息子はアルプス登山中に死亡。年老いた哀れな父親は、八十歳を超えていたはずだが、刑務所に放り込まれた。その挙句アルスパッハ自身は、治療法の見つかっていない病で、じきに失明すると宣告されたのだ。正直に言わせてもらうなら、わたしはきっと今までのアルスパッハ作品などと比べものにならないほどの最高のアルスパッハ作品を期待していたのだ。音楽はこれまで以上に沈痛で悲哀に満ち、ほかの面においてもより一層深まるはずだと。理にかなった予測だろう?」

ペティケートは、ウェッジの大事なアルスパッハに興味はなかったが、その質問は真剣に検討した。

「そうだな、うん――哀れな彼に降りかかった不運のせいで、書くべき言葉を失ってしまったのでなければ」

「失うものか。新作の原稿は届いた。だが、路線から完全に外れていたのだ。アルスパッハらしさを失っていた。悲哀、重厚さ、慈愛。何もかも捨て去ったのだ。作品は野蛮なコメディ、ふざけた茶番劇だった。これ以上に信頼のおけない話があるかね?」

「絶対にないね」ペティケートは即座に答えた。役に立つ間抜けには逆らわないほうがいい――特に、この先どんな問題が起きるかわからないのだから。彼は話の流れを変えようと質問した。「ソニアにもアルスパッハの件を伝えたほうがいいだろうか? きっととても興味を持つと思うんだが」

「ああ、是非伝えてくれ。彼女もきみと一緒に来てくれたらいいじゃないか」

「ああ――それで思い出した」ペティケートはためらうふりをした。「その、ちょっとあんたの耳に入れておきたい話があるんだが、いいかね?」

ウェッジは一瞬疑わしそうな表情を浮かべた。

「かまわないよ」彼は言った。「早く教えてくれ」

「今日はソニアを昼食に誘ってくれて感謝している。だが、ここだけの話なんだが、ソニアはほんの少しばかり機嫌を損ねていてね。昼食ならアルスパッハを誘ってやってくれないか?――もちろん、彼が何もかも失くして、家族に先立たれて、失明して、ふざけた笑いに満ちた原稿を送って来るのでなければ。要するに、そろそろまたソニアのために大きなディナーを開いてもらえないかと言いたかったんだ。それだけ言えば、賢いあんたならわかるだろう?」

「それはありがとう」ウェッジはその仄めかしの言葉を大真面目に感謝して受け止めたようだ。「ディナーについては、考えてみよう」

「ただし、もう少し先にしてもらいたい。ソニアが今留守なのは知ってるだろう。またふらふらと出かけてるんだ」

「これまでにふらふらと出かけた話など聞いたことがないが」ウェッジは興味を引かれたようだった。「休暇はいつもふたり一緒に旅行に行くんじゃないのか?――ヨットに乗ったりして」

「そう、大抵は一緒だ。だが、ソニアは時々急に思いついて荷物をまとめて飛び出してしまう。じっとしていられない質《たち》だからね。そういう歳なのかな。ときにはかなり長い旅になるんじゃないかという気さえするんだ」

「それは、あんたを置いて出て行くということかね?」ソニア・ウェイワードの不安定さを示す言葉に、ウェッジは警戒心を露わにした。

「そういう意味じゃない。ただ、次に彼女が連絡を寄越すときは、ブラジルからの絵葉書かもしれないということだ。幸いなことに、彼女の執筆に影響はない。何があってもそれは大丈夫だ」

「これまでに執筆が滞ったことは一度もなかったがね」ウェッジはまだ少し不安そうだった。「彼女は秘書を同行してるのか？」

「いやいや。わたしたちは黄金で出来ているわけじゃないからね――いくらあんたがわれわれの作品を優遇してくれているとは言っても。それに、ソニアはポータブル式のタイプライターを見事に使いこなすんだ。つまり、旅先でタイプした原稿をすべてわたしに送ってきて、コピーを作成したり、手を入れたりしてほしいと言うんだ」

「最近のきみは、実に有能な代理人だ」ウェッジの言葉は、必ずしも単なる親しみを込めたものではないようだった。

「まあ、最近のソニアはこういうやり方が気に入っているらしいんだよ。金を受け取ったり、帳簿を管理したりするのは任せたいと言ってね。わたしはそういう作業が実に楽しいし、このほうが合理的だ。実務によって彼女の気が散るからね。執筆が遅れてしまう。余計な負荷が少ないほど、仕事がはかどるらしい。現に今回の新作では、彼女を患わせないことが功を奏している。これまでのどの作品よりも興味深いと、わたしは思っている」

ウェッジはようやく完全に陽気に戻っていた。

「スリルたっぷりのストーリーかね？」彼は尋ねた。

「それはまちがいなく。次はいったいどうなるのかと、わたし自身ずっと悩まされているぐらいだ」

一瞬、ウェッジはその発言を冗談だと受け止めそうになった。だが、考え直した。

「それはいい《ファイン》」彼は言った。ウェッジにはアメリカ人の口調を真似するところがある。「今度のはどういうタイトルだね？」

ほんの一瞬、ペティケートは答えに詰まった。偽装作戦という名の船出をしてから――いや、むしろ船を降りてからというべきか――初めての関門だ。ソニアはいつも新作を書き始める時点から、タイトルを決めていたのだろうか？　だからこそウェッジは今回もそれが当たり前だと思っているのか？　実のところ、ペティケートには見当もつかなかった。そこで安全策に出た。

「『歓喜の門』だ」彼は言った。「『歓喜の門』にすると、彼女は言っていた。なかなかいいタイトルじゃないかと、わたしは思うがね。かすかにエロティシズムを感じさせながら、卑猥ではない」例の突然の高笑いをする。「いつもの彼女の作品ほどには」

だがウェッジはただ彼を見つめていた。

「『歓喜の門』だと？　だが、それは彼女の――あれはたしか――三作めのタイトルだ！　まさか彼女がそれを忘れたのかね？」

忘れていたのはペティケートだ――と言うより、無意識の記憶に引っかかってしまった。

「ああ、そうだった」彼は軽く笑いながら、焦って訂正することのないよう慎重に心がけた。笑っている間にも大急ぎで考えを巡らせ、ずっと以前にソニアがつけたタイトルの出所らしきものを思い出すことに成功した。「『人間の欲望』と言おうとしたんだ」彼は言った。「つい言いまちがえた理由はわかるだろう？　ブリッジズ（一八四四～一九三〇。ロバート・ブリッジズ。イギリスの詩人）の書いた、例の美しい抒情詩だ。

わたしのために歓喜の門を開けたまえ
人間の欲望という楽園の門を
天の炎に触れし魂が
生命の木を植えたその楽園の門を

実のところ、ソニアはさらに別のタイトルまでこの連の中から使おうと考えていてね。『生命の木』というんだ。わたしはそっちのほうが気に入っている。だが、今彼女が書いている作品には『歓喜の門』――じゃなかった、『人間の欲望』――がぴったりだ」

ペティケートの豊かな文学知識に、ウェッジは明らかに感心したようだ。

「『人間の欲望』も悪くない」彼は言った。「ただ、まともな話なのだろうね？　誰もソニアに病的な作風を求めていないのだ。巡回販売員たちに気に入ってもらえないだろう。それに、批評家も嫌がるかもしれない――もちろん、批評家どもの意見など重視していないが。実際に本を売っているのは、巡回販売員なのだ。それこそが、アメリカ人から学んだ最高の教訓だ。いや、文学界に限ってだがね」

ペティケートはしばらく黙っていた。自分ほどの賢者が、ウェッジのようなうすのろを騙すのはどうも気が引けた。

「読んでもらえばわかるが」彼は言った。「ソニアの新しい物語は、まったく清らかなものだよ。『人間《マン》の欲望』は即ち〝女《ウーマン》〟のためのものであり、〝女《ウーマン》の欲望〟は即ち〝男《マン》の欲望〟というわけだ」

ペティケートが高笑いをする。「最近流行している本には、早くもこういった奥深い考えが含まれている。郊外ではモーム（一八七四〜一九六五。ウィリアム・サマセット・モーム。イギリスの小説家）が勢いづいているそうだ。ソニアもその流行に後れをとっていない。これからもずっと流行に乗るはずだよ、わたしの見解では」

「今を生きているわけだね」ウェッジが言った。

「まさしく、そのとおり」ペティケートはその言葉を、力強く受け止めた。「尽きることのない生命力。きっとソニアはわたしが生きている限り、活躍し続けるだろう」

「それはきみのためにもよかったじゃないか」どうも自分は馬鹿にされているんじゃないかとかすかに気づいたウェッジは、また不機嫌な雰囲気に戻った。「それなら、〝玄関に狼を寄せつけない（金に困らないの意）〟ですむだろう？　玄関どころか、庭の端にすら寄せつけないはずだ」

　ペティケートは、もはや巧妙な嘘つきの高笑いと呼ぶにふさわしい笑い声を上げた。

「わたしには小さいながら自分の財産があるし、陸軍から支給されるわずかな恩給も入るんだよ。だが、もちろんソニアがこれほど受け入れられていることは喜ばしい限りだ。特に去年はなかなかいい一年だったね、あんたもそう思うだろう？」

「悪くなかったな。それどころか、大変な売り上げだった」ウェッジは公平な意見を述べた。「ただしコストも嵩んだ、これは強調させてもらおう。プロモーション活動は大変なものだった」

「ほお、そうだったのか？」抑えてはいても、ペティケートの声は疑わしそうだった。「別段いつもとちがった広告をしてくれた覚えはないがね」

「広告だと？」重ねてきた気苦労のせいでいかに疲れているかを見せつけようとしていたウェッジは、それでもどうにか寛大な笑みを浮かべた。「なあ、きみ、今どき広告を出せば本が売れるなどと思っていないだろうね？　秘訣は、一流の巡回販売員のチームを揃えていることなのだ、まちがいない。残念ながら、やつらは洒落にならないほど金がかかる。そのうちきみにも会ってやってもらいたいな。あいつらは――その――優秀な男の集団だ」そこで口を閉ざす。「ああ、女もいる」ウェッジは思いついたように付け加えた。「是非そのうちきみにも引き合わせなくちゃな」

　ペティケートは、そんな精鋭部隊《レジマン・デリート》の実在をまったく信じておらず、しばらく返事をせずに間を置くことにした。

「言っておいたほうがいいだろうね」しばらくして彼は口を開いた。「ソニアとはビジネスの面についてもずいぶんと話したんだ――彼女が出発する前にだが。驚くことに、彼女から持ち出した話でね。どうも、印税率を気にしているらしいんだ。もちろん、そんなことは気にするな、わたしが話をしておくからと言っておいたよ。あんたもそのほうがいいと思うだろう？」

　ウェッジはしばらく考えていた。

「確かに、利点はありそうだがね」彼は曖昧に答えた。

「スライド制の計算式について考えていたんだ。正直に言うと、二十パーセントに上がるタイミングを早めてもらいたい」

　ウェッジは寛大な人間特有の、首を大きく上下に振る相槌を打った。

「なあ、きみ、できるだけのことはやってみよう。だが、これだけは覚えておいてくれ」――ウェッジは親しみのこもった気さくな笑みを浮かべると同時に、今は亡き弁護士の遺した擦り切れそうなドラゲットの絨毯や馬巣織りの椅子を、慣れた仕草で見渡した――「この業界では、誰もが五ポンド札単位までやりくりしていることを」

ペティケートは受け取った葉巻を見つめた——今のウェッジの言葉に対する嫌味というよりも、この生活水準をいつまで保てるだろうかと考えていたのだ。ウェッジをうまく使えば、その五ポンド札をあと何枚か稼がせることができそうだと思った。

「わたしの記憶ちがいでなければ」彼は尋ねた。「その巡回販売員たちというのは、次回作の予告のようなものを持ち歩きたがるんじゃなかったかな?」

「そのとおり。だからソニアは大抵半分ほど書き終えたところで、ある程度のものを渡してくれていた」ウェッジは吸っていた葉巻の灰を、彼のみすぼらしいオフィス用にと、ミネラルウォーターの製造会社がご親切にも寄付してくれた灰皿に落とした。「彼女と連絡が取れたら、その手のものを送ってくれるように伝えてもらえないかね?」

「もちろん、伝えておこう——連絡が取れたらね。だが、わたしの予測だと、『人間の欲望』を書き上げるまでは、彼女はひと言も言ってこないと思う。もちろん、初めの三万語分のコピーはわたしも持っている。だから、そこからわたし自身が何かまとめてみることはできる。さっき言ったとおり——言わなかったかい?——わたしはとても面白い作品だと思っている。実を言えば、読んだところまでは、ほとんど鮮明に頭に焼きついている」

「それはまた奇妙な話だな」ウェッジは、率直さがすぐに顔に出るのを自制するようにしかめっ面をして見せた。「最初のシーンは、芸術家のアトリエか? それとも〈クイーン・メアリー〉号の船上か、これから客が集まる何とか伯爵邸のパーティーか?」

「始まりは、とある芸術家のアトリエからだ。年配の著名な彫刻家で、名前はポール・ヴェドレン。

イギリス人だ、もちろん」

　ウェッジがうなずく。

「だが、ユグノー（十七世紀ごろフランスで迫害を受けてイギリスなどへ逃れたキリスト教のカルヴァン派教徒）の末裔なのだろうね？」

「そのとおり。そしてティミーという息子がいて、彫刻家ではないものの、時々下準備の作業の手伝いなどをしている。大きな彫像制作の前段階で、大理石をのみで叩いて粗削りするような作業だよ。ティミーはある不満を抱えており――それについては後で説明しよう――かけらを飛び散らせながら一心に石を削る作業のおかげで、張りつめた緊張感をいくらか軽減させている。そうやって作業に没頭しているところへ、ある娘が訪ねて来る」

「髪はトウモロコシ色か？」ウェッジが尋ねる。「それとも、暗くくすんだ色か？」

「ハチミツ色だ。大きなハチミツ色の城壁が、どちらの耳の傍らにもある」

「すごいな！」ウェッジは尊敬を込めて言った。「ソニアはいつもどうやってそんなことを思いつくのだろう？　実に詩的だ――城壁とは、うまく言うじゃないか」

　ペティケートが高笑いをする。

「そりゃ詩的なはずだよ、イェイツ（一八六五〜一九三九。ウィリアム・バトラー・イェイツ。アイルランドの詩人）の詩から取ったんだから。その娘はクレアという名前で……」

　ウェッジは否定するように首を振った。

「クレアは流行遅れじゃないか？」

「必要なら、彼女の名前は変えてもかまわない。父親は大物の実業家だ。が、母方は代々シュロプシャーに住んでいる一族で、彼女は高貴な家柄の娘なのだ。とにかく――途中まで話したように――娘がポール・ヴェドレンのアトリエを訪ねて来る。裕福な父親の胸像をヴェドレンに頼んでいた件について、伝言を運んで来たのだ。するとそこにはティミー・ヴェドレンが、狂ったように石を削り続けていた。一糸まとわぬ姿で」

「何をまとわぬだって？」

「一糸。上半身には何もまとわぬ、とすると限定的すぎるからね。つまりは、全裸ということだ」

　ウェッジの表情に警戒心が見えた。

「いや、それは——絶対にだめだ！　冗談じゃない、せめて何かしら着ていなくては」

　ペティケートは安心しろとばかりに手を振った。

「大丈夫。一糸とは言っても、古いローイングパンツ一枚だけは穿いているんだ。ティミー・ヴェドレンはオックスフォード大学のボート部出身だからね」

「きっと整調《ストローク》（競技ボートで最も船尾に近く、全員の漕ぐ速さをリードする漕手）だ——ピストン運動《ストローク》なら誰よりも速いわけだな？」女流作家の小説をダシにして、使い古されたジョークを即座に持ち出してみせた自分に、ウェッジは満足しているようだった。「ソニアに伝えてくれ、ローイングパンツを穿いたまま立っているのは辛いはずだと。男がオールを抱え込む姿勢に合わせて作ってあるものだからな。わたしにも覚えがあるよ！」

「まちがいない」ペティケートはウェッジにボート競技の思い出話を語らせまいと、間髪入れずに答えた。「とにかく、若者がそこに立っていた——そして作業中の彼について、非常に素晴らしい描写が続く」

「黄金色の胴体、滑らかな肌の下で波打つ筋肉、闇に覆われた下腹部、そういう類か？」

「闇に覆われたはないだろう。勘弁してくれ、いくらソニアだって——その——名著から派生した表現を、もっと品よく取り入れる。ローレンスやらほかの有名作家やらの言葉を露骨に使ったりはしない。そこはただの〝下腹部〟で充分だ。一度ぐらいは、華奢な下腹部としてもいいが。何にせよ、ティミーはいい若者だ。だからこそ、話が進むとクレアが怒るのだ。年下の男を誘惑する性悪女、彼女の叔母のソフィアとティミーがベッドを共にしているのを見つけてね」

「裕福な実業家の妹か？」

「そのとおり。クレアの母方の叔母たちは貴族らしくお高く止まっていて、セックスを面白いと感じるのは犬や馬の交尾だけだ。当然ながら、クレアはふたりを発見しても実に取り澄ましている。イアーゴの台詞のように〝不作法に見入る〟（シェイクスピア『オセロー』より）ようなことはしない。すべてはローイングパンツが原因だ。ティミーはそれをパーティーに持ってきていたのだ、川で水遊びをするためにね。そしてクレアはそのローイングパンツが、叔母であるソフィアの部屋のバルコニーにかけてあるのを見つける。かわいそうな娘だ――彼のローイングパンツははっきりと記憶に焼きついているから、どこで見かけてもすぐに彼のだとわかる。だが、彼女は行動的だ。バルコニーまで登って、そのパンツのポケットにそっと――」

「ローイングパンツにはポケットなどない」

「最近のものはあるんだよ――仮になかったとしても、読者はそんなことに気づかないはずだ。なぜなら、ここは非常に感動的なシーンだからだ。クレアはそのポケットにそっと花を入れるんだ。前の晩にティミーが庭園で彼女のために摘んでくれた花を」

「庭の花を摘むなんて、行儀の悪い客だな」

「ティミーは正式な客ではない。そこは上院議員であり大臣でもある、彼の名親の邸なんだ。ヴェドレン一族は、サン・バルテルミの虐殺（一五七二年にフランスでユグノーを含めたプロテスタントが虐殺された事件）だか何だかを逃げ延びてから長年固く結束してきた。とにかくだ、ティミーがその花を見つける――枯れて、しおれているのが、その象徴するものを格別に美しく表していると、あんたも思うだろう？　それで彼は、自分のしたことが露見したのだと悟る。そしてかつて味わったことのない不幸に叩きのめされる。彼の目にそれが表れている。謎めいていて、得体の知れないものがそこにあるのだ。書けているのはそこまでだ」

「その先が」ウェッジが尋ねる。「知りたくてたまらないわけだな？」

「そのとおり――そしてソニアの読者たちもそうなるだろう」ペティケートはしばらく口を閉ざした。「あんたの予測は？」彼は尋ねた。「この先の展開は、どうなると思う？」


　ウェッジは葉巻を大きく振った。ペティケートの質問が面白かったようだ。

「なあ、きみ」彼は尋ねた。「話の展開というのは、はたして予測するものだろうか？　むしろ、推理するものじゃないのか？　だが、それには根拠が足りなすぎる。クレアの叔母のソフィアというのは、既婚者なのか？」

　ペティケートは少しの間考えた。

「そうだ」彼は言った。「既婚者だ。ソフィアから見れば地味な人物――単なる腕利きの外科医か何か――でしかないが、まちがいなく夫がいる」

「それで、そのティミー・ヴェドレンなる若者は、本の最後にはクレアと結ばれるのかね？　セント・マーガレット教会で結婚式を挙げるのか？」

「それをあんたに訊きたかったんだよ。だが、きっとそうなるだろうね。さっきも言ったように、ソニアのいつもながらのチャーミングなストーリーだから、最後のページにはさんさんと太陽が降り注ぐのだろう。アルスパッハの二の舞いは、あんたも御免だろう?」

ウェッジは返事のかわりに、恐ろしげに拒否する仕草をして見せた。

「よくわかった」彼は言った。「ストーリーが大きく道を外れないとすれば、ひとつだけはっきりしていることがある。実はティミーは、ソフィア叔母さんとは寝ていなかったのだ。主人公がガールフレンド以外の女と関係をもつのはかまわない、本当に好きになっていたのなら。だが、不倫はアウトだ。健全なる大衆向け小説で、人妻と関係を持った主人公がエンディングでヒロインと結婚することはあり得ない。シェイクスピアを見たまえ」

「いったい全体、シェイクスピアがどう関係していると言うんだ?」このふざけたウェッジの口から、純粋な文学史の中でも卓越した名前が出たことに、教養あるペティケート大佐の魂は憤慨した。「下半身の話をしていただけじゃないか」

幸いなことに、ウェッジは自分の主張に夢中で、ソニア・ウェイワードの称賛すべき夫の唐突な大転換《ヴォルトウ・ファース》に気づかなかった。ウェッジは自説を続けた。

「知っているかね、シェイクスピアの全戯曲の中で、そんなエンディングは一本しかない。しかもそれは特殊なケースで、何て名前の男だったかな、みんなで無理やり医者の女と結婚させるのだ」

「バートラムとヘレナだ（『終わりよければ全てよし』より）」ペティケートが冷たい声で言った。「だが、確かにあんたの言うとおりかもしれない。ティミーがソフィアと関係をもったのなら、クレアの腕の中で後悔に暮れるなどというのは——現実世界であれば当然抱く感情ではあるが——ソニアの創るおかしな世界では通用しないだろう。そんなこと、わたしは考えてもみなかったよ。ソニアのロマンス小説の流れなら知り抜いているつもりだったのだが」そう言うと、ペティケートは考えにふけりながら短くなってきた葉巻の先を見つめた。

「分析して考えないからだよ」ウェッジが、高度な知性をふりまくように首を横に振った。「ソフィア叔母さんのバルコニーにローイングパンツがかけてあるというシーンだけで、ソニアは何があったかを物語っているのだ」ウェッジは今度は重々しくうなずく。「そうだ。彼女はそれだけですべてを描いているのだよ」

「だが、この若者は最初からひどく落ち込んでいたことを忘れていないか。初登場のシーンでも、著名な父親の最高級の大理石に苛立ちをぶつけていた。そんなことをするのは、何かしら罪の意識にさいなまれていたからにちがいない」

「なあ、きみ、それはまったくの別物だ」ウェッジは自信たっぷりに話した。「彼が並外れて繊細な性格だという描写なのだよ。彼は、かつての乳母の死に目に駆けつけられなかったのかもしれない。そういった、実際に責められるべき過去があるのだ。だがあまりにひどく自分自身を責め続けている彼に、いずれクレアが正しい見方を示すはずだよ。後できっとわかる――彼女自身も子どものころに同じような小さな過ちを犯したことがあると告白するぞ。シャンパンを一ダース賭けてもいい」ウェッジはそこで、文学界に携わっているがために常に金に窮しているはずの自分の立場を思い出したらしい。「いや」彼は修正した。「うまいボジョレー・ワインを一ダースだな」

ペティケートは感心していた――何よりも、大衆向け小説を書くにあたって、それまで思ってもみなかった落とし穴について役立つ情報をうまく引き出せた、自分の発言に。

「きっとそのとおりだ」彼は言った。「ソニアは頭の中で、あんたの言うとおりのことを考えているにちがいない。だが、そのローイングパンツの一件をどうやって回避するつもりか、わたしも非常に興味深いな」

「われわれが言うところの、人工的なプロットなのだよ、きみ。ひょっとすると罵倒の場面になるかもしれない。ロマンス小説では、バルコニーをそういった辛辣な展開に利用することが多い。ほら、シェイクスピアに出てくる別の娘――〝腐ったオレンジ〟呼ばわりされたあの娘もそうだ」

「ヒーロー（『空騒ぎ』に登場する娘、誤解から婚約者に不実だと罵倒される）」ペティケートはさらに冷たい声で言った。

「そうそう。頭の悪そうな子だ。まるで愛人と忍び合っていると誤解されるように仕組まれてしまう。仕組まれた忍び合い、なかなかいい表現だな。何にせよ、おそらくソニアの本には後から出てくるはずだ、ソフィア叔母さんがティミーと忍び合っているように見せかけようと企んだ人物が」ウェッジがクックックと笑う。「何せ、ティミーのあの胴体だからな」

　ペティケートは眉をひそめた。下品な冗談は軽蔑していた。

「その可能性はあるね」彼は言った。

「あるいは、ソフィア叔母さんは若者に、まっとうな、母親のような愛情を抱いているのかもしれない。川辺でローイングパンツを見つけ、可愛い甥のために洗ってやることにして、そのまま自分のバルコニーに干しておいたのかもしれない。ただ、そんな単純な誤解では、大してストーリーが面白く広がらないが。やはり一番可能性が高いのは、嫉妬深い邪悪な人物による意図的な策略だな」

「いずれそのとおりだとはっきりするだろう」ペティケートは無意識のうちに、慎重に考えて重要な判断を下す立場にあるような口調になっていた。「それに、残りの原稿も近いうちに必ず届ける」

「こんな状況にもかかわらずか？」

ペティケートは、その質問で一瞬頭が真っ白になってしまったことにひやりとした。だがすぐに現状を思い出し、かろうじて何事もなかったように答えた。

「ああ、もちろん、大丈夫だ。さっき断言しただろう。ソニアがふらりと旅に出たことは、作品の執筆に何の支障もきたさない。それにストーリーの件だが、われわれには難問と思えるものも、彼女はたやすく解決してみせるだろう」

「明晰な頭脳の持ち主だからな」ウェッジは満足げに言った。「頭がよく、回転が速く、よくひらめく――ただし、ここだけの話――考えは決して深くはない」

「確かに、深くはないな」ちょうど葉巻を吸い終えたペティケートは立ち上がった。「わたしの記憶では」ウェッジと握手を交わしながら言う。「ソニアは深みにはまったことなどないはずだ」

第三章

四時四十五分にパディントン駅を発車する一等車の個室に腰を下ろしたフォリオット・ペティケート大佐は、かなり上機嫌だった。何両か連なる二等車――そこは紐を編んだ手提げ袋や茶色い紙の小包が詰め込まれ、子どもたちの手でどこもかもがべたつき、ぞっとするような下層階級の日常にすっかり乗っ取られていた――の前を通り過ぎながら、この四十八時間の自分の断固とした行動のおかげで抜け出せたであろう極貧というものが、そこには実に鮮やかに描写されていると感じた。貧しい未亡人というのは、惨めな存在だ。だが同じ境遇のやもめとなると、惨めさに加えて、何ともみっともない。劇場の安い後方席に座り、前方の上席にいるかつての仲間の噂の的になること。以前はイギリス製の高級セダン車に乗って訪れた友人の邸に、外国製の小さな機能重視型乗用車を駆って出向くこと。スーツを新調するときに躊躇しなくてはならないこと。それどころか、バーリントン・アーケードでネクタイを半ダース買うときでさえもだ。注意深く人目を忍び、酒類販売を認められた雑貨店に植民地産のシェリー酒を買いに行くこと。ペティケート大佐の頭には、そんな暗闇に直面するがごとき場面がいくつもはっきりと思い描かれた。彼は決して浪費家ではなく、幅広い知的、美的好奇心によってあらゆる浅ましい物欲に悠々と打ち勝つことができた。とは言え、限度はあった。そして、運命は危うく無慈悲にも彼を常軌の外へと放り投げるところだった。だが彼は、招かれざる危機に対して立ち上がり、自分自身の運命の主人になる、自分自身の魂の船長――文字通りの大佐――になると宣言したのだ。

そしてここまでは――彼は内心考えた――うまくいっている。真っ先にウェッジと対峙したのは、見事な作戦だった。ウェッジは最大のカモ役に決定だ――それとも〝カモ〟では、詐欺という不法行為を連想させる不適切な言葉に当たるだろうか。〝何も知らない協力者〟のほうがいいかもしれない。ペティケートは黙ったまま頭の中で考えを訂正し、かすかにほくそ笑んだ。彼は実に上機嫌だった。

ウェッジはまんまと彼の話を信じた。しかもこの好ましい状況を、ペティケートはほとんど準備もなしに作り上げたのだ。その大胆さを思い出すと空恐ろしくなる――と同時に、大満足だ。何せウェッジとは、会いに行く以外は出たとこ勝負だったのだ。はっきり決まっていたのは、大まかな構想だけ――手招きするような小さな灯りがぼんやりと見えていただけだった。今もまだ、この列車に乗り込む前に行きつけのクラブで一時間ほどぼんやりと考え事をして過ごした後ですら、詳しい部分は何も決めていない。具体的に、妻とどういう状況で別れたことにするのか？　まったく思いつかない。彼女はどこか行きそうな場所を仄めかしていたのか――もしそうなら、どこだ？　それもさっぱりわからない。ウェッジには、ブラジルかもしれないようなことを口走ったが、あくまでも仮定の域を出ない話だった。もしもウェッジがもう少し注意を向けていて、さらに二つ三つ探るような質問を繰り出していたら、ペティケートは自らの即興性に寄せていた信頼を大きく裏切られていたかもしれない。だからこそ、これからはもっと系統的に話を組み立てるべきだ。要するに、土を耕すがごとき準備作業はまだまだ手つかずというわけだ。

とは言え、幸いなことに、ソニアは別の意味で土を耕してこなかったわけではない。彼女が死んだという幸運な状況のおかげで――ウェッジの失礼なイメージを借りるなら――これまでは妻が庭いじりをしながら〝庭先の狼を追い払って〟きたが、今後そんな力仕事は必要ない。

　ふと墓掘りを連想し、そのおかしさにペティケートは思わず大声で笑いだしそうになった。だがもし笑っていたら、非常に気まずかったにちがいない――彼ははたと気づいた――なぜなら、客室にはいつの間にか客がもうひとり座っていたからだ。しかも――これまで気づかなかったとは実に不注意極まりないことに――それは彼の顔見知りだった。実のところ、ドクター・グレゴリーはペティケートのかかりつけ医であり、近くに住む隣人だった。視線に気づいたドクター・グレゴリーが口を開いた。

「やあ、ペティケート。また昼食を食べすぎたのかね？」

　ペティケートは、その不躾な挨拶にできるだけ誠意ある返事をした。頭の中は非常に満ち足りていたものの、どうやら外見上は体調が悪そうに見えるらしい。確かに、あれほどのショックを受けたのだから当然かもしれない。だがもちろん、グレゴリーにそんな話を打ち明けられるはずがない。それどころか、これは彼が暮らす地域の住民との最初の接触であり、その狭い社会の中で広まりそうな話題には細心の注意を払わなければならない以上、グレゴリーには何ひとつ漏らすわけにはいかないのだ。その場しのぎを楽しむことはもう慎むべきだ。先々の影響をすべて考慮に入れて、話を練り上げなければならない。それも今すぐに。列車が到着するまでに。

　そう決心したペティケートは、ドクター・グレゴリーにさらにひと言だけ礼儀正しい挨拶の言葉をかけるとすぐに、持っていた『タイムズ』紙を広げた――英国紳士がしばしば侵されざるプライバシーを要求するときのお決まりのジェスチャーだ。ドクター・グレゴリーも同様に医学誌『ブリティッシユ・メディカル・ジャーナル』を開いた。発車までまだ十分もある。ペティケートは『プリンティング・ハウス・スクエア』が週に一度女性読者に情報を提供しているページを見つけた。何もソニアを思って感傷にひたるためではない。目の前にある重要な課題に取り組むには、最も注意をそがれないページだと判断したからだ。

ありていに言えば、彼の計画には二種類の――そしてたぶん二段階の――でっちあげが必要だ。でっちあげの中には、かつてジェイムズ・マクファーソン（一七三六～一七九六。スコットランドの作家、詩人。発見したとされる古代ゲール語の詩は彼自身が書いたものではないかと疑われている）がゲール語で書かれた古代の叙事詩を世界に紹介しようとした賞賛すべき目的のものや、ウィリアム・アイルランド（一七七五～一八三五。シェイクスピア直筆の書簡や作品を偽造し、発見したと偽った）のように、現存するシェイクスピアの戯曲の数を増やしてやろうという、さらに見上げた努力のたまものがある。ペティケートは自分の計画の法的な面についてはよくわからなかった。〝X氏〟が書いたとされる著書の中には、実は〝Y氏〟が部分的に、あるいは丸ごと書いたものはいくらでもある。だがこういった偽装には、きっと法務長官や法務次官から法に抵触すると判断される要素が含まれているのだろう――ある面で彼らの目をすり抜けられても、別の側面でからめ取られるにちがいない。

所得税がそのひとつだ。ほかにも細心の注意を払うべき分野があるにちがいない。この先、とてつもない危険がいくつも待ち構えていることを認めないのは愚かだ。そのうちのいくつかは、今の彼の立場ではまるで想像もつかない。きっといきなり現れて、抜き打ちでこちらの機転を試すのだ。たとえば、ウェッジと話をするまで、自分は大衆小説におけるモラルというものについてきちんと把握できていなかった。だが、それがよくわかった今は、きっとソニアの作品の固定ファンであろう繊細な牧師夫人たちにショックを与えるようなものは書かないつもりだ。

そっちのでっちあげは、たやすいはずだ。技術的に困難な場面など――ソニアの筆跡を偽造することを含めて――実はめったに遭遇しないものだ。出版者と新しい契約を交わすときには、必ず署名が必要となる。だが、そうした契約書には――この何年かの契約書がそうであったように――支払い先は著者の代理人であるペティケート大佐宛てとなっており、その入金をもって終了とする、という規定がある。それが出版界の通例だった。わかりやすく言い換えれば、いったんペティケート大佐の銀行口座に振り込まれた金は、その後どうしようと彼以外に――彼とすでに存在しない女以外に――誰も関与しないということだ。きっと世界じゅう探してもこんなうまい職業も仕事もないはずだ――ペティケートは嬉しそうに推測した――本人の肉体が存在し続けることを、これほど必要としない稼業など。

もちろん、自然の摂理による時間的限界はある。この新しい活動は、彼自身が九十歳になるまで続けることは望めそうにない。なぜなら、『人名録』によればソニア・ウェイワードはその時点で百歳をとうに越えているはずで、その歳でなお闊達として執筆を続けているとはにわかに信じがたいからだ。とは言え、それまで充分時間はある。

ペティケートはクックックッと笑った――だが、ドクター・グレゴリーは特に驚いた様子は見せなかった。きっとペティケートが笑ったのは『タイムズ』の〈フォース・リーダーズ〉欄に書かれた面白おかしいエッセイを読んだからだとでも思ったらしい。

所得税か。それとて、大した問題ではない。ソニアは毎年、所得税の申告書に――さらに、税務局がときおり寛大になったときに返ってくる微々たる還付金の受取書にも――署名をしなければならない。だがその手の署名を詳しく調べる者はいない。もちろん、こと税に関してはどんなまちがいも命取りになるだろう。これからは彼自身の手で注意深く帳簿を管理し、絶対に妙な調査が入ることのないようにしなければならない。ソニア名義の銀行口座もまた厄介だ。解約する旨の手紙を書かなくてはならない——偽造した署名の送り先としては、銀行員こそ避けたいところだが。それでも、そのリスクもそう大きくはないはずだ。実のところ、仕事と法律の面では、当たり前の用心さえすればうまくやれるだろう。本当の難関が立ちふさがっているのは、交遊面なのだ。

第一に、ソニアの行き先を決めなければならない。ウェッジに対しては、何となく話をぼやかすのが正解だったが、スニッグズ・グリーンの隣人たちが相手では、またまったくちがう手段を取らねばならない。妻がふらりと出て行ったなどと言えば、終わることのないゴシップを招くだけだ。反対に、夫なら当然行き先を知っているだろうという推測を黙認すれば、やがてつまらない用事でソニアと連絡を取りたいという人々から住所を教えろとせっつかれることになる。つまり、ソニアはどういう理由からか、居場所を定めずに旅をしているものの、折に触れて連絡をしてくる可能性があるということにしなければならないのだ。それならしばらくは放っておいてもらえるだろう。そしてその間に、自分自身の身の振り方を決めなくてはならない。

策略を巡らせる余地はいくらでもある、と彼は自分に言い聞かせた。売れっ子小説家なら、世界中のどこであれ気の向いたところに居を構えてもおかしくない——それは小説家の夫も同じだ、うまい具合に彼が専門職を引退した資産家だとすれば。近ごろの税金や使用人の問題に嫌気がさし、十年前なら考えられなかった辺鄙な地域にも、彼ら夫婦のような人間が日々移り住んでいる。実のところ、ソニアにはどこかに魅力的な土地を見つけ、あの横柄な態度で彼を呼びつけさせればいい。そうすれば、彼も荷造りをして彼女の後を追いかけるだけだ。

この筋書きは大ざっぱすぎず、と同時に細かすぎてもいけない。たとえば、彼女の行き先をナッソーだとかナイロビだとかと特定してはいけない。そんなことをすれば、スニッグズ・グリーンか、ほかのどこかの住人が旅に出たとき、それとなく彼女の様子を見に行くかもしれない。〝ソニアはしばらくバハマに滞在しようと思っていたらしいが、ひょっとするとバミューダにも行くかもしれない〟正解はそんなところか。そして自分もその筋書きに乗ってここを離れてしまえば、その先はこっちのものだ。

疎遠になった従兄たちを除けば、ソニアには存命の親族はいない。ペティケート自身は、当然ながら、優秀な一族の一員ではあるものの、長い間自ら望んで距離を置いてきたため、彼がどんな状況でどこへ移ろうと誰も気にしないはずだ。新しい土地に定住するのが合わないとわかれば――そもそも合うとは思えないが――好きなときに一、二カ月ここへ戻ってくればいい。妻について尋ねる者には、彼女は体調――あるいは、フィクションの世界への絶え間ない邁進――を優先して、今は戻って来られないのだと言えばいい。あるいは――前もって問題になりそうな点さえしっかり押さえておけば――自分だけスニッグズ・グリーンに戻って来て、隣人たちが気に入りそうな作り話を聞かせて楽しませてやってもいい。そのときにはきっと――ペティケートは広げたままの『タイムズ』紙の陰で思った――その心地よい嘘をわたし自身が大いに楽しんでいるだろうから。大勢の人間を騙すことは――何しろ、常にソニア・ウェイワードの新作を心待ちにしている人間は何万人といるはずじゃなかったか?――この状況の何よりの魅力だ。

ペティケート大佐はその満ち足りた考えにたどり着き、発車前で周りがさらに騒々しくなっているのを見て、今まさに大冒険の次の段階へ踏み出すのだと気づいたそのとき、個室の奥からドクター・グレゴリーの声が聞こえた。

「ペティケート」ドクター・グレゴリーは言った。「奥さんは列車に乗り遅れてしまわないかね?」

第四章

ソニアについて、まったく予想外の質問を受けるのはそれが初めてだった。そして、それにそつなく対処することはできなかった。それどころか、新聞を下ろすと、ただ驚愕の表情でドクター・グレゴリーを見つめるだけだった。

「うちの妻！」彼は言った。

しばらく沈黙が続き、ペティケートは自分がずいぶん声を荒らげてしまったと気づいた——このまま〝ヴェニスのムーア人〟（シェイクスピア『オセロー』の主人公のこと）の台詞、〝妻だと？ わたしに妻などいない〟と続けてもおかしくないような口調だ。突然ここで、危うくすべてをぶち壊しにするところだった。

ドクター・グレゴリーは鋭い目で彼を見ている。

「さっき本屋の売店で奥さんに会ったのだよ」彼は言った。

「ソニアに？」ペティケートは自分の声が聞こえたことに驚いた。ソニアの小説に時々出てくる場面のように、すっかり何も聞こえなくなる感覚にとらわれていたからだ。「話をしたんですか？」

「いや、そうではない——雑誌を買っているところを見かけただけだよ」そこで駅員が笛を吹くのが聞こえ、ドクター・グレゴリーは言葉を切った。「ああ、やっぱり奥さんは乗れなかったようだね」

彼は付け加えた。

その言葉は正しいはずだ。だが、そうではなかった。なぜなら、ドクター・グレゴリーがしゃべり終えないうちにプラットホームから大きな声がして、列車の扉が開き、また閉じた——そして驚愕した青い顔のペティケートは恐怖で身動きもできないまま、列車の通路に立っている妻を見つめていた。それは、ほんの一瞬のことだった。彼女はスーツケースを持って、動き始めていた列車に乗り込んで来た。と思う間もなく、別の個室を探しに姿を消した。

ドクター・グレゴリーは、この超自然な大事件をまったく見ていなかった。ペティケートをじっと見つめていたからだ——今は医者として、彼の手首に手を伸ばそうと身を乗り出していた。

「じっとして」ドクター・グレゴリーが言った。「呼吸を楽に。怖がらなくていい。きっと消化器の不調だ。数分で収まるはずだよ」そう言うドクター・グレゴリーの目は、ぐったりしているペティケートにもわかるほどはっきりと、彼の生死を危惧しているのが見て取れた。ペティケートが重篤な脳血栓症を起こしたと疑っているのはまちがいない。

ドクターの診断があまりにも見当ちがいだという考えが、かえってペティケートを少し落ち着かせた。グレゴリーの間抜けぶりは、いつものことだ。

「先生のおっしゃるとおりですね」そう言う自分の声が聞こえた。「きっとガスがたまっているのでしょう、ドクター——ちょっとしたガスの仕業ですよ。最近少し調子が悪くて。ああ、脈は取らなくても大丈夫です」

グレゴリーは座席に座り直した。ペティケートが、少なくとも外見上は回復したと思ったようだ。だがペティケートの頭の中はまだ混乱しきっていた。それはさっき、少なくともほんの一瞬、とてつもなく大きな安堵感に包まれたせいもあった。ソニアは生きていた！　あれは現実の出来事じゃなかった。すべて夢だったのだ。

ペティケートは目を閉じ、呼吸を楽にしろというドクター・グレゴリーのアドバイスに従おうとした。何か証拠や兆候はないか——最近起きたことの中で、あれがまちがいなく夢であったと示すようなものはないかと記憶を探った。妻を失ったと思い込む、ひどい悪夢にうなされていたのだと。だが、当然ながら、いくら探っても何も見つからない。夢から覚めたわけじゃない。ソニアを亡くしたのは、本当のことだ。彼自身が本当にあれをやったのだ……

それなのに、彼女はこの列車に乗っている。ソニア——いや、それともソニアの幽霊なのか？——が、今この数ヤード先にいる。目を閉じたままで、ペティケートは懸命に頭を働かせた。幽霊じゃない——そんなものは存在しないからだ。それに、幻覚でもない。そう言いきれる根拠は思いつかないが——それでも、幻覚でないことははっきりしていた。通路にいたのは、血と肉を持つ生身の人間だった。本物のソニアだ。ソニアが家に帰ろうとしている。

だが、そんなことはあり得ない、と彼は自分に言い聞かせた。すると、瞬間的に恐怖と安堵を同時に感じながら、彼はすべてを悟った。すべてが自然で、完璧に論理的な真実だ。イギリス海峡の底に沈んだかに見えたソニアは、死んだのではなく、生きていたのだ。残念ながら医者としては錆びついてしまった自分の腕を過信し、うぬぼれていた。あのときにも、ちらりと疑いは抱いていた。そして今になって、きちんとした医学的な知識が蘇ってきた。かつて読んだことのあるトランス状態、つまり突発的に引き起こされた昏睡状態のケースを思い出したのだ。そういう症状が起きると——非常に稀だが、確かに起きることはある——彼が施した方法よりも細かく調べてみなければ、仮死状態と実際の死の判別は難しい。そうだ、それにちがいない！

だが、仮にそうだったとしても……？　そこでもう一艘のヨットのことを思い出した。あのときはかなり動揺していて、予想外にヨットが近くに停まっているのを見つけて何もかも放り出してしまった。這うようにしてキャビンの中へ戻ったが、その後に何が起きていてもおかしくなかった。急に水に入った衝撃で、ソニアは意識を取り戻したのだろう。夫が自分に何をしたのかを知った彼女は、もう一艘のヨットに呼びかけて発見され、無事に引き上げられたのだろう。そして、ヨットの所有者にその場を急いで離れてくれと頼んだのだ。なぜなら、そのときからすでに悪魔のような復讐計画を練り始めていたからだ。

極めて邪悪なソニアの一面をかいま見たペティケートは、戻って来た彼女の姿を最初に見つけたショックよりもはるかに激しく動揺した。突然自分が、頭のてっぺんからつま先まで、びっしょりと冷たい汗で濡れていることに気づいた。グレゴリーが、また例の不審な目でこちらを見ている。このままここにはいられない。彼はよろよろと立ち上がった。

「ちょっと通路を歩いてきます」ほとんど聞き取れないような声でつぶやいた。そして個室から逃げ出した。

よろけながら通路を進むペティケートの頭はかなり混乱していた。左側に、遠くウィンザー城のシルエットが青空にくっきり映えるのが見える。だが右側の板ガラスのすぐ向こう側に座っている乗客たちについては、彼の目が視覚情報を正確に脳に伝達するのを拒否しているかのようだ。明らかに、そこで目に入るかもしれないある光景を恐れているからだ。こんなふうに慌てて個室を飛び出してくるべきではなかったのかもしれない。もし今ソニアに見つかったら——列車に飛び乗って来たときには、自分に気づいていなかったはずだが――大騒ぎを引き起こすかもしれない。たちまち公衆の面前で最悪の醜態をさらされるだろう。見つかりさえしなければ、まだどうにか対策も立てられるのだが。最善策は、手近なトイレに閉じこもって考えることだ。

　ペティケートはそのとおりにした。洗練された感性を持つ彼にとっては不快極まりない手段だった――特に、次々とトイレに入ろうとする客にドアをがたがたと揺らされるのは。一等車の客ともあろう者たちが――本当に一等車の客だとすればだが――そのような振る舞いをするとは、不作法どころか、実に不道徳極まりないと感じられた。彼は窓のそばに立ち、小さな楕円型の透明ガラスから外を見やった。この狭い空間から外界が望めるのは、高い位置に納まったその窓だけだった。

　そうだ、と彼は思った。ソニアを殺そう。

　突然頭に浮かんだその考えは、ペティケートを動揺させた。これこそが採るべき論理的な解決法だ――だが、つい今しがた、今も妻の生命が続いていると知ったときに湧いてきた感情は、大いなる安堵だったではないか！　明らかに知的混乱状態の只中にいるらしい。当然ながら、それは彼が何よりも嫌いなものだ。あの安堵感はすっかり忘れてしまったほうがいい――そんなものはきっと自分らしくない混乱の産物に過ぎないはずだ――そして、このまったく合理的な新しい提案について詳細に検討するべきだ。その必要性は疑いようがないのだから。今のソニアの行動は、彼について暴露し、混乱させようとする計画に基づいているとしか思えない。

　実のところ、ぐずぐずしている時間はない。ソニアも自分と同じように一等車に乗っているとすれば、ひょっとすると今ごろはひとりで個室にいるかもしれない。彼女を見つけたら素早く中に入り、個室の奥のドアを勢いよく開けて、彼女をそこから投げ捨てられるかもしれない――それだ、それならうまくいく、列車は時速六十マイル以上で走っているはずだから。

　素晴らしい計画だ。何と言っても、極めてシンプルだ。だがすぐに驚愕するほどのショックとともに、それは致命的に時代遅れな思いつきだと気づいた。最近はこういった車両には、個室の奥にドアなどない。車両から出るには、通路を通るしかないのだ。そして、考えにくいことだが、ソニアが車両を丸ごと借り上げてでもいない限り、彼女を抱えて通路へ出て、さらに扉をもうひとつ通って線路に落とすのは、そう簡単なことではない。

　ペティケートは腰を下ろし――これまた不快な行為だ――ソニアのようにエネルギー溢れる女を殺す別の方策をあれこれ検討した。ひとつだけどうしても避けなければならないのは――それだけははっきりと認識していた――彼の職業固有の特異な手段に頼ることだ。絶対に――そう、断固として――医者が殺したと思われてはいけない。

　驚くことに、普段なら鋭く頭を働かせるペティケート大佐が、人の死を夢想するのにたっぷり十五分も費やしていた。実のところ、こんな過激な考えはまったく必要ないのだと気づいたころには、すでにレディングにさしかかっていた。そもそも哀れなソニアを殺す必要などないではないか？　あのときは彼女の頭がおかしくなっていたのだと主張すれば、それでいいのでは？　きっと彼女が訴えるであろう信じがたい話を裏付けるような言動を、これまでのところ自分は何ひとつしていないのだから。

　確かに、ひとりで港へ戻って来て、特に何の届け出もしなかった。だが、もしあのとき彼女が、たとえば何かしら明らかな情緒不安定状態に陥り、誰にも知られずにひとりでいたいと言い張ってどこかで下船したのなら、彼のその後の行動はただ彼女との秘密を守っただけだと言える。もちろん、そう簡単にはいかないだろう。ソニアにあちこちでとんだ冒険談をしゃべられるのは不名誉だ。その上、その話に執着し続けた結果、あのかわいそうな女を精神病院に閉じ込めなくてはならないと判断した場合、ソニア・ウェイワードの新作をどんどん書き続けるという自分の計画が頓挫してしまう。反対に、もしもソニアが夫を世間的に非難しないと決めた場合、彼女はこの先彼と関わることを——それどころか、これまで慣れ親しんだ彼の生活レベルを支えることも——拒否するだろう。

ではやはり、法的には自分は何の罪に問われることもないであろうにもかかわらず、計画を進めたほうがよいのかもしれない。火事はどうだ？ 自動車事故は？ 何があったかについて、ソニアがすでに誰かに話しているかどうかがわからない。その可能性を考えると、この課題は非常に慎重にならざるを得なかった。

あのヨットに乗っていた人たち。突然ペティケートは新たに凍りつくような動揺に襲われ、彼らについてはまったく考慮に入れていなかったことを思い出した。彼がどんな話をするにしても、その人たちが海の中からソニアを引き上げた事実との整合性がなければならない。だが、考えれば考えるほど、それは不可能だった。ソニアは事故で海に転落したかもしれない。あるいは、彼に夫をいわれのない罪で責めたてるという狂気の初期症状として、自らいきなり海に飛び込んだのかもしれない。だがそれならいずれにしても、夫がそれを誰にも話さなかったのも、妻がふらりと旅に出たと説明したことも筋が通らない。どうやっても、筋が通らない。

ペティケートは、ようやく自分が現状のすべてを細かく分析し終えたと納得した。だが、結果としてどうするべきかはわからなかった。実のところ、海に投げ出されたのはソニア・ウェイワードではなかった。彼女の夫なのだ。殺人はだめだ——ヨットに乗っていた人たちが証言をしたとたん、彼はほぼまちがいなく捕まるからだ。道はひとつしか残されていない。彼にとって、考えつく限りで最も忌むべき道だ。もはやソニアの慈悲を乞うしかない。

いろいろあったにしてもだ、と彼はトイレのドアの鍵を開け、再び通路に出て行きながら考えた。結局自分はソニアに対して、何ら犯罪行為を犯したわけではない。それどころか、たった今、彼女を殺す計画を取りやめたではないか？　これまで彼女に対して、少しでも好ましくない行動を取ったことは、ただの一度もない。ほんの少しばかり非礼があったとすれば、彼女が死んでいると思い込んだときだ。彼があんなことをしたのは、半分はショックのせい、もう半分は、ある意味で、ソニア・ウェイワードという旗印を下ろさないための積極的かつ賞賛すべき計画を進めるのが目的だった。もしもソニアが理性的な人間なら——残念ながら女性というものはすべからく理性的ではないのだが——両面を合わせて見れば、今回の彼の一連の行動にはむしろある程度感謝すべきだとわかるだろう。

もちろん、彼女はまったく誤った考えを募らせている可能性もある。彼女を船から投げ捨てたのは、それが単なる死体だと思ったからだとは信じていないのかもしれない。もしそうなら、一刻も早く彼女の好意を勝ち取らなければならない。たとえば、不当な怒りを心の内で高まらせた末に、彼女がオックスフォード駅——次の停車駅——で列車を途中下車し、警察に事情を話しに行くようなことになれば、非常に具合が悪い。そうだ、いますぐにでも勇気を奮い、彼女を見つけ出さなければならない。まずは列車の個室という公共の、あるいは半公共の場で話をする利点はありそうだ。

ペティケートは列車の前方へ向かった。情報伝達を拒んでいた彼の視覚は少なくとも正常に戻り、先へ進みながら各個室にいる乗客の一人ひとりをしっかりと見ることができた。どのみち大した人数は乗っていなかった。二等車でさえ誰もいない個室がいくつか見られた。それはつまり、乗客たちは前方の食堂車でお茶を飲んでいるということだ。ソニアもそこにいるのかもしれない。

彼は次々と個室を覗きながら前へ進んだ。非常に気の重い作業だった。今にも、非難するような妻の目と視線が合うんじゃないか。そう考えたとたん——一、二秒ほど新しいショックに襲われた——ヨットのコックピットで昏睡状態で横たわる彼女のその目を、自分は不器用な手で閉じようとしたのだと思い出した。彼女の目は非常に珍しい深緑色で、顔の中でひと際目を引いた。その目と視線を合わせるかもしれないと考えただけで、不安で気が進まないのだった。それでも何とか続けるうちに、巨大な、空気で膨らませたような障害物とぶつかりそうになってはっとした。一連の個室に神経を集中させていたため、向かいから歩いて来た乗客と正面衝突したのだ。

相手に大声を上げられて、ペティケートはぎくりとした。その大声が、実は大きな笑い声だと気づいても、さらにそれが女性の口から発したものだとわかっても、彼にとって安堵とはほど遠かった。可能性はひとつしか考えられない。よろけた体勢を整えながら相手をひと目見て、その予想が当たっていることを確認した。そこには、最悪なことに、隣人がもうひとりいたのだ。ほかでもない、ミセス・ゴトロップだった。

「あらあら——わたしのかわいい〝ブリンプ〟！」（〝ブリンプ大佐〟はデイビッド・ロウの漫画の中の横柄で頭の固い愛国主義者のキャラクター）

広いツイード生地におびただしい数の派手で野蛮なデザインの指輪、イヤリング、腕輪を組み合わせたような姿のミセス・ゴトロップは、ペティケートの手を掴んで力強く握った。それは、馬鹿げた無礼なニックネームで呼びかけられる以上に不愉快だった。だが誰がどれほど憤ったところでミセス・ゴトロップには一向に伝わらないらしく、ペティケートも今ではすっかり慣れてしまった。と言うのも、オーガスタ・ゴトロップは、単なるスニッグズ・グリーンの一住人ではないのだ。才能あふれる女流作家であり、ソニア・ウェイワードにとってライバルであると同時に親友だった。

「赤ら顔のブリンプ！」ミセス・ゴトロップの叫んだ言葉は、陽気に悪口を重ねたというよりも、ペティケートの血色——恐怖に青白くなる機会を断続的に経験したにもかかわらず、まだ海の旅の名残りが見てとれるらしい——を賛辞しているようだった。「そして田舎者のブリンプ！　おまけに勇ましいブリンプ！」ミセス・ゴトロップは力強く言葉を並べながら、相変わらずペティケートの右手を真正面からいたぶり続けていた。「大英博物館《BM》の生っちろい本の虫どもと会って来た後には、何よりの目の保養だわね！」

　ペティケートは、ミセス・ゴトロップが博物館の閲覧室で続けている研究が実を結ぶといいですね、というようなことをもごもごとつぶやいた。ミセス・ゴトロップが書く作品は十八世紀の埋もれた名士の伝記ばかりで、調査を重ねた資料の中から、無垢な人間のエピソードを掘り起こして初めて光を当て、それが彼女自身の甘美で色あせた散文と見事に溶けあっていた。何せミセス・ゴトロップは作家にありがちな、芸術の女神《ミューズ》に駆り立てられるままに創作している瞬間と、ごくありふれた日常生活を送っているときとの激しい落差を絵に描いたような人物だった。ソニア・ウェイワードは、作家自身が作品とまったく同じなのに対して、オーガスタ・ゴトロップは作品とは正反対なのだ。ふたりを比べれば、ペティケートはソニアのほうが好ましく思えた。恐ろしい列車に揺られながら、この最悪の女の動物のような手に手を握られたまま、彼は突然ソニアを懐かしむような愛情が湧いてきて、一刻も早く彼女を見つけたいと思った。その気持ちに駆られて口を開いた。

「もしや、どこかでソニアを見かけませんでしたか？」

「この列車の中で？　影も形も見ていないわ！」ミセス・ゴトロップは無神経に大きな笑い声を上げたが、明らかに楽しんで笑っているだけのようだ。「まさか、彼女をどこかに置いて来たんじゃないでしょうね？」

「いえいえ。どうも彼女はぎりぎりで飛び乗ったようなのです。きっとお茶を飲んでいるのでしょう。前の車両へ探しに行ってきます」ペティケートの頭は混乱していた。先にドクター・グレゴリーに言ったことと矛盾する話をしてはいけないと思っていた。が、そのドクター・グレゴリーに、少しでも意味のある話をしたかどうかが思い出せなかった。その上ほんの一瞬、自分が本当は何をしに行くつもりなのかまで思い出せなくなった。たしかソニアを列車から放り投げようかと考えていたはずだが。今からしようとしているのはそれだろうか？　いやいや――ちがう。どういう理由からか、そのような行動は無意味だという結論を出したはずだ。和解――この先にあるのはそれだ。

ペティケートは、自分の頭がこれほど機能していないことに驚き、とにかくミセス・ゴトロップの元を離れようとした。だが彼女の体は大きく、狭い通路ではその作戦に、気まずく礼儀を欠いた体の密着が要求された。その真っ最中に、彼の顔が彼女の顔と数インチの近さまで迫ったところで、ミセス・ゴトロップは再び大声でしゃべり始めた。

「飲みましょ！」ミセス・ゴトロップが叫んだ。「飲みましょ！　飲みましょ！」

ペティケートは、それが招待の言葉だと理解した――しかも、自分だけではなく、ソニアも含めているのだと。

「喜んで」彼はつぶやいた――目の前のミセス・ゴトロップの歯に向かってしゃべるのは難しく、つぶやくしかなかったのだ。「そのうちに」

「だめだめ！　明日！　飲みましょ！　いつもの時間に！」ミセス・ゴトロップの笑い声がさらに響き渡った。「ソニアが彼女のろくでなしの出版者と顔を合わせてもかまわないなら」

「ウェッジですか？」今度はつぶやきではない。あんぐりと口を開けた。

「そう、そうよ！　アンブローズ・ウェッジはリトル・ストートのショットーバー夫妻のところで週末を過ごすらしいの。それでリッキー・ショットーバーが彼も連れてうちへ来るって約束したの。ジンがたらふく飲めるわよ！」

〝ジンがたらふく〟などと口にする女性に対するペティケートの嫌悪感は、すっかり苛立ちに飲み込まれてしまった。仮に自分とソニアの間で口裏を合わせることができたとしても、ウェッジとミセス・ゴトロップが話を擦り合わせたらまずいことになる。そして、ふたりはまちがいなくそうするだろう。彼はウェッジに、ソニアはどこかへ旅に出てしまったと言い、そのたった数時間後には、ソニアと同じ列車に乗って帰るところだとミセス・ゴトロップに言ってしまった。もしかすると、それほど大したことではないのかもしれない。何と言ってもソニアが生きているのなら、平たく言えば嘘の露呈に伴う危険も、そうでない場合に比べればさし迫ったものではない。だが、ペティケートは身の回りのすべてがきちんと片づいていないと気が済まない男だった。そして今回のソニアの一件は、どう言いつくろっても、決して片づいてなどいないのだ。

「ありがとうございます」彼は、ようやくミセス・ゴトロップの右の尻をすり抜けて言った。「この先のことは、まだ何ひとつわかりませんが」その言い回しに不吉な予感を覚えて眉をひそめる。だが懸命に虚勢を張って付け加えた。「ほら、あのソニアのことですからね。この数日わたしにどんな予定を入れているのか、まったく読めないのです。では失礼」

そう言うと、ペティケートは通路の先へと走り去った。

ずいぶん先まで来たペティケートは、食堂車まであと二、三両しかないと推測したが、ふと見やった二等車のある空の個室に視線が釘付けになった。室内はまるきり空というわけではなかった。角の座席には、まるで席を取られまいとするかのように――そんな心配は要らないのだが――個室を一時的に離れた乗客がスーツケースを置いていたのだ。ペティケートは、どこかで見たスーツケースだと思った。それで視線が止まったのだ。

そうだ――まちがいようがない。あの恐ろしい瞬間、死から甦ったソニアが動き始めた列車に飛び乗ったあのとき、彼女が持っていたスーツケースは、張りつめていた神経のいたずらか、彼の頭に消えることなく焼きついていたのだ。

ソニアの鞄の趣味とはほど遠かった。だが彼女が着ていた服も、いつものソニアの趣味とはまるでちがっていた。どれもうなずける話だ。哀れな彼女はイギリス海峡から水着姿で引き上げられたのだ――そして当然ながら、金は二ペンスたりとも持っていなかったはずだ。家に帰り着くために、借りられる限りの物を借りたのだろう。そう考えると、スーツケースまで借りているのは少し奇妙だった。そんな入れ物に詰めて運ぶほど荷物があるとは思えないからだ。

だが、現にスーツケースはそこにあった。ペティケートは、座席の上の古ぼけた物体が、あの苦悩に満ちた瞬間にちらりと見えたものにちがいないと確信した。

突然、そのスーツケースには厚紙でできたラベルがついているのに気づいた。紐で吊るした紙の無地の面しか見えていないが、裏に何が書いてあるのか、人気《ひとけ》のない個室にそっと忍び込んで調べるのはたやすいことだ。通路の前後を確認する。誰もいない。個室の扉を押し開けて中に入ると、ラベルをひっくり返した。不揃いで乱雑な文字が、次のように記してあった。
スミス
　オックスフォード
　　イーストモア通り　一一六番地

ペティケートはまたそっと通路へ戻り、判断しかねるように顔をしかめてしばらくその場に立っていた。今のは、きっとスーツケースの元の持ち主の名前と住所なのだろう。だが妙なことに、この列車はまさにオックスフォードへ向かっているのだ。ちょうどディドコットを通過するところだから、あと二十分でオックスフォードに着くはずだ。もしや、自分に対する恐ろしい陰謀を企てたソニアが、早速スミスというありふれた偽名を使い、身を隠す算段をしたのではないか?

この憶測に壮大で漠然とした恐ろしさを感じ、ペティケートは不安に駆られた。その不安から、通路の前後をもう一度確認してから、再び個室に足を踏み入れた。素早くスーツケースを開けようと試みる。だが、角がへこみかけたかなりぼろぼろの状態にもかかわらず、鍵はしっかりとかかっていた。この状況では怪しげな徘徊行為で訴えられてもおかしくないことに気づき、これ以上時間を無駄にせず、すぐに通路へ戻るべきだと判断した。またソニアを探す作業を続けるしかない。

するると、いともあっさりと、その作業は終わりを迎えた。彼が食堂車に入ると——そこに彼女がいたのだ。こちらを向いて座り、向かいの席は空いている。ペティケートは深呼吸をすると直行し、その席に腰を下ろした。

「ソニア」彼は言った。「ソニア――愛しいソニア――とにかく聞いてくれ。全部説明するから」

そこまで言ったところで、はたと止まった。それは、ソニアではなかった。女性が、驚くような深緑の瞳で――その瞳の奥にはたいへんな恐怖が秘められているようだとペティケートは感じた――彼を見つめ返している。だが、ソニアではなかった。


ペティケートは自分がどれほどの間言葉を失い、女を見つめたままそこに座っていたか、見当もつかなかった。女はソニアよりも若かった――が、大してちがわない。ソニアほどは美しくなかった――が、それも大きなちがいではない。大差ないその二点を合わせると、実際に顔も体つきも似ているという事実以上に、まるで幻覚を実像化したかと思わせるほどだった。だが何と言っても、この目だ――驚くほどそっくりな、この印象的な瞳こそが、本質をとらえている。彼には何の迷いもなく、まちがいなくその女がソニアではないと断言できた。何はともあれ、彼はソニアの夫なのだから。

いや、そうではない！　急に列車が脱線したかのように食堂車がぐるぐると回り出すのをペティケートは感じた。自分はソニアの夫ではない。もう夫とは呼べない。ソニアはやはり死んだのだから。

第五章

「これは、たいへん失礼」ペティケートは向かいの席に座っている見知らぬ女に向かってようやくそう言った。「妻とまちがえてしまって」

「お気になさらないで」女が言った。あえぐようなかすれ声は、絶対に本来の声ではないはずだ。

ペティケートの見たところ、彼女は異常事態に身構えているようだ。もちろん、彼女のぎょっとした反応は当然だろう。何せペティケートは彼女と向き合い、しっかりと顔を見た上で声をかけたのだから。もし「知り合いとまちがえてしまって」と言っていたら、状況はここまで突飛に映らなかっただろう。さらに——少し頭がはっきりしてきたところで、彼にもわかってきたのだが——自分は戦術を誤った。とは言え、さほど重大な誤りにはならないだろう。どこの誰とも知らないこの女とは二度と会うことはないのだから。だが、一般論で言えば、妻に関してできる限りしゃべらないほうがいい。不適切な場面で、うっかりソニアのことをしゃべってしまうような危機がこの先訪れるかもしれないと予見した。

「驚かせてすみません」彼は言った。どういうわけか、人ちがいを詫びた後に席を立って離れるきっかけを、またしても失った。

「お気になさらないで」女はもう一度繰り返した。声がまた一段とかすれている。おまけに持ち上げたティーカップが、列車の振動とは無関係に手の中でカタカタと震えている。何かしら大きな不安を抱えているようだ、とペティケートは思った。そこへ自分のへまのせいで、不運が重なってしまったのだろう。ようやくその場から逃げ出そうとしたところへ、女が再び口を開いた――カップを下ろしながら、突然決意を固めたかのように態度を変えた。

「まさかあたしがそんなことを信じるなんて、思っちゃいないだろうね？」女が尋ねる。

ペティケートは、自分が歯の隙間から勢いよく息を吸い込む音が耳に届いた。こうも次々とやられてはかなわない――この憎むべき旅の途上で襲われる衝撃のことだ。肉体的にぐったりと疲れるのがわかった。まるで長い間、終わりのない急な坂道を足を引きずるようにのぼって来たかのようだ。

「そんなことを信じる？」馬鹿みたいに鸚鵡返しに訊いた。

「まさかあたしがそんなことを信じるなんて、思っちゃいないだろうね？」女もペティケートと同じぐらい馬鹿みたいに、先ほどの発言をそっくり繰り返した。「それとも、そう思ってるのかい？」女は付け加えた――話を進めようと必死に考えた結果のようだ。

「いったいどうしてわたしの言うことを信じないんだね？」ペティケートはぼんやりと、ここは軽く怒って見せるのが適切だろうと思った。だが、それがうまく出せたかどうか、まったく自信がない。

「あんたのことなら、全部お見通しなんだよ」女は言った。「だから嘘は通用しないのさ。あたしを奥さんだと思っただなんてさ、ははん！」

その瞬間、英国紳士であるペティケート大佐の秀でた一面が表れ、この危機的状況におかれてもなお社会的階級を見極める能力を失うことなく発揮した。この女は、ソニアやミセス・ゴトロップとはちがって、淑女ではない。かといって、救いようのない下層階級でもない。これまで自分よりも上級階層にいる人間をじっくり観察して学習し、きっとその気になればしばしば上品な婦人のふりもできそうだ――今は興奮しすぎて無理だろうが。

ペティケートは、かすかに自信が戻ってくるのを感じた。自分自身の社会的優位性を認知できた結果にちがいない。それにこの女の言葉は、害のない、ただ下品なだけの発言だと受け取っていい。彼が人まちがいを言い訳に同じテーブルに座ったのは、不適切な誘いという下心をごまかすためだろうと彼女は仄めかしている。彼女に〝言い寄っている〟と思われたのだ。

当然ながら、ペティケート大佐の繊細な心は、このいわれのないそしりに憤怒した。だが同時に、やはり安堵してもいた。ひどく悪意のある発言かと思ってしまった。そんなはずはなかった。この女があまりにもソニアにそっくりなために、判断力が鈍ってしまったのだ。ここは威厳ある振る舞いさえ見せておけばいいだろう。

「奥さん」彼は言った。「この度は誤解を招く事態となり、実に残念だ。改めてお詫び申し上げる。では失礼させていただくよ」

女は少しも感銘を受けていなかった。

「あんたの奥さんは死んだはずだよ」彼女は言った。「それはあんたが一番よく知ってるくせに」

ペティケートは急にあることに気づいた――人間は溺れると、急にどうでもいいことに気づくと言うが、それと同じ理屈かもしれない――これまで視界に入っていなかった給仕が、いつの間にか目の前にティーポット、ティーケーキ、バター付きトースト、バター付き白パン、バター付き黒パン、それに大きなクリームパンを並べ終えていたのだ。そしてお節介なことに今は、様々なジャムの小瓶を載せた器具をペティケートに勧めている。死刑を宣告された殺人犯が、出されたゆで卵を見るような目つきで、ペティケートはそのおびただしい数の下品な食品を眺めた。現実離れした推理が頭の中をむなしく飛び回る。ひょっとするとソニアには、彼の聞いたことのない妹がいるのかもしれない。ひょっとすると、たまたまその妹があのもう一艘のヨットに乗っていたのかもしれない。そしてひょっとすると、この女がソニアの妹で――ソニアに話を吹き込まれ、悪魔のような仕打ちを彼に強いているのかもしれない。あるいは、ひょっとすると……

「あんたの奥さんは死んだ」女が繰り返している。「あたしが思うに、あんたが溺れさせたんだ」

本能に導かれるように、ペティケートは自分のカップに紅茶を注いだ。やけどするほど熱い紅茶をごくりと飲んだ。

「発言には気をつけたまえ」どうにかそれだけ声に出した。後から付け加える。「そういう話をするなら、誰もいないところがいい」悪魔のように何でも知っているこの女は、金を渡せば黙らせられるのではないかという根拠のない考えに飛びついた。

「死因を心臓発作に見せかけるだなんて、どこかで聞いたような話じゃないか、え？　それに、死体を最初に発見したって言うやつに限って、結局は縛り首を逃れられないことがあるんだってさ」

ペティケートはまた紅茶をごくりと飲んだ。必然的に、ひと口めよりもひどく口の中にやけどをした。

「わたしは妻を溺れさせていない」彼は言った――真実を言っていながら、これほど惨めに嘘っぽく聞こえたことはないと思った。「誓って、そんなことはしていない」

「奥さんの足首を摑んだんだろう」女が言う。「こういう事件は、新聞の日曜版によく載ってる。きりがないほどさ。そして彼女を突き落としたんだ、浴槽の中へ」

一瞬、ペティケートは最後に出てきた驚くべき単語が、何か別の意味を持つ隠語かと思った――〝海〟のことを〝たっぷりの飲み水《ビッグ・ドリンク》〟と呼ぶように。だが、日曜版の新聞を引き合いに出したことではっきりした。彼は長く、苦痛に満ちたため息をついた。

「きみはこう言いたいのかね？」彼は尋ねた。「わたしが風呂場で妻を溺死させたと」

「ふん、確かに検死審問じゃそういう結果にはならなかっただろうさ――エンリー・イギンズ」女は気まずそうな顔をした。「ちがった、ヘンリー・ヒギンズ」

またしてもペティケートの頭の中が、脱線列車状態になった。

「今わたしのことを、何と呼んだんだね？」彼はあえぐように訊いた。

「何て呼ぼうとあたしの勝手だろう。確かにあたしは質素な家の出身だがね、それを恥じてなんかいないんだ、断じてね。人間にとって恥じるべきことは、ほかにいくらでもある、そうだろう？　それはあんたがよく知ってるはずだ。ヘンリー・ヒギンズ、あんたはあたしの叔母さんと結婚した男じゃないか！」

「そんなことは決してしていない」ペティケートはその決めつけに憤怒するあまり、しばし怖がるのも忘れた。「きみの叔母さんなど、まったく知らない。共通の場に出入りしていたとも思えない。それにわたしはヘンリー・ヒギンズではない！」

「度胸はどこへ行ったんだい？　あんたは腰抜けなんだよ、ヒギンズ、だから腰の抜けた振る舞いしかできないのさ。自分は百万長者だなんて言って叔母さんを連れ去って、ふたりしてあたしら親戚の前には一切姿を見せないまま、あたしらにひと言の断りもなく叔母さんを溺れさせて殺したんだ」

「きみたちに断りもなくだって！」ペティケートには、このソニアに瓜二つの女はきっと頭がおかしいのだということがだんだんはっきりしてきた。

「警告してくれなかったってことだよ。おかげであたしには、あれが厄介な金だなんてわからなかったじゃないか。でも、これだけは言っとくけどね、ヒギンズ、あたしが捕まったら、あんたも捕まるんだよ。だから、あの件であんたがあたしを追って来たって無駄なんだよ。あんたが本当に百万長者だろうとなかろうと、さっさと金は払ったほうがいいよ、やつらの手が及ばないうちにね。あたしは何にも怖くないよ、それは本当だ」

「それは意見が分かれるところだね、お嬢さん」最後のひと言は、自分が落ち着きを取り戻したことを宣言するように言った。この嘆かわしいソニアの彫像との間にはひどい勘ちがいがあり、自分は何ら彼女を恐れる必要がないのは明らかだ。その点から言えば、この女にも自分を恐れる理由はない——とは言え、どういうわけかはまださっぱりわからないが、今にもパニックを起こしそうな様子をしている。

　彼女が何かに苦悩していると思うだけで、いい気分だった。ヒギンズなる野暮な人物とまちがわれるなど——そしてさらには、何やら薄汚い犯罪疑惑やつまらない詐欺行為の陰謀への関わりまで疑われるなど——まったくもって大いに不愉快極まりない。どうやら本物のヒギンズの亡き妻の姪は、叔母が急に死んでから間もないうちに、叔母の名前や信用を騙って好き勝手に金を使っていたらしい。だが、ペティケートはこれ以上その話を掘り下げるつもりはなかった。卑しい人々の気まぐれな動向など、何の魅力も感じない。黙ったまま軽蔑するように席を立って去ろうとしたとき、ソニアとそっくりな女に先を越された。

「オックスフォードだ！」列車が減速し始めるのに合わせて彼女は言った。「荷物を席に置いたままだっていうのに！」彼女はテーブルの間の通路に這い出た。「でも、あんたもここで降りたほうがいいんじゃないのかい、ヒギンズ？　ナッフィールド卿と冷静に話し合ったらどうだい？　百万長者どうし、さしでさ」この粗野なあざけりが、あたかも相手をぎゃふんと言わせる気の利いたひと言だったかのような満足感を女にもたらしたらしいと、ペティケートは思った。しかもその言葉とともに、あの驚くべき緑の瞳で挑戦的な目つきさえ見せたのだ。「あばよ、大実業家のヘンリー・ヒギンズ。悪運を祈ってるよ！」

ペティケートは、身を乗り出して女の頬に平手打ちを食らわしてやりたい強い衝動に駆られた。が、その代わりに立ち上がってお辞儀をした。この危機に文字通り立ち上がって対処した彼の態度は、おそらく野蛮な暴力行為を選ぶよりも女をひるませたのだろう。彼女は背を向けて急ぎ足で立ち去った。

その数分後、オックスフォード駅のプラットホームに立っている女の姿をペティケートは見つけた。やはりそうか――手には、彼が今しがた中身を調べようとした、あのぼろぼろのスーツケースを持っている。つまり、彼女がミス・スミスなのだ。あるいは、ミセス・スミスか。そして、イーストモア通り一一六番地に住んでいる――ペティケート大佐を乗せた列車が再び西へ走り出した今、後方へ遠ざかっていく〝夢見る尖塔の都市〟のどこかに。

アーノルド（一八二二～一八八八。マシュー・アーノルド。イギリスの詩人、批評家。詩の中でオックスフォードを〝夢見る尖塔の都市〟と表した）やペイター（一八三九～一八九四。ウォルター・ペイター。イギリスの随筆家、小説家）を世に送り出した美しい街が、あれほど不愉快な人物の棲家《すみか》となっているとは、実に嘆かわしいことだとペティケートは思った。

急に腹が減っていることに気づいた。すでにトーストは冷えてとても食べられそうになかったが、それ以外は全部平らげた。食堂車にはまだ客が何人か残っており、先ほどの残念な出来事《コントルタン》に気づいた人はいるだろうかと、ペティケートは不安に思った。だが、それほど多くは聞こえなかったはずだ——それに、とっさに育ちの良さが表に出て、あのように極めて威厳のある締めくくり方ができたのも実に幸いだった。ヘンリー・ヒギンズだと、まったく！　ペティケート大佐はようやくこの一件のばかばかしさを笑えるようになっていた。

だが、そこですっくと立ち上がった。何はともあれ、真剣に考えなければならない。自分の立場——復活した立場——の大枠について、明確に決めなければ。とにかく、それがすべての核なのだ。列車に乗り込み、馬鹿みたいにソニアにそっくりなスミスという女に誤った、危険な疑惑に引き込まれそうになる前と、何ら状況は変わっていないのだ。そもそもドクター・グレゴリーが元凶だった。そのグレゴリーの待つ後方車両の個室へ、これから戻らなければならないのだ。

グレゴリーには、動揺した様子を見られてしまった。だがグレゴリーはそれを、単に身体的な不調によるものだと気に留めていないらしく、ペティケートもそれに矛盾するような言動をとった覚えはなかった。ここまでは大丈夫だ。だが、ミセス・ゴトロップのほうは、また別の問題だ。

そう、彼はまちがいなく彼女の前でへまをしでかした。〝赤ら顔のブリンプ〟だの〝田舎者のブリンプ〟だのと、くだらない雑言を浴びせてくるあの厄介な女に向かって、列車内でソニアを見かけなかったかと尋ねてしまった。一方、アンブローズ・ウェッジには、ソニアは姿を消した、近いうちに会う予定はまったくないと言った。まずい食いちがいだ——しかも、明日ミセス・ゴトロップが開くパーティーにウェッジもやって来るとなると、なおのことまずい。

ペティケートは紅茶を飲み終え、代金を払った。実に不愉快だ、と彼は思った。本来なら『歓喜の門』――いや、ちがった『人間の欲望』――にふさわしい、立派なエンディングを書き上げるために静寂を楽しみながら熟考するべきところを、かわいそうなソニアの残した執筆の重荷をこの自分が引き受けてやろうとしたがために、次から次へと降りかかる面倒を解決するのに時間を割かなくてはならないとは。とは言え、ミセス・ゴトロップの件はすぐにでも片が付けられる。彼にはその方法が明確にわかっていた。

列車の後方へ歩いて戻りながら、ミセス・ゴトロップの姿を探した――ちょうどソニアを、本当はいなかったソニアを探して、列車の前へ歩いていったのと同じように。著名な女性伝記作家はおそらくどこかの個室にいて、ほかにはジョンソンとボズウェルしかいないはずだ。やはり、そのとおりだった。ミセス・ゴトロップは機関車に背を向けて座り、よだれを垂らした獣たちは前を向いていた。いつも以上に図体の大きさが目立つジョンソンは、ハアハアと苦しそうな息をしている。ボズウェルは、何とも嫌な匂いがする。ペティケートは礼儀正しく個室に入るお伺いを立てた後で、二匹のイヌ科の友人の間に腰を下ろした。ジョンソンは、ブラッドハウンドならではの、同情するような悲しい目でペティケートを見つめた。ひょっとすると、ウェッジご自慢の売れっ子作家のアルスパッハは、この動物たちと触れ合うことによって、彼の特徴である陰鬱な文体を生み出したのかもしれない、とペティケートは思った。ペキニーズのボズウェルは、貴族のように冷たく軽蔑するような目つきで新参者を眺めた。

「大英博物館の中まで、ジョンソンとボズウェルを連れて入るんですか?」ペティケートはさりげなく、明るい声で尋ねた。これからする話が、わざとらしく思われてはいけない。

「連れて行くわけがないでしょう。あそこにいるのはつまらない犬ばっかりですもの。〝悪しきまじわり〟だわ。ジョンソンとボズウェルがそこで〝善きならわしを害《そこ》なう〟のは、絶対に御免ですからね（新約聖書『コリント人への第一の手紙』より）」ミセス・ゴトロップが轟くような大声を上げ、ペティケートはまるでライオンの群れが吠えているようだと思った。よくあることだが、彼女が面白がっているしるしなのだ。もしも隣の個室に神経質な客が乗っていたとしたら――ペティケートは心の中で付け加えた――慌てて緊急通報用の紐を引いたとしても、誰も責められまい。

「では、ご友人に預けて行くのですか？」

ミセス・ゴトロップは大きく首を横に振った――そのせいで、芸術の心得がある者なら〝モビール〟と呼ぶであろう、可動式の部品を寄せ集めて耳から吊るした形式のイヤリングが激しくぶつかって金属音を立て、まるで風変りな音楽を奏でているように響いた。

「友人だなんて駄目よ、絶対に駄目！　このふたりは〈ワンワン・クリニック〉へ連れて行くの。ジョンソンはマッサージをしてもらうのよ。ただ、効き目があるかどうかわからないけど。ぎっくり腰じゃないかと疑い始めているところよ」

ペティケートは汚らわしいブラッドハウンドに、隣人らしい愛情を大げさに込めた目を向けようと試みた。

「ボズウェルのほうは？」彼は尋ねた。

「作業療法を受けているわ。もしかすると、潜在的な神経症じゃないかと恐れているのよ。ボズウェルは、骨を埋めてはまた掘り出すことを勧められているの」

ミセス・ゴトロップがまた大きな声で笑う中、ペティケートは今聞かされたのが冗談ではなく、犬狂いによる実際の、そして気持ちの悪い、愚行の話だったのではないかと疑っていた。ボズウェルにはむしろ、悪臭を消すことを勧めたいと言おうと思ったが、きっと彼女をひどく怒らせるだけだと判断した。そこで、代わりに肝心の話を切り出した。

「ソニアのことですがね」彼は言った。「この列車内で彼女を見かけなかったかと、さっきあなたに尋ねたでしょう？　実は、見かけたはずがないとわかった上でそう言ったんですよ」

ミセス・ゴトロップは彼をじっと見つめた。「何を言ってるのかわからないわ、ブリンプ。さっぱりわからない。あなたに見えるものが、どうしてわたしには見えないと言うの？　周りが見えないほど酔っぱらっているとでも思ったの？」

「ソニアはこの列車には乗っていないんですよ。乗っているはずがないんです。遠くへ行ってしまったんですから」

「無理もないわ、あなたの頭がおかしくなったんじゃね。どうして、いないはずの女性を見かけなかったかとわたしに訊いたの？」

「すみません、実に幼稚な発言でした」ペティケートが言った。「空想のようなものです。ソニアがどこへも行かずにまだわたしと一緒にいると、想像していたんです」

「つまり、彼女はあなたを置いて出て行ったの？　やっと？」

ペティケートは顔をしかめた。何より、ミセス・ゴトロップの最後のひと言に腹を立てていた。

「そういう話じゃないんです」彼は言った。「いや、そんな話とはほど遠い。ただ、彼女は期限を定めずに休暇に出かけたんですよ。どこへ行ったか、さっぱりわかりません。確かにヨットの中で些細な口論はしました。ああいう狭い空間に閉じ込められていると、いらいらしますからね。それで、しばらく別々にいようということになったんです。深刻なものじゃありません。それでもやはり、あまり触れられたくない話ですからね。それでつい、あなたにくだらない質問をしてしまったわけです。このことを知られまいとする、とっさの浅はかな反応だったのです。わたしが馬鹿でした。もちろん、あなたのような昔ながらの友人にはお話ししてもかまわなかったのに」

ペティケートの声は、最後には消え入りそうになっていた。今の話が少し長すぎることは自覚していた。それに、ミセス・ゴトロップが大きな音で鼻から息を吸い込んだことにも気づいていた。それはもちろん、たとえば小間使いの娘が不満を示すために下品に鼻を鳴らす音とはちがっていた。単に個室内で、ボズウェルの悪臭以外に、酒の匂いがしないかと嗅いでいる音だった。ペティケートは酩酊を疑われているのだ。

「ひどい嘘だわね」ミセス・ゴトロップが言った。

「嘘！」ペティケートは動揺した。

「わたしの職業を忘れたわけじゃないでしょうね、ブリンプ。声の調子から発言の真偽を見極めることには慣れているの。そう！」――ミセス・ゴトロップはそう言うなり、指輪をはめた指を芝居がかった仕草でペティケートに向けた――「たとえそれが、古い日記や忘れ去られた記録の中から拾った声なき声だったとしてもよ。このわたしを欺くことはできないわ！」

「決してそんな……」ペティケートは言いかけたが、何も言えなくなって口をつぐんだ。ミセス・ゴトロップが最後に豪快な笑い声を上げてからすでに数分が経過しており、それだけでもめったにない、注意すべき現象だった。が、それ以上に彼の警戒心を呼び覚ましたのは、たった今彼女が明言した主張だ。それはペティケートに、幼いころ子ども用ベッドの上に飾ってあった、忘れな草に縁どられた不気味な言葉を思い出させた。〈神であるわたしには、あなたが見えている〉実に無意味だと、彼の賢明な頭脳がずっと昔に跳ねつけた言葉だった。そこまでは否定できないとしても、少なくとも今のミセス・ゴトロップに超自然的な洞察力があるんじゃないかとは、一瞬たりとも思えない。

「〝決して〟なんてわたしには通用しないわよ、ブリンプ」ミセス・ゴトロップが言った。「わたしにはお見通しなんだから」

ペティケートははっと息を呑み込んだ——それに反応して、まだ荒い息をしているジョンソンが振り向いて、同情のまなざしを彼に向けた。

「ええ、まあ」ペティケートは焦って言った。「ある意味、あなたのおっしゃるとおりです。わたしはすべてを正直に話したわけじゃありません。ソニアはこの数カ月というもの、ひどく苛立っていましてね。きっとあなたもそれに気づかれていたでしょう。それで、スニッグズ・グリーンにいるのが、体調に良くないんじゃないかと言いだしたのです。今度ソニアと再会するときは、どこかよその土地になる可能性が高いと思います。バミューダが非常にいいところだと聞いたらしくて。わたし自身はどこかへ移るのは気が進まないのですが。それでも、当然ながら、ソニアの行くところへはくっついて行くしかありませんからね」

「ええ、あなたにはそれしかないものね。彼女のおかげで生きている、そうでしょう？」

そう言いながらミセス・ゴトロップがとびきり陽気な気分に戻ったからと言って、ペティケートにとってその非礼な言葉は許せるものではなかった。

「わたしにも財産はありますよ」彼は威厳を込めて言った。「ちょうど今日、アンブローズ・ウェッジにもそう言ってやったところですよ、今の状況を説明したときに」

「ははーん！」ミセス・ゴトロップは、ここが猟場なら緊急事態を知らせる叫び声と思われるような大声を出した。「そういうわけだったのね？　あなたはスニッグズ・グリーンでは、妻との不名誉な決別について黙ってるつもりだった——だから、この列車内でわたしにあんなばかばかしい質問をした。でも、明日のパーティーにウェッジも来る予定だと聞いたとたん、遅かれ早かれ真実が伝わってしまうと思った。それでこうしてわたしに会いに来た。可愛いブリンプ、なかなか手の込んだことをやるものね」

ペティケートは、これには返す言葉が見つからなかった。ミセス・ゴトロップは、やはりわかってなどいなかったのだ。ソニアが実は死んだことも、勘ちがいに終わった生還についても知らないのだから当然だ。だが、その限られた情報の範囲内で、かなり精度の高い推測をしている。そしてペティケートは彼女とのこの面会が、際立った戦略的な成功だったとはまったく思えなかった。彼が主に印象づけたのは、妻についての不必要かつ説得力に欠ける話ばかりだ。それこそは避けなければならないはずだったじゃないか！　彼は立ち上がった。

「自分の席に戻らないと」彼は言った。できるだけさりげない口調で話した。「グレゴリーが待っているんです。あの年寄りとおしゃべりするせっかくの機会を逃すわけにはいきませんからね」

「ソニアのことを教えてあげるといいわ、ブリンプ」

ペティケートはこの更なる侮辱に対して何か言い返せないかと辺りを見回したが、何も見つけられなかった。そこで、ペキニーズに視線を落とした。

「お気づきでしたか？」彼は言った。「ボズウェルが何やら廊下へ出たがっていますよ」

そう言うと、ボズウェルの飼い主に冷たい視線を投げかけ、個室を後にした。

列車の中を進みながら、今ごろドクター・グレゴリーは自分のことを心配しているにちがいないと思ってはっとした。よろよろと個室を出ていった自分を、たった今悪知恵を絞ってミセス・ゴトロップのボズウェルになすりつけたのと同じ欲求を満たすために席を外したものと思っていることだろう。それが、これだけ長時間帰って来ないのだ。そう、きっとグレゴリーは今ごろ心配しているにちがいない。

だが現実には、どうやらそうではなかったらしい。ドクター・グレゴリーは気持ちよさそうに眠っていたのだ――ようやく目を覚ましたのは次の駅、つまりふたりが降りる予定のひとつ手前の駅にさしかかって、列車が徐行したときだった。

「おお――ペティケート」彼はさりげなく言った。「気分は良くなったようだね?」

「すっかり良くなりましたよ、ご心配ありがとうございます。ついでに紅茶を一杯飲んでくることにしたんです」

「ふむ！　それで、紅茶と一緒に出された炭水化物も全部食べたのかね?」

「もちろん、そんなことはしませんよ、ドクター。先生の的確な助言は、しっかりと頭に刻んでいますからね」ペティケートは、少なくともあのバター付きトーストに手をつけなかった点において、嘘ではないと思った。

「それを守れば、金はかからないし、食べすぎずに済む」グレゴリーが言った。「ただし、注文の段階ではっきり伝えておけばだが。何よりのコツだよ」

「確かに、そのとおりですね」ペティケートは少し間を置いてから言った。「ところで、先生がソニアと見まちがえた女性を見かけましたよ」

「見まちがえた？　いったい何を言ってるのかね？」

「先生がソニアを本屋の屋台で見かけて、列車に乗り遅れないか心配だとおっしゃったのを、お忘れですか？」

「ああ、そうだった――もちろん、覚えているとも」

「それからわたしが、それはソニアのはずがない、彼女は休暇で遠くへ行っているのだから、と言ったでしょう？」

「それは聞いた覚えがないぞ、ペティケート」

ペティケートは驚いたような顔をした。

「言わなかったかな？　てっきり言ったつもりだったのですが。いや、もしかするとその話をしかけていたところへ、あの急な発作が起きたのかもしれませんね」

「そうかもしれないな」ドクター・グレゴリーはそう聞いても、特に関心が高まる様子はなかった。

「ソニアに似た別人だったと言うんだね？」

「驚くほど似ていましたよ。しかも、その女性と食堂車で向かい合った席に座ったんです。奇妙な偶然でしたよ。瞳までソニアそっくりだったんですから」

「驚きだな」

「もちろん考えてみれば、ソニアも列車に乗っていた可能性はあるんです。つまり、気が変わって家に帰ることにしたのかもしれない。ただ、それは考えにくかった――何と言っても、ハニッグズ・グリーンを嫌っていましたからね」

「それは残念だね」ドクター・グレゴリーは礼儀正しい老紳士だったため、口調がひどく投げやりになることはなかった。だが、不快感を隠そうとはしなかった。「だが、そう聞いてもたいして驚きはしないよ」彼は続けた。「ミセス・ペティケートは、元気のあり余る女性だからね。それに、スニッグズ・グリーンの住民の平均年齢を考えれば、暗い気持ちになる。次々と、静かに死を迎えていく。わたし自身も一日じゅう、そんな場面に立ち会っているのだ——本当は赤ん坊をこの世に迎える手助けをしたい、死にかけている大勢の富豪たちが去るのを防ぐのではなくてね。ランドー（一七七五～一八六四。ウォルター・サヴェージ・ランドー。イギリスの詩人）は読んだことがあるかね？　美しい作品を書く」

「もちろん、ランドーは読みますとも」文学的教養の高いペティケート大佐としては、ベッド脇の書棚に『空想対話編』（ランドーが書いた、さまざまな組み合わせの歴史や神話の人物による空想上の対話集）が含まれていないという決めつけに憤慨した。

「その中の「イソップ対ロドペ」の一文を、手術が長引いたときなどにふと思い出すことがある。たしか〝いつまでも起きているより、早く寝床に着くがいい〟というような言葉だ」

「さらには、〝いずれ必ず落ちるものなら、無駄に長引かせるな〟ですね」ペティケートは引用を完成できたことに満足した。「ですが、先生の患者たちに致命的な病を見つけるようにと言ったところで、誰ひとり聞かないと思いますがね」

「それより、別の医者を見つけるだろうな」グレゴリーは楽しそうに笑った。「そう、みんな長生きする——なぜかは謎だ。と言うより、何のためにかは謎だ。どうせスニッグズ・グリーンでは何も起きないというのに。それとも、何かが起きているのを、わたしが耄碌《もうろく》して気づかないだけなのか？」

「もちろん、大したことなど起きませんよ」ペティケートは優しくうなずいた。「ソニアとヨットでつまらない口論になったとき、彼女が言っていたことのひとつがそれです」彼は相手に続きを促されるのを待つためにそこで言葉を切った。だが、ドクター・グレゴリーの礼儀正しさが、その誘導に打ち勝った。ペティケートは自分から話を進めるほかなかった――できるだけ軽い口調を心がけながら。

「それで、ソニアは楽しいことを求めてどこかへ、行き先はわからないのですが、どこかへ行ってしまったというわけです。小説の題材を求めてという面も、まちがいなくあるでしょう。そういう稼業ですからね。ときおり環境を変えることを要求される。もしも来週彼女から電報が届いて、今すぐバハマへ来て一緒に暮らせと言われたら、ため息をつくしかない。だが、きっとそのとおりに従いますよ」

「そうだろうとも。きっとヨットに乗るには最高なところだろうね。美しいゴルフコースもあるにちがいない。それにワインのように甘美な空気に満ちているのだろう」

ドクター・グレゴリーの返事は礼儀正しく、のんびりしていた。それでもペティケートは、探るような視線を感じて落ち着かないのだった。

第二部　スニッグズ・グリーンの大騒動

第一章

ペティケート大佐は翌日の午前中はゆっくりと自宅で過ごし、ソニア・ウェイワードの新作の執筆に励んだ。本のタイトルは、ロバート・ブリッジズの詩から取るのをやめて、マシュー・アーノルドに救いを求めた。

人間が最後に手に入れるものでありながら
若さの欲するものではない（アーノルドの詩『若さと安らぎ』より）

タイトルページに書いてみると、その絶妙な退屈さが大いなる満足感を与えてくれる。ウェッジには、ソニアの気が変わったと説明しなくては。きっとウェッジは異を立てることはしないだろう。〝異を立てる〟とは文学的な美しい言い回しだ。ソニアはこれまで一度もその表現を使ったことはあるまいとペティケートは思った。とは言え、彼女の作品にはぴったりだ。そこで、試しに次の段落に入れてみることにした。〈異を立てることもなく〉と彼は書いた。〈偉大なる彫刻家は踵を返した〉。なかなか据わりがいいじゃないか。偉大なる彫刻家というのは、もちろんティミー・ヴェドレンの父親のことだ。次のページでは彼のことを〝優れた芸術家〟と呼ぶつもりだ。そして、ティミーにバイロン（一七八八〜一八二四。ジョージ・ゴードン・バイロン。イギリスの詩人）の詩を――静かに燃え上がる情熱をもって――暗唱させる場面では、バイロンのことを〝ニューステッドの憂愁の男爵〟と呼ばせることを忘れてはいけない。

何もかもが実に楽しく、作業は順当に進んだ。午前がゆっくりと過ぎていった。ペティケートは幸せそうにタイプライターを打ち続けた。『若さが欲するもの』の原稿の四つ折り紙が床に散乱していくのを見て、彼は懐かしさに浸りそうになった。だが、感傷に耽るのを防いでくれたのは、作業のとある難しい一面だった。つまり、基本的なプロットで曖昧なままの部分を固めることだ。ウェッジの道徳的な規準は受け入れつつも、例のローイングパンツのくだりが及ぼす影響についてはひどく懐疑的になっていた。その部分では、ソニアはいつもの彼女の力を発揮できていないと思えた。もう一度最初の三万語を見直して、彼女の原稿を書き換えたほうがいいんじゃないか。たとえば、クレアがテイミーの罪深い関係とおぼしき現場を目撃するシーンと、初めて彼と出会う場面とを、ストーリーの主題で何かしら対応させるのはどうだろう。それならやはり彼には一糸まとわぬ姿になってもらわなければ。では、真夜中に水泳パーティーをしているという設定はどうだ？――いつもソニアが書いているものよりも、ほんの少しばかり不道徳な要素が入るが。何と言っても、人間は時流に乗るべきなのだ。そして伝統的な良識ある人生と、芸術という鏡に映し出された人生の両方を見れば、その流れがどちらへ向かっているかは明らかだ。ペティケートはひとりでクックッと笑った。そうだ、ウェッジには、このソニア・ウェイワードの新作の中で、ほんの少しだけ刺激的な新しさを見せてやろうじゃないか。

ペティケートが自分の小さな書斎で心地よい出窓のそばに座り、執筆や思案を楽しみつつ励んでいるうちにふと顔を上げると、庭の小道をこちらへ歩いて来るブラドナック巡査部長の姿が目に留まった。

　彼の元に、警察がやって来たのだ。

　玄関の呼び鈴が鳴った。その一分後に、冴えない顔をしたヘンワイフが静かに書斎に入って来た。

「ブラドナック巡査部長がいらしています、旦那様。召喚状をお持ちだそうです、残念ながら」

　ペティケートは執事を見つめた。

「逮捕令状じゃないのか？」早口で尋ねる。彼はヘンワイフを間抜けだと思っており、彼のまちがいをすかさず正すことを常としていたのだ。

「逮捕とは無関係のようです、旦那様。自動車の交通法規違反だそうです。わたしにそこまで漏らしたからと言って、どうぞ巡査部長を責めないでください。要らぬ面倒を引き起こさないためにも、お急ぎとのことでしたので」

　ヘンワイフの雇用主は、椅子にぐったりともたれて聞いていた。だが――少々ふらつきながら――立ち上がった。

「やれやれ」彼は言った。「どうあってもブラドナックがここまで入って来て、それをわたしに手渡さなければならないというわけか。だが、何とも腹立たしいな。くだらない交通法規など、わたしは破った覚えがないのだが。待ち伏せをして、こっそり車のナンバーを控えるなど、まったくの不当行為じゃないか。このことは議会でも質問してもらわねば。そうだ、是非そうしてもらおう」

「はい、旦那様。わたしも同じ気持ちです、まったくもって。巡査部長をお通しいたしましょうか？」

ペティケートは浮かない顔でうなずいた。

「ああ、通してくれ」

ヘンワイフが退室した。ペティケートは床に散らばった紙を器用に拾い集めた。もしもブラドナックが相当に頭の鋭い警官ならば――そんなはずはないのだが――ペティケート大佐が膨大な量の会話文を書いていることに驚くにちがいない。リスクは避けるに限る。それに、ヘンワイフと彼の妻に知られるリスクも、同様に避けなければならない。

ブラドナックは礼儀正しくヘルメットを小脇に抱えて書斎に入って来た。動作の鈍い男で、不器用な動きをする大きな足に重そうな靴を履いている。そのため、どことなく芝居めいた雰囲気をまとっていた。実は村のホールの余興として田舎警察の役を演じている地元の八百屋だと言われてもおかしくなかった。

ペティケートは――この新しい環境について回る、例の激しい疲労感を伴う警戒心を、この数分間に再び呼び覚まさなければならなかったのだが――何も考えていないような表情を浮かべ、無関心な態度をとった。使用人ほどの扱いで充分な警察官と、一時的に不愉快な関係を持たざるを得なくなった上流階級の人間にふさわしい表情と態度だ。

「ああ、おはよう、ブラドナック」彼は寛大な愛想のよさを見せた。「犯罪を追っているそうじゃないか、え？　それはそれは！」

「申し訳ありません、大佐、きっとお邪魔でしょう。それも、当然ながら、ほんの軽罪のために」ブラドナック巡査部長はそう言いながら、書斎の中をじっくりと観察した。犯罪の痕跡を探っているわけではないのだろうが、まちがいなく何かを探している。

ペティケートは、何か隠しておくべきものがあったのではないかと、焦らずにはいられなかった。自制の利かない自分自身の頭に腹を立てたせいで、一段と元気よく言った。

「よし、こちらへよこしたまえ。余計な前置きは要らない。帰り際に、ヘンワイフのところへ寄って行くといい。きっとビールを一杯ごちそうしようと待っているはずだ」

「感謝します、大佐、本当に。ですが、あなたに渡したのでは、規則違反になります。奥様に直接渡さなければならないのです。奥様にもお手間を取らせて、本当に申し訳ありません」

「え、家内宛てなのか?」

それを聞いたブラドナックはポケットから青い封筒を取り出して、それを注意深く確認した——普通の人間なら細かい字で埋められた書類を丸一ページ読むほどの時間がかかっていると、ペティケートには思えた。

「ミセス・フォリオット・ペティケート」ようやくブラドナックが読み上げた。それから、まるでソニアが戸棚の中か長椅子の後ろに隠れているとでも思っているかのように、また懸命に部屋の中を探るような目で見回した。

「家内はここにはいない」ペティケートが言った。「それは預かっておこう。わたしが受領書を書けばいいだろう」

ブラドナックが首を振った。

「それでは規則に反します、大佐。最近では書留便でも届けられるようになったのですが。それでも、直接送達は代理人では受け取れないのです。お手数でも奥様の現住所を教えていただかなくてはなりません」

「残念ながら、どこにいるか見当もつかないのだ。家内は休暇で出かけていて、あちこちを移動している。今は連絡が取れない状態だ」

ブラドナックは真剣な面持ちでしばらく考え込んでいた。すると、大きな顔いっぱいににんまりと笑みを浮かべた。

「よしてくださいよ、大佐。とぼけなくても大丈夫です。この召喚状は、大したものではありませんから。無用な交通妨害だけです。どの判事も深刻にはとらえませんよ。丁寧な謝罪文を書いて判事の補佐に提出すればいいんです、大佐、十シリング以上の罰金にはなりません。ごまかすほどのことではありませんよ」

ペティケートは、その愚かな発言を黙って受け留める気はまったくなかった。

「きみ、何も召喚を逃れようとしているわけではないのだ。あくまでも真実を話している。ミセス・ペティケートは海外にいて、連絡を取る手段がない。いつ向こうから連絡が来るかもわからない。彼女の行動は無計画なのだから」

「ああ、海外にいらっしゃるのですか！」ブラドナックの顔がぱっと晴れた。「それでしたらもちろん、言ってみれば、この件はわたしの手を離れることになります」

「こんな場合に取るべき手順は定められているのだろうね？」ペティケートはまた苛立ってきた。ブラドナックの暗く真面目くさった言葉は、まるでソニアの居場所を突き止める任務は、今後インターポールに引き継がれるとでも言っているようだった。「きみの上司の警部補なら、どうすればいいかよく知っているだろう」

「ええ、大佐。考えてみれば、警部補はもう少し詳細な情報を要求するはずです」腹に据えかねるほど緩慢な動作で、ブラドナックはようやく手帳を取り出した。黒い幅広のゴムバンドを巻いた物々しい手帳で、ブラドナックはさらに数秒格闘して、そこからどうにか鉛筆を取り外した。「お訊きしますが」彼が尋ねる。「ミセス・ペティケートが出国されたのは、何月何日でしたか?」

ペティケートは動揺した。この一件は、まったくうんざりするほどばかばかしい。だが、こうやって――いくら無害な内容だとは言え――ソニアの最近の動向について警察の質問を受けると、見えない恐怖を感じた。そもそも、ソニアがイギリスを出た日付など、彼は知らないのだ。まだそこまで具体的に考えていなかった。それ以上に『若さの欲するもの』を書きたい誘惑が勝ってしまった。自分の妻にまつわる筋書きを作らなければならなかったのに、クレアやティミーのストーリーを作るのにかまけていた。

「ほんの何日か前だ」彼は言った。「ふたりでヨットで出かけ、休暇が終わるころに彼女が外国へ行ってくると言いだした」そうだ、彼は思った、これでいい――拙速に具体的すぎるわけでも、不可解に曖昧すぎるわけでもない。

ブラドナック巡査部長はその情報に興味を引かれたようだった。だが警察官としての興味ではないらしく、その証拠に手帳を閉じた。

「それはまさしく、わたしが前から夢見ていることですよ」彼は言った。「ヨットで休暇。すべてを断ち切って自由になれますからね、ある意味では。それに、近頃はとても人気があるそうで。危険も伴いますがね――明らかに危険です。海で泳ぐのもそうです」

「そのとおりだね」ペティケートが言った。これでブラドナックは帰るだろう。

「昨今の水着姿の連中には、かねがね興味を持っていましてね」

「ほお、そうなのか？」ペティケートは初め、ブラドナックが指しているのが、大衆向け雑誌の表紙で執拗にポーズを取る、ごく小さな水着を着けた美女たちのことかと思った。

「実にショッキングです。ええ、実にショッキングですとも」

「きみの言うとおりだね、巡査部長、まさしく」ペティケートはまだ勘ちがいをしたままだった。

「今年のサウスコーストだけ取ってみてもそうです。溺死者。海難事故の死者。大変な数ですよ。しかも、そのうち何人かは実は殺されたのだと、わたしは見ているんです」

ペティケートはすでに何度か味わったのと同じ、凍りつくような恐怖に襲われた。

「可能性はありそうだね」彼は言った。

ブラドナックは重々しくうなずいた。

「まさにそうなんですよ、大佐。可能性は非常に高い。あまりに簡単すぎるのです。人間生来の邪悪さを考えれば。言っておきますがね、大佐、どこかのボートやビーチで、きっと人が殺されていますよ。誰にも疑われないまま終わるケースもあるでしょう。だが、そうじゃないケースもある。今朝の新聞は読みましたか、大佐？」

「そのような――その――情報の記事は読んでいないな」これは本当だった。興味深いことに、ペティケートは溺死体などが発見されたという記載がありそうな目立たないページは読み飛ばしていたのだ。

「実に疑わしい事件がありまして、綿密な捜査が行われているのです。打ち上げられた死体が水着しか着けていなかったのですがね、大佐、警察医が断言するには、明らかに海に入る前からすでに死亡していたらしいのです」

ペティケートの頭の中が回り出し、ブラドナックの姿が、まるで海底に生えた巨大な青い海藻のようにゆらゆらと揺れて見えた。

「警察は」自分の声が遠くから聞こえる。「その女性の身元を判明できそうなのかね?」

「女性ではありませんよ、大佐」ブラドナックは一瞬戸惑った顔をした。「栄養状態の良い中年男性です。確かに、この十日以内に女性の死体も上がりましたがね。何かに齧られた跡がありました」

だがペティケートは十日前の死者に興味はなかった。実のところ、今興味があるのは、自分の内臓が不調を訴えている感覚だけだった。困惑して書斎の中を見回しているうちに、サイドテーブルのタンタロス（酒瓶を数本収納した木製スタンドで、酒量を自制するために鍵を外さないと瓶を取り出せない仕組みになっている）とグラスの上に視線が止まった。

「ウィスキーをどうだい、巡査部長、帰る前に」ペティケートは救済を目指してよろよろと歩きだし、一分後には深々とした肘掛け椅子に座ってウィスキーをストレートで勢いよく飲んでいた。ブラドナック巡査部長は思いがけない一杯を、礼儀正しく部屋の中央で立ったまま飲んだ。ヘンワイフのところへ寄ってビールを一杯飲んで行けと言われた言葉は、まだ有効だろうかと考えているようだった。

ようやくブラドナックが帰った。ペティケートは長い間座ったまま、ただグラスを見つめていた。やがて視線をタンタロスへ移し、今度はそれをじっと眺めた。立ち上がり、窓辺へ歩いて行くと、下の窓を引き上げた。外を眺める。誰も見ていない。

ペティケートはグラスに残っていた酒を花壇に空けた。タンタロスの酒瓶を三本とも取って来て、同じように中身を全部空けた。ヘンワイフはきっと、彼がずいぶんと酒を飲んだと思うだろう。だが、そんなことは問題ではない。問題なのは、何かやっかいなことが起きるたびに酒に頼ることだ。あのヨットでも、ウィスキーは決して彼の力にならなかったことを思い出した。深く付き合えば付き合うほど、ますます力にならないはずだ。

　これからの人生は素面のままで過ごさなければならない、と彼は決心した。空になった酒瓶をスタンドに戻して鍵をかけ、再び『若さの欲するもの』に向かった。

第二章

ペティケートに昼食の骨付き肉を運んで来たのは、ミセス・ヘンワイフだった。彼女は皿を覆っていた小さな銀のカバーを仰々しく開けた後も、しばらく部屋に留まっていた。

「失礼します、旦那様——奥方様は滞在先へ何をお送りすればいいか、おっしゃっていませんでしたか?」

「何か要るときには知らせると言っていたよ、ミセス・ヘンワイフ、もし手紙を書くことがあれば」

「ありがとうございます、旦那様」ミセス・ペティケートから夫への連絡が、たったひとつの条件節で言い表されるまでに格下げされたこと——しかも、ペティケートがわざとさりげなく言ったこと——にミセス・ヘンワイフが驚いたとしても、彼女はそれをまったく顔に出さなかった。ただ、もう少し食い下がってきた。「ヨットでの休暇にお持ちになったお荷物だけでは、とても足りないと思うのですが。ヨーロッパへ渡られたり、夜お出かけになったりする用意はされていませんから」

ヘンワイフ夫妻には出て行ってもらわねば、とペティケートは思った。それほど長い付き合いではなく、彼のすることにほとんど関心がないようだった。それでも引き続き彼らにこの家で働いてもらうのは、問題を孕んでいるかもしれない。ただし、今すぐくびにするわけにも、ひと月の猶予の後に出て行ってくれと言い渡すわけにもいかない。妻を伴わずに旅先から戻ったとたん、真っ先に使用人を家から追い出すような夫は、犯罪小説の主人公になりたがっているとしか思えない。自分が段階的に撤退するまで、ヘンワイフ夫妻には今までどおりの居場所に収まっていてもらわねば。段階的撤退というのは、考えれば考えるほど満足できる計画に思えてきた。まるで軍隊の指揮官が現在置かれた状況を完全に掌握しているかのように、安心感をもたらした。

いや、本当にそうだろうか？　ペティケートは骨付き肉の一片を齧って、顔をしかめた。軍隊用語の中には、失敗や落胆を取り繕うための言葉がいくらでもある。それにかつてホッブズ（一五八八～一六七九。トマス・ホッブズ。イギリスの哲学者）が言っていたように〝言葉とは、賢者にとっては計算手段だが、愚者にとっては金儲けの手段だ〟。心地いい言葉に気を取られて、しっかり考えることをおろそかにしてはいけない。

「わたしもそう思うよ」彼はミセス・ヘンワイフに陽気な調子で言った。「ミセス・ペティケートが持っていった着替えでは、どこにも行けないだろうね。だがわたしの予想では、彼女は早々にパリへ行くつもりなのだろう。たしかあそこは、洋服を買いたいと思うご婦人がたにとっては好ましい街じゃなかったかな」さりげなく笑う。「きっと戻って来たときには、素晴らしいファッションに身を包んでいるだろうよ。ところで、今日の肉は実にうまいね。だが、ペッパーミルが空っぽのようだ」

やんわりと正当な叱責を受け、ミセス・ヘンワイフは問題の器具に粒胡椒を補充しに部屋を出た。今のパリのくだりはなかなかよかったな。パリ、ブラジル、バミューダ諸島、バハマ諸島。ソニアが何となく行きそうな地名を、よくもすらすらと口にしたものだ。第一、ヘンワイフ夫妻は、ペティケートが望むほど早くは追い出せないとしても、大して危険人物ではない。ヘンワイフ自身はどうしようもなく頭が悪いし、ミセス・ヘンワイフのほうは、与えられた仕事を効率よくこなす以外に情熱を傾けるもののない、使用人としては称賛すべき人間だった。

ペティケートの目の前にペッパーミルが置かれた。だが、またしてもミセス・ヘンワイフはすぐに退室しようとしない。

「失礼します、旦那様、奥方様のお部屋を少しお掃除させていただいたほうがいいと思うのですが」

「それがいいね、ミセス・ヘンワイフ。わたしから頼むまでもなく、きみなら気づいてくれると思ったよ」腰の低い返事をしながら、今後のことを予測してペティケートの心は沈んだ。本能的に、再び面倒なことになるとわかったからだ。このような状況――まちがいなく少しばかり慎重にならざるを得ない状況――は、驚くほど人間の感覚を研ぎ澄ませるものだ。彼は細心の注意を払いながら、ペッパーミルの上部を半回転させた。

「奥方様のパスポートですが、旦那様。奥方様の寝室のタンスの上に置いてあるのを見つけました。奥方様のお手元へお送りしなくて大丈夫ですか?」

「ああ、そうか。わたしのデスクに置いておいてくれないか?」ペティケートは大急ぎで大きめの肉切れを頬ばった。これで次に何を言うべきか――あるいはこのまま黙っているべきか――考える時間が稼げる。

ソニアとは、イギリス海峡を渡るつもりも、フランスのどこかに入港するつもりもなく出かけた。彼女はきっと、念のためにパスポートを持って行くつもりだったのだろう。彼自身もそうしたのだから。だが最後の段になって、彼女は持って行くのを忘れてしまったにちがいない。ここで重要になる質問は簡単だ。ミセス・ヘンワイフ――あるいは、おそらく彼女がこの情報を伝えたであろうヘンワイフ自身――は、その忘れ物が意味する重大性を認識しているのか? 彼はこれまでのところあらゆる人に対して、ソニアが――曖昧ながら、断固として――今は外国にいると話してきた。それが、外国にいるはずがないとわかった。パスポートがずっと自宅にあったのだから。

「ミセス・ヘンワイフ、食後のコーヒーは書斎に持って来てくれ――きみが大変でないなら。それからティータイムになったら――できれば、もう一度念押ししてくれないかな？――妻のパスポートについて。郵便配達が来たついでに、発送しようと思ってね」

「そうなさってください、旦那様」

食欲はなかったものの、ペティケートはスティルトン・チーズに手を伸ばした。自分たち夫婦の間には連絡手段がないという話になっているのを、ミセス・ヘンワイフが知っているのかどうかを見極めようと、耳に神経を集中させる。ブラドナック巡査部長にはそう言ってあった。そしてそのブラドナックはその後、ミセス・ヘンワイフの亭主のいる食料庫へ立ち寄ったにちがいない。ペティケートは、いくらぼんやりしているとは言え、ミセス・ヘンワイフの頭の中では今危険な考えが巡っているはずだと思った。もう少し何か付け足さなければ。だがさりげなくだぞ！　思い返してみると、これまでも常にそれが鍵だったのだから。

「あれはミセス・ペティケートの古いパスポートでね、当たり前の話だが。あのまま外務省へ返却するんだ」

「そうでしたか、旦那様」

そう言うと、今度こそミセス・ヘンワイフは退室した。自分の思い過ごしだろうか？――彼女は妙に慌てて出て行ったように見えたが。

何か決定的にまずいことを口走ってしまっただろうか？

ヘンワイフ夫妻が、イギリス国外で誰かに雇われていた話は聞いたことがない。きっとあのふたりはパスポートがどんなものかよくわかっていないだろう。もし知っていたとしても、新しいパスポートが発行されたら、古いほうも――なぜか角を切り取られるだけで――そのまま持っていてかまわないことまでは知らないはずだ。だが、もしミセス・ヘンワイフが興味を抱いたとすれば、たった今、もう一度あのパスポートを確認しに行かずにはいられないだろう。そうすれば、どれだけ頭の悪い女であっても、その有効期限があと二、三年も残っていると明記されているのを見まちがうことはない。その点で嘘をついたのは、賢明ではなかったな。どんな嘘をつくよりも――彼は突然気づいた――嘘をつかずに済むようにうまく回避するほうが、はるかに賢明だ。今回の場合、ミセス・ヘンワイフがどんな憶測をしようと、放っておけばよかったのだ――彼女が憶測を巡らせていたのだとしたらだが。そうすれば、いずれは彼女の頭から抜けていったはずだ。反対に、万が一彼が意図的にあやふやな言い逃れを画策したことに気づかれたら、さらに詮索してくるにちがいない。

　コーヒーを飲み終えると、ペティケートは庭に出てみた。この庭はたいへん気に入っており、見慣れた大切な花々は、バミューダだかバハマだかに生えている風変りな植物と代えがたいと強く思った。ひょっとして、このままスニッグズ・グリーンに留まっても――あるいは、そうだな、一年ほど離れてからそっと戻って来ても――周りはソニアのことなど忘れてくれるかもしれない。忘れるとは言っても、誰もが待ちに待っている新作のタイトルページの著者名を除いてだが。もしかすると、自分は問題を大げさにとらえていたのではないだろうか。もっと大胆な作戦に練り直したほうがいいのかもしれない。

　害虫駆除に関しては昔ながらの方法を好むペティケートは〈プレジデント《大統領》・フーバー（薔薇の品種名）〉に

葉巻の煙を吹きかけ、より積極的な計画を考えてみた。たとえば、あのヘンワイフ夫妻だ。彼らのせいでびくびくしなくてはならないのは、実に耐えがたいことだ。やはり、すっぱりと辞めてもらうほうがよくはないだろうか？　早急にふたりを辞めさせることで――さっきはおよび腰になって、一旦は自分自身を納得させたが――本当に疑いを招くだろうか？　ただ単に、きみたちはもう必要ないのだと宣言し、最高の推薦状を書くことを約束して、ひと月分の給金と当面の宿代を即金で払ってやればいい――それで何もかも終わる。ふたりで新しい勤め先を見つけるまで、もらった金で休暇を楽しむかもしれない。彼らが悪意のある噂話を広めるとは考えにくい。彼の知る限り、これまでずっと良くしてやったはずだ。それに上流階級の家庭では、スキャンダルに巻き込まれたことのある使用人を雇おうと思わないのは、彼らもよく承知しているところだ。

このとおりに行動しようと心に決め、ペティケートは『若さの欲するもの』の続きを書きに書斎へ戻った。昼食で書斎を空ける際にタイプ打ちの原稿用紙をしまって鍵をかけておいたのだが、当面はそれだけの警戒は続けるべきだと思った。ヘンワイフ夫妻がそれを嗅ぎつけるとは思えないのだが。彼がソニアの作品に関することで、何かしら楽しそうにタイプライターに向かっている光景は、彼らもこれまでに見慣れているし、今の彼が実は実際に原稿を執筆しているのだという大きなちがいは、彼らに見破れるわけがない。もちろん、ヘンワイフ夫婦が家の中にいたのでは、いつまでもソニアの留守中に自分がタイプし続けるわけにはいかない。いずれ彼の作業がおかしいことに気づかれるだろう。ふたりを追い出すもうひとつの理由はそこにある。夕食が済んだらヘンワイフに伝えよう。

ペティケートは書斎に入ってデスクの鍵を開けた。原稿を取り出したところで、タイプライターの脇に、小さな薄い冊子が置いてあることに気づいた。青い表紙に長方形の穴が空いており、その長方形の窓の中に妻の名前がインクで記入してある。乳房の重たそうな乳牛を金色で描いた大きな絵が、表紙の大部分を占めていた。古風な商売人が、毎月の売掛金を記録するのに使う類のものに見える。まさしく、その冊子もそのとおりだった。ソニアの馴染みの牛乳配達屋の注文記録帳だったのだ。だが、それがどうして急にペティケートのデスクに現れたのか？　ペティケートは――奇妙なことに――その答えがさっぱりわからなかった。そこで呼び出しのベルを鳴らした。

現れたのは、ヘンワイフだった。書斎のベル対応は彼の担当だ。

「お呼びになりましたか、旦那様？」

「ああ、呼んだよ、ヘンワイフ。いったいまたどうして牛乳屋の記録帳がこんなところにあるんだ？　まだ月末じゃないぞ。そうでなくても、こういうものをわたしのところに持って来たことなどないじゃないか」

「失礼しました、旦那様。ミセス・Hが、それを置いておけば旦那様にはおわかりになるはずだと申しまして。奥方様の部屋で見つけたのだそうです。それでデスクの上に置いておくように指示を受けたと。それについては、何やら旦那様から解説をいただいたと言っておりました、彼女の勘ちがいでなければ。ですが実際のところ、彼女は勘ちがいをしていたようですね――別の意味でですが。彼女が見つけたのは、ご覧のとおり、初めに思ったような旅行用の証明書類ではなかったのです。それだったのですよ」まちがいようのない、かすかな横柄さを秘めた身振りで、ヘンワイフは金色の牛を指さした。

ペティケートはその物体を見下ろした。イギリスのパスポートと、非常によく似ている。だが、いくら不自然に角張って描かれているとは言え、表紙の牛はどう見ても王冠に挑みかかる獅子と一角獣の紋章ほどには四角くない。それに、パスポートであれば〈グレートブリテン及び北アイルランド連合王国〉と表記されるべきところを、この物体には〈スニッグズ・グリーン、高級牛乳配達商、ウィリアム・スネイラム〉と書かれている。それでも、よく似たデザインにはちがいない。

ペティケートは瞬間的に、今自分はふたつの選択肢を突きつけられていると感じた。どちらをとっても恐ろしいが、ひとつはもう片方よりも確実に恐ろしさで勝《まさ》っている。ヘンワイフの言っているのは本当のことかもしれない。ミセス・H――ヘンワイフは親しみを込めてそう呼ぶ――は、牛乳配達屋の記録帳をパスポートと見まちがえ、ペティケートの指示に従ってそれを取りに行ったときにまちがいに気づいたのかもしれない。もしそうだとすると、彼は非常に不可解な〝解説〟――ヘンワイフはそう言っていた――を彼女にしたことになる。外務省に返却すべきソニアの期限切れパスポートが彼女の部屋にあることを、自分は知っていながら気に留めていなかったと言ってしまった。

はたしてふたつのうちで可能性が高いのはこっちだろうか？　ペティケートはそうだと信じたかった。だがそうするには、スネイラムの記録帳がソニアの寝室のタンスの上に置いてあったというのが真実でなければならない。そして、それは実にあり得なさそうな話なのだ。ソニアは家計にはまったく興味がなかった。それはペティケートも同様だった。長い間、毎月食料庫の不足品を補充し、請求された金額が正しいことに納得して、何枚か小切手を書くだけだった。

ペティケートは険しい顔で事実に向き合った。もしもミセス・Hがタンスの上で見つけたのが本当にソニアのパスポートだったとしたら――おそらくそうだったと思われるのだが――ミセス・H自身か、あるいは今目の前で礼儀を重んじて無表情に立っている彼女の亭主のどちらかが、ペティケート場にいる。

の想像よりもはるかに頭の切れる人間だということになる。パスポートをスネイラムの記録帳にすり替えるとは――もしそうしたのなら――実に賢明で邪悪な一撃だ。それはつまり、ヘンワイフ夫妻がソニアのパスポート――最新の、有効期限の残っているパスポート――を持っているということだ。ソニアが外国へ行けるはずがないと知っている。そして、いつでも好きなときにそれを証明できる立場にいる。

ペティケートは、そろそろ考えを口にすべきだと思った。そしてさっき出した結論を思い出した。どんなに賢い嘘よりも、まったく嘘を必要としないほうが賢い。

「なるほど」彼は言った。「だが、スネイラムの記録帳などわたしには興味がない。持っていってくれ」

「ありがとうございます、旦那様」ヘンワイフは流れるような動きで冊子を手に取った。何の利益も受けていないのに礼を述べるという、優位に立っている使用人が主人を苛立たせる手段をヘンワイフは心得ていた。ヘンワイフがスネイラムの牛の絵に目を落とし、まるでその牛に更なる発言を促されたかのように再び口を開く。「もしよろしければ、旦那様、ミセス・Hに牛乳の配達量を少し減らさせましょうか?」

ペティケートはいらいらした。彼は恐怖を感じるとき、同時にいらいらする性質だと最近気づいた。

「わかった、わかった」彼は言った。「ミセス・ヘンワイフの好きにしてもらってくれ」

「『タイムズ』以外に『デイリー・テレグラフ』の購読もお続けになりますか? 旦那様ご自身はそちらはめったに読まれないようですが。奥方様ご指定の新聞でしたから。それに、わたし自身は『タイムズ』を読ませていただいています、差し出がましいことを申し上げるようですが、旦那様」

ペティケートはヘンワイフに向かって、厳めしいとされる表情を作ろうとした。反応を見た限り、相手は何も感じていないようだった。

「では『テレグラフ』は止めてくれ」彼は言った。「それと週に一度届く、あの色つきの表紙のも」

「かしこまりました、旦那様。そうしますと、あとひとつだけ問題が残っております」

「何だ？」

「出窓をどうするかです」

「いったい何を言ってるんだね、ヘンワイフ」

「お忘れになりましたか、旦那様。奥方様がご自分の部屋の西側の壁に、出窓をつけたいとおっしゃっていたのです。とても良いお話に思いました。ふと考えたのですが、今ならちょうどいい機会ではないかと――工事が完了するまで、奥方様のご不在が長引くようならですが」

「家内は当分帰って来ない」ペティケートは思わずそう嚙みついたが、嘘ではないので堂々と言えた。「だが、だからと言って今窓を造るべきだとは思わない。きみの助言が必要なら、こちらから尋ねるよ」

「ありがとうございます、旦那様」ヘンワイフはお得意の滑らかなお辞儀をした――ペティケートは、きっとヘンワイフは何か胸くその悪くなるような映画から、その隷属的な職業の手本を見つけたのだろうと思った。「奥方様のご不在は長くなるということですね」

そう言った彼の態度も言葉も、ペティケートを一層苛立たせた。今のイギリスのどこを探しても、ヘンワイフ夫妻のように〝奥方様〟などとうんざりするような呼び方をする使用人は存在しないのではないかとも想像した。ひょっとするとヘンワイフ夫妻はアイビー・コンプトン＝バートン（一八八四〜一九六む九。イギリスの小説家。主にイギリスの上流階級の家族や使用人の話を書いた）の小説を何冊か読んだのかもしれない。だが、彼らがそんなものを読むとは、ソニア・ウェイワードの作品を読む以上に考えにくかった。

「おそらく数カ月にわたるだろう」ペティケートが、できる限りきびきびと言った。「ミセス・ヘンワイフにもそのように伝えてくれ。以上だ、ありがとう」

「こちらこそ、ありがとうございます、旦那様。奥方様がお留守の間は、わたしとミセス・Hとで、旦那様になるたけ快適に過ごしていただけるようお世話をさせていただきます。奥方様が姿をお見せになるまでは、わたしどもが旦那様から目を離さないと約束いたしましょう。失礼な言い方ですが」

今度は、ヘンワイフはお辞儀をしなかった。これまでに見せたことのない態度で、主人をちらりと横目で見やった。そして部屋を出て行った。

第三章

ほかにどうしようもなかった。後になってペティケートはその午後のことをそう思い返した。ミセス・ゴトロップのパーティーに行くほかなかったと。彼はティータイムまでに――ミセス・ヘンワイフが、仕事上非の打ちどころのない、と同時にどことなく不気味でもある静寂を湛えて紅茶を運んで来るまでに――クレアとティミーについてさらに五百語分書き進めた。今夢中になっているのは彼らの住む世界のほうだと、自分でも気づき始めていた。これからロマンスが進行するにつれ、彼の――そしてソニアの――登場人物たちを動かすのがますます容易になっていくことはわかっていた。人物の配置はぴたりとはまっていくはずだ。物語が大団円に近づけば、影のようにぼんやりしていた人物たちが、まるで最高司令官が夢に描いた兵団や師団のように、おのおの最も効果的な場所へ静かに、軽々と移動するのだ。一方で、ウェッジやミセス・ゴトロップ、ブラドナック巡査部長やヘンワイフ夫妻となると、そうやすやすと動いてくれそうにない。ペティケートは、現実の生活の中で混乱して手に負えない事項と、反対に空想的創造物の美しい透明性や必然性との間に、アリストテレスの言っていた明白な相違が鮮やかに見えてきた。

彼の現実の人生は――ありていに言えば――混乱に陥っていた。骨付き肉を食べながら、ヘンワイフ夫妻を追い出そう、追い出しても大丈夫だと決心したはずだった。それが今、中国茶とともにシヨートブレッド・ビスケットを食べながら、逆にヘンワイフ夫妻の気持ち次第で自分が追い出される――それも、極めて不愉快な場所へ追い立てられる――かもしれないという暗い可能性に直面していた。もちろん、彼らが今抱いている疑いが何であれ、実は的外れなものかもしれない。ひどく恐ろしいことを想像しているのかもしれない。列車で会った、あのソニアにそっくりな女のように、あのふたりも日曜版の新聞に書いてあるような犯罪について熟知していることだろう。あるいは、この謎めいた一件を――と言っても彼らにとっては、ただ雇用者が妻について謎を秘めた嘘をついているというだけのことだが――何かしら不道徳な色恋がらみの陰謀だととらえているのかもしれない。ひとつだけ確かなのは彼らが、かつてはソニアとの会話の中で〝ご主人様〟と呼んでいたはずの男のことを、彼らの言い方を真似るなら、今は〝手中に握っている〟ということだ。彼らは――愛情のかけらもなく、自ら望んで――その〝ご主人様〟を窮地に追い込んでいる。いや、窮地と言いきるにはまだ曖昧であるなら、少なくとも困難に立たせているのだ。そしてそこから自分たちにどんな利益を生み出せるか、試してみるつもりなのだろう。

ミセス・ゴトロップのパーティーは、せめて胸に巣くう毒蛇どもから遠ざかる機会になるだろう。家庭内での飲酒をやめた――慌ててデキャンタの中身まで全部捨てたほどの――身としては、ミセス・ゴトロップ家のカクテルはまちがいなく魅力的だ。彼女が下品にも〝たらふくのジン〟と呼んでいた飲み物を切望することはなくとも、こんなひどい一日の終わりには、小ぶりのドライ・マティーニのほんの二杯には心惹かれるものだ。それに、そのぐらいなら害はないはずだ。

彼は、今回はタキシードを着て行くことにした。最近ではどこもそうだろうが、スニッグズ・グリーンでもカクテル・パーティーにはツイード・スーツぐらいの服装で行くものだ。後で〝繰り出す〟

のでなければだが。〝繰り出す〟という表現は、真夜中が近づくころ、高貴な都会人たちがディナー・パーティーを後にして、より馬鹿げたどんちゃん騒ぎに出かけることを暗に言っており、それはつまりここでは〝グリーン〟（ここには名前のとおり緑地《グリーン》があり、大抵の家がそれを囲むように建っている）の向こう側へ、いつもの子羊のカツレツやチキンのフリカッセ（細切り肉の煮込み）を親しい仲間と食べに行くことを指す。今日のペティケートは〝繰り出す〟つもりはなかった。言葉通りと比喩の両方の意味で、ヘンワイフ夫妻が彼のために膳立てしたものが待つ我が家へ〝引き上げる〟つもりだ。それでも、ミセス・ゴトロップの家には威厳のある格好で行こうと思った。堂々と自分の旗印を掲げるようなものだ。

彼はその上、赤紫色のベストと、同じ色の靴下まで着けた。蝶ネクタイさえ黒なら大丈夫、バンド演奏者とまちがわれるような奇抜ないでたちには見えないはずだ。と言っても、スニッグズ・グリーンは特に服装にうるさい土地柄ではない。例えば、年配のサー・トーマス・グライドがベルベットのスモーキング・ジャケット（主に室内でくつろぐための上着。元は家で煙草を吸うための衣服）という格好であちこちの家を訪ねる不作法も、ほとんど気に留める者はいなかった。そのような服装の独身男性が、別の独身男性と夜を過ごすのはかまわない。だが――と、ペティケートはしみじみ考えた――かつては大邸宅の銃器室で深夜密かに煙草を吸っていた名残りのある衣装で、女性の家の客間に足を踏み入れることは、断じて度を越している。

ペティケートは着替えながら、自分の頭が今でもこのように馴染みある、重要な一連の考えができていることに、いくぶん満足を覚えていた。明るい気持ちでグリーンを横切った。これまでソニア・ウェイワードの夫として以外にそこを渡ることはめったになかった。だが今は、言ってみれば、彼がソニア・ウェイワードその人なのだ。

ミセス・ゴトロップの家の前には車が何台か駐まっていた。文学界での悪名とは裏腹に、彼女はスニッグズ・グリーンのほとんどの住人に比べれば、より大きな交流の輪の片隅に陣取っている。四方八方のかなり遠距離からも彼女のパーティーに客が集まってきたが、この地に縁遠い彼らは当たり前のように地方の旧家の人間とみなされた。もちろんそれがペティケートにとって面白いわけがない――というのも、何度も妻に説明したように、ペティケート家はかつてサマセットの半分を治め、名誉ある称号をいくつも与えられていたが、どういう理由からか、十七世紀の途中で歴史から消えてしまっていたからだ。それでも彼は上流階級が好きだった。口に出したことはなかったが、ソニアに対する不満のひとつは、彼女が上流の流れに乗る素質に欠けていることだった。

ペティケートはミセス・ゴトロップの家の呼び鈴を鳴らしながら顔をしかめた。どうやら自分は、不愉快なことに、妻のことを思い出すときには海や水のイメージや比喩に絡めてしまうようだ、と気づいた。ソニアはまちがいなく、有名人《ライオン》を追いかけるハンターのようだった――この比喩なら大丈夫だな――だが、彼女が狩る対象は、作家や芸術家ばかりだった。そして彼らは、いわばジャングルの真ん中に縄張りを持っており、ソニアにはそこまで入り込む能力が備わっていなかった。自分も著名人と肩を並べる存在だと思いたがっていたものの、その根拠となるものは彼女の富しかなかった。たとえば、陰鬱なアルスパッハと会うことがあれば、ただちに〝同じ作家仲間〟としてあちこちで彼の話をしゃべっただろう。物事の順位や階級を重くとらえるペティケートは、それをかねがね恥ずかしく思ってきた。彼自身は王立外科医師会の会長について、まるで知り合いのようにしゃべったりはしない。

ソニアがいないほうが、自分は高みへ登れる——もちろん、物的資源が尽きなければの話だが。だから彼女の死は、もちろん非常に悲しい出来事なのは言うまでもないが、社会的保障とも呼ぶべき希望を秘めてもいるのだ。

ミセス・ゴトロップ家の住み込み女中がドアを開けた。スニッグズ・グリーンでは、夫婦を住み込みで雇っているのも、その結果として執事なる存在が家にいるのも、ペティケート家ぐらいのものだった。ミセス・ゴトロップ本人はそんなことに感銘を受けることはなかったが、メイド帽をかぶったこの若い女性に恭《うやうや》しく出迎えさせる効果はあったようだ。

「お庭へどうぞ、お客様、家の中をお通りください」

ペティケートはミセス・ゴトロップの邸の広い廊下を進んだ。壁のあちこちには、ミセス・ゴトロップの父親が遺したらしい狩猟の獲物とともに、ミセス・ゴトロップ自身が伝記を書くための調査資料と関わりのありそうな十八世紀の肖像彫刻が飾ってあった。回転式の本棚にミセス・ゴトロップの著書のストックが並んでいて、特に気に入った来客が帰る際にすぐサインをして渡せるようになっていた。

ソニアがあの身の丈に合わない慣習を始めたのは、ミセス・ゴトロップの真似をしたのがきっかけだ——だが、かわいそうに、ミセス・ゴトロップほど自信を持って執筆に臨むことはできなかった。本棚の上に、銀色の額縁に入った写真が飾ってある。ペティケートは以前からそれが、何かしら法律がらみの職業特有の鬘（当時のイギリスの法廷では裁判官や弁護士は伝統的な白い鬘の着用が義務づけられていた）をかぶったミセス・ゴトロップの亡きお父上の写真だろうと、漠然と考えていた。今回じっくり眺めてみると、実は飼い犬のジョンソンの写真で、鼻や口、それに垂れたよだれまでが写っている。かすかに身震いしながら、ペティケートは廊下を抜けて、庭で展開中の馬鹿騒ぎの輪に入っていった。

あまりの馬鹿騒ぎにミセス・ゴトロップの叫ぶ声が掻き消され、ペティケートは彼女がどこにいるのかすぐには見つけられなかった。だがようやく、やかましい犬の鳴き声と何かがカチャカチャとぶつかる音が混じって聞こえてきた。そんな音の発信源はひとつしか考えられず、ほどなくパーティーの女主人が、ブレスレットをはめた片腕を振り、もう片腕にボズウェルを抱いて駆け寄って来た。

「ブリンプ！」彼女は叫んだ。「ひとり残された、かわいそうなダーリン！　さあさあ、飲んで！　飲んで！」


ペティケートはこの行きすぎた歓迎に、いくぶん冷たく型通りの挨拶を返したが、何人かの客――当然ながら、地元の人間ばかり――が振り向いて自分を見つめるのがわかった。ミセス・ゴトロップは公正に見て、ゴシップをふりまくタイプではない。だが、深く考えずに頭にあることを口から吐き出すところがあり、いつ休暇から帰るかわからないというソニアについての興味深い新情報は、きっとすでに村じゅうを駆け巡っていることだろう。マティーニを別にしても――ありがたいことに、ちょうどこちらへ運ばれて来るところだ――今夜のパーティーに来たのは正解だった。もしも家に籠っていたら、さらなる憶測を呼んでいたことだろう。

「アンブローズ・ウェッジが来てるわよ」ミセス・ゴトロップが叫ぶ。「あそこのバードバス（小鳥の水浴び用に庭に置く装飾つきの水盤）のそばで、リッキー・ショットーバーとエドワード・リフトンと話しているわ。年老いたエドワードの回想録を出したいけど、内容が名誉棄損に当たらないか懸念しているらしいの」ミセス・ゴトロップが大声で笑ったために、腕に抱いたボズウェルがひどく嫌がって体を震わせた。「エドワードの奥様は、あなたも知っているわよね？　まあ、なんてこと！　よしてちょうだい！」最後のふた言は抱えている犬ではなく、目の前の客に宛てた言葉で、彼女はパーティーの集団へ顔を向け、騒がしさを掻き消すように叫んだ。「ダフネ！」大声で呼ぶ。「すぐこっちへ来てちょうだい！　あなたに紹介したい、可愛らしい男がいるのよ」再びペティケートのほうを向く。「奥様《リトル・ウーマン》には優しく接してあげてね。内気な女性なの」

　ペティケートはレディー・エドワードがこのような形で自分に会ってくれることに歓喜し——集まっている中で、リフトン夫妻が一番の賓客であることは明らかだった——蝶ネクタイをまっすぐに直した。レディー・エドワードを見て、少しばかり当惑したのは否めない。彼女は装甲車両のような体格をして、動作も装甲車両のように荒っぽかったからだ。おまけに手に持った柄付き眼鏡で覗くようにペティケートをじろじろ眺めた。そんな上品ぶった代物は、ウェストエンドで上演される喜劇の中で、高貴な登場人物であることを示す小道具として以外に、今どき実際に使う人間がいるとは思わなかった。自分自身のジョークに笑っているミセス・ゴトロップの轟くような笑い声が、少し離れたところまで響いていた。

「ブルーズかしら？」レディー・エドワードが言った。

　その言い方は、そもそも答えを求めた質問とは思えなかった。だがペティケートは、きっと自分を近衛旅団の出身だと思ったのだろうと勝手に推察して悦に入った。（〝ブルーズ〟には、騎兵連隊を構成するロイヤル・ホースガーズの意味もある）

「奥様」彼は気ままに答えた。「かつて軍医をしておりましたが——それだけです」

「オーガスタ・ゲール＝ウォーニング——ゴトロップと結婚した女性よ——彼女が言うには、あなたの奥様は有名な小説家だそうね。わたくしは本なんて一冊も読まないの。主人は疲れたときにだけ読むわ。でも、選ぶのは大抵もっと年を重ねた作家のものよ。まちがいがありませんからね。適切な気晴らしになると前もって保証されているものが、エドワードの好みなの」レディー・エドワードはまた柄付き眼鏡を覗いてペティケートの左肩越しに何かをじっと見つめた。「知っているかと思ったけど、ちがったわ」

「その年配の作家のことですか？」

「そんなはずはないでしょう。ちょうど今入って来た方たちよ」レディー・エドワードが黙り込んだ。

「ねえ、ペティケート大佐、あなたも奥様も大勢の芸術家とお付き合いなさるんでしょうね、かわいそうなオーガスタが昨今頻繁に交流しているように。どうかしら、ミスター・ジャレッティについてのご意見をお聞かせいただけないこと？」

「ジャレッティですって？」明らかに見当ちがいの質問を受けて、ペティケートは少なからず驚いた。

「何と言っても、まちがいなく今ご存命の中で最も偉大な肖像彫刻家ですよ」

〝内気で小柄な《リトル》〟レディー・エドワードは、巨大な頭を広い胸の上に傾けた。「そう聞かされているわ。どうやら彼の作品を評価しているのはアマチュアばかりのようね。わたくしは実物を見たことがないの、当然ながら」

「当然ですとも」ペティケートは繰り返した。

「それにもちろん、たった今まで、本人とも会ったことがなかったのよ。もっとも、息子さんには会う機会があったけど。あなたはその若者をご存じかしら？」

「残念ながら」

「ティモシー・ジャレッティ。親しい人の中では、ティミーと呼ばれているわ」

「彫刻家の息子？　ティミー？」ペティケートはその奇異さに漠然とした困惑を感じた。

「控えめで、気取らない若者よ。クレアがわたくしに紹介したいと言ってきたときも、一切反対はしなかったわ」

「クレアというのは、お嬢様ですか？」ペティケートはやや弱々しい声で尋ねた。

レディー・エドワードは、不作法な質問だと言うように彼をじっと見つめた。

「ええ、もちろんクレアはわたくしの娘よ」彼女は言った。「誰でも知っているかと思ったわ」

「ああ、スニッグズ・グリーンではあまり知られていないのです」ペティケートは反射的に相手の敵意をそぐような返事をした。そうだ、今思い出した。ソニアのいつもの悪い癖で、行く先々で出会った人や名前を頭に溜めておき、執筆中の小説の中へ考えなしに一気に流し込む。新しい作品を書き上げるたびに、おそらくこのためだけにウェッジが雇った弁護士から〝質問書〟が届くのだ。その内容を考慮し、校正とともに対策のための修正が加えられるのだった。どうやら自分のまったく知らないところで、最近ソニアはジャレッティ親子と知り合ったらしい。だが、そもそもどうしてレディー・エドワードはその彫刻家の話を持ち出したのだろう？　探ってみたほうがいい。

「もしかすると、レディー・エドワード」彼は尋ねた。「ジャレッティに彫刻の制作を依頼しようとお考えなのでは？　最近では彼に仕事を引き受けてもらうのは、かなり難しいと聞きましたが」

「そのとおりよ」レディー・エドワード・リフトンの口調は、大いに怒りを帯びていた。「ミスター・ジャレッティは昨年、リフトンの像を作ったの。ロイヤル・アカデミーであなたもご覧になったんじゃないかしら。リフトンは、当然ながら、主人の一族の家長よ。ただ、同時に一族の愚か者としても知られているの。そして今度は、ミスター・ジャレッティは主人にも同じような像を作るのを拒んだのよ、せっかくたくさんの企業の同僚たちが寄贈してくださると言っているのに。代金は問題ではないと聞いているわ。ミスター・ジャレッティが嬉しそうにおっしゃるには、エドワード卿は面白みのない顔をしているんですって。しかも息子のティモシーに向かって、エドワード卿の顔の中で最も許容できるのは、耳だとおっしゃったそうなの。口にするだけで胸が痛むことに、クレアはその発言を面白い冗談だと受け止めているのよ。わたくしがその若者に実際に会ってやったことを思えば、父親の無礼は犯罪者並みだと思っているわ」

「わたしもまったく同意見です」階級の最も高い人間にはきちんと敬意を払うペティケートは、その言葉に心を込めた。

レディー・エドワードが首を傾けた。ペティケートは一瞬、彼の頭越しに知人にお辞儀をしているのかと思った——彼女の大きな体格ではそれもたやすそうだった。だが実際には、その不満に対する彼の返事の正しさを見極めようとしているのだった。

「それに、オーガスタのことも許せない気分だわ」レディー・エドワードが言った。「この場にふさわしくないそんな人間を、今夜招待するだなんて。気さくなエドワードが何と言おうと、ミスター・ジャレッティと顔を合わせることには反対だわ」

「ジャレッティが——ここに？」ペティケートは驚いて目を丸くした。

レディー・エドワードがまたしても柄付き眼鏡を持ち上げた——ただし、今回は指示棒代わりに。

「あそこにいるわよ！」彼女は言った。

ペティケートが振り向く。まったくそのとおりだ。偉大なる彫刻家は——現実の、非常に偉大な彫刻家は——ミセス・ゴトロップのパーティーに来ていた。

レディー・エドワード・リフトンは、厳かに歩き去った。このころには大勢の客が集まっており、中には彼女が挨拶すべき人物が何人かいたからだ。ペティケートが地元の、より下級の知人を探しに行こうとしたところへ、アンブローズ・ウェッジがやって来た。

「おやおや」ウェッジが言った。「こんなに早くまたきみと会うとは思わなかったな」再会を喜ぶ挨拶の意味合いは込められていない口調だった。「わたしはここにエドワード・リフトンが来ると聞いたので、若いショットーバーの誘いに乗ったのだ。リフトンに本を出してもらおうと働きかけているものでね」

ペティケートは苦笑いした。

「だったら、今は彼の奥さんに近づかないほうがいい。ご機嫌が悪いようだ」

「彼女なら、いつ見ても機嫌が悪そうだ」

「それが、ジャレッティのいるパーティーに呼ばれたのが、特にご立腹らしい。何でも、リフトン卿の彫像は作ったのに、エドワード卿の依頼は断ったのだそうだ。」

ウェッジがうなずく。ジャレッティの名を聞いて、血が騒いだらしい。「ジャレッティは誰のであれ、もうほとんど彫像は作らない。リフトンの像は、ここ数年で唯一の作品だよ」

「なあ、ソニアはジャレッティと彼の家族と何らかの接触があったんじゃないかな？　わたしは一度も聞いたことがなかったが」

「そうなのか？」ウェッジは好奇の目でペティケートを見た。「彼女がここにいないのは残念だ」

「ああ、そうだな。〝彼女は今日のパーティーが、どれほどお気に召したことだろう〟（トマス・ハーディが亡妻をしのんで書いた詩『ラメント』より）」ペティケートはソニアの名前が出たことで神経質になっていた。最初に彼女の話を持ち出したのは彼自身だったにもかかわらず。それでも、トマス・ハーディ（一八四〇〜一九二八。イギリスの詩人、小説家）の抒情詩から、不謹慎とも言える一節を引用したことに満足した。が、文学と関わり深い生業のはずのウェッジは、そのような暗示を理解できる男ではなかった。

　ウェッジは周りに目をやった。完璧に洗練された振る舞いを保ちながら、ミセス・ゴトロップの客たちには徐々に〝たらふくのジン〟の影響が表れ始めていた。年老いたサー・トーマス・グライドの顔色は少しずつ、その赤いベルベットのスモーキング・ジャケットの色に近づいている。

「ご覧のとおり」ペティケートはウェッジの視線の先にあるものを捉えて言った。「そのうち高血圧が引き金となり、サー・トーマスの亡骸は、かつての《シ・ドゥヴァン》飲み仲間たちの動揺の雄叫びに見送られながら運び出されることだろう」

「おい、何を言う！」ウェッジは奇妙な目つきでペティケートを眺めた。「わたしは突然死がおかしな話だとは思わない。何せ、誰の身にも起こり得ることなのだ。今すぐにでも急に倒れて死ぬかもしれない」

　ペティケートは愛想よくほほ笑んだ。

「ああ、冷たい男だと思わないでくれ、ウェッジ。わたしのような仕事をしていると、そういうことにも慣れてしまう。それに、まったく思いがけず急死できたら、それは幸運というものだ、まちがいない。何せ、憐れな人間をどうにか生きながらえさせようとする近ごろの創意工夫と言ったらどうだ」

　ウェッジはグラスにたっぷり入っていた酒を飲み干し——そんな危険を冒すんじゃなかったという表情を浮かべた。

「わかった、わかったよ、ペティケート。だがここはパーティーだ、失礼な発言は慎んでくれ」しばらくためらっているように見えた。「ジャレッティに引き合わせてやろうか?」

「ああ、頼むよ」ペティケートは当初の目的だったカクテル二杯を飲み終えており、これ以上は飲まないと心に決めていた。調子は最高だ。ソニアがその彫刻家とどんな接触を持っていたのか調べない理由は何もない。「わたしはジャレッティの作品は高く評価している——本当に、大いに尊敬しているんだよ」

　ウェッジは芝生を横切って歩きだした。

「それは、ソニアも同じ気持ちかね?」

　ペティケートは、どういうわけか、その質問について慎重に考えた。

「まったくわからないな。彼女がジャレッティについて何か言っているのを聞いた覚えがない。妻を魅了するにしては、生まれ持ったものという側面で、ジャレッティでは物足りないんじゃないかな」

　ウェッジが興味深そうに見つめた。

　ペティケートはその日初めて、例の笑い声をたてた。

「だが、彼が大人物だということは、彼女も知っていたのだろう?」

「もちろんだとも。有名人《ライオン》の大きさを見分けることに関しては、ソニアの右に出る者はいない。自分の動物園にジャレッティを加えられたら、彼女にとって究極の喜びになるだろう」

「だが、彼と何らかの接触を持ったらしいと言うんだね？」

「そう、そうなんだ」ペティケートはまたしても、しゃべりすぎたのではないかという不安に一瞬捕らわれた。

「ソニアはきみに秘密にしていたことがあったわけだ」

「そんなことはない」ペティケートはさりげなく話そうとした。だがウェッジの口調は気に入らなかった。まるでわざと何かを隠しているかのようだ。「だが、今から真実をはっきりさせられるかもしれない」

ウェッジはしばらく返事をしなかった。ふたりはちょうどミセス・ゴトロップの友人たちがひと際集まっている一団の中を通り抜けるところだった。

「どうだろうな」ようやくウェッジが口を開いた。「それじゃ彼女を出し抜いている気がするがね」

ペティケートがその意味を理解したり、説明を求めるべきだろうかと迷ったりする間もなく、その偉大な人物の前に着いた。

ジャレッティは大柄で締まりのない体つきの男だった——そして、ユグノーの出身でないのは明らかだった。少なくともその意味において、大理石を削るティミー・ヴェドレンの父親を、現実に色づけして創り上げたソニアの想像力はたくましかったようだ。確かにジャレッティもときには金槌でのみを叩きながら石を削ることもあるのだろうが、きっと昨今は粘土を使った彫塑作品を好むのだろうと予想された。どう見ても、ただ体のなまったイタリアの老人にしか見えない。ただし、その目だけは除いて。

突き出た眉の下で陰になった目は、輝きと暗さを同時に湛えようとしているようだった。もしかすると目の前にあるものにすっかり気持ちが高揚しているのかもしれない。だが今彼の目の前には、クンクンと匂いを嗅いでいる大きな体のジョンソンを除けば、ミセス・ゴトロップの空虚で陽気な客しかいないとなると、それは考えにくかった。亡きサー・エドウィン・ランドシーア（一八〇二～一八七三。イギリスの画家・彫刻家。犬などの動物画やトラファルガー広場のライオン像の作者として知られる）ならジョンソンのことを刺激的だと感じたかもしれない、とペティケートは思った。しかし、ジャレッティが犬の彫刻を作りたがっている話など聞いたことがない。あるいは、もしかするとこの偉大な男は、心の内に広がる無尽蔵の豊かさの中に引きこもっているのかもしれない。だがそれが真実だとするには、少なくとも酒を運んでいるミセス・ゴトロップの庭師（今日は黒いジャケット姿でボーイをしている）が呼び止められる範囲に近づくたびに、必ずグラスを差し出せるほどには周りが見えているらしい。見ているうちに酒への渇望がペティケートにまで伝染した。結局、三杯めも飲んでしまった。

「わたしの友人、ペティケート大佐を紹介させていただけませんか？」ウェッジが尋ねた。

「もちろんだとも」ジャレッティはどうやったのか、輝きと暗さに加え、何か嬉しい驚きを期待するような表情までその目にさっと浮かべた。イギリスだけでなくヨーロッパでも一気に名の売れたジャレッティは、王家の遠縁並みに人々に期待され、それに応じてもきた。思いがけないほどの力でペティケートの手を握る。「お目にかかれて嬉しいよ」彼は言った。

ペティケートは感銘を受けた。普段であれば、育ちのいいイギリス紳士が初対面の相手にまったく興味がないことを示す、反射的な〝よろしく〟の変化形であるその挨拶の言葉は、ペティケートには受け入れがたいものだったはずだ。だが、ジャレッティが特権階級の人間だということを忘れてはいけない。彼はまちがいなく——ペティケートのお気に入りの新聞の表現を借りれば——トップクラスの人間なのだ。

もしもソニアが本当にジャレッティと言葉を交わせる間柄になっていたとしたら、そのことを吹聴しなかったのは例を見ないほど不可解だ。ペティケート自身でさえ、不幸にもこの世を去った妻に比べてよほど洗練されてはいても、きっとしゃべっていただろう。月曜日にジャレッティのような人間に会えたなら——そんなことはめったに起きないが——その週のうちに相当な数の人間にその話をさりげなく話して聞かせることだろう。

ウェッジも新しい酒のグラスを手にして、さらに紹介を続けた。

「このペティケートもまた、ミセス・ゴトロップの隣人のひとりです。面倒見のいい女性です。近所の住人に誰かれなく声をかけるのですから」ウェッジは近くにいる彼女の隣人の何人かを指し示すように手を振った。その短い説明の中で人を見下していることに、まったく気づいていない様子だ。

「興味深い共同体ですよ、スニッグズ・グリーンというところは」

ジャレッティは周りの人々を見回した。彼が日ごろ取り囲まれているのは、これほどじろじろと眺める連中ではない。

「ああ、なるほど」彼はつぶやいた。「魅力的な人々だな。みなさん、粋《トン》だ」

「それぞれにいいところはあるはずです」ウェッジはサー・トーマス・グライドを見ながら、こんな無能で不快な男に果たしてどんな長所が考えられるだろうと、しばらく躊躇してから続けた。「きっと綺麗なものでも収集するのでしょう。あるいは、薔薇についての知識に長けているとか、シジュウカラの餌付けに詳しいとか。善良なる貧乏人を訪問しているのかもしれません」

ジャレッティは寛大にほほ笑んだ。きっと知識をひけらかそうとする人間をいやというほど見慣れているのだろう、とペティケートは思った。

「このペティケートですがね」ウェッジはさらに続けた。「元軍人なんです。熱帯衛生という複雑なテーマについて、彼ほど魅力的に話せる人間はいません」

ジャレッティは礼儀正しくほほ笑んでいた。と同時に、突き出た眉をわからないほどかすかに上げた。即座にどこからか王宮の侍従が飛び出して来て、巧妙にウェッジを外へ連れ出しそうな気がした。

ウェッジはペティケートの肩を叩いた――馴れ馴れしく叩かれた本人にとってそれは無礼極まりない行為にほかならなかった。

「ですが、ペティケートの一番の強みは」彼は続けた。「奥さんです。あなたも彼女をご存じじゃないかと思うのですが」

ジャレッティはペティケートにほんの小さな会釈をした。

「嬉しいね」彼は言った。「ミセス・ペティケートとすでに会ったことがあるとしたら」

「お会いになっているとしても」ウェッジが続けた。「きっとただのミセス・ペティケートとしてではないでしょう」

ジャレッティが詫びるような身振りをした。

「それはまちがいなさそうだ」彼は言った。

ウェッジは思いきり笑った――洒落の利いたジャレッティの切り返しを理解できたことを、周りの人間に知らせているのだ。

「実を言いますと、まずまちがいなく、ソニア・ウェイワードとしてお会いになっているはずです。有名な小説家ですよ、ご存じでしょう？　わたしが担当する売れっ子作家のひとりです」

「なんと、ソニアか！」

ジャレッティは嬉しい悲鳴を上げるようにそう言った。ミセス・ゴトロップの客の多くは、もはやあからさまな聴衆と化していた。そしてジャレッティの熱意は――とても芝居をしているとは思えなかった――彼らに歓迎された。スニッグズ・グリーンで一番光り輝いているのはミセス・ゴトロップだと日ごろ信じている人たちも、彼女の最高のライバルが、この彫刻家ほどの魅惑的な有名人《ライオン》にここまで称賛されていることを喜んだ。

　当然ながら、ウェッジは特に嬉しそうだった。

「ほら、わたしの言ったとおりだろう？」誰にともなく話しかける。「ソニアの人気は幅広い。まさに、今年一番活躍した女性だ」

　ペティケートは、妻に対する馬鹿げた描写だと不満に思いながらも、こうして注目の的になることには確かな満足感を得ていた。もちろんソニアがもたらした注目だ。だが、少なくとも彼女自身がここにしゃしゃり出て来ることはない。

「彼女も来ているのかね？」ジャレッティは――ウェッジの間の抜けた肩叩きとは似ても似つかぬ身振りで――一瞬、思わずペティケートの両手を握りしめていた。「ここにいるのかね？――きみのチャーミングな奥さんも」

「いいえ、いません」ペティケートは、詰め寄る天才をうまく交わす方法は心得ていた。「ソニアは、ウェッジもよく知っているとおり、今は休暇に出かけております――と言うより、無期限の休暇に出てしまったのです」

「彼女のしてきたことを思えば、実にふさわしい」ジャレッティは心のこもった口ぶりでそう言ったため――ただし、明らかに憶測を巡らせるような視線をペティケートにちらりと向けたが――その言葉に裏の意味はないと安心できた。「とても頑張って働いていたから――ちがうかね？　彼女の本は、残念ながら読んだことはないのだ、本の楽しさがよくわからなくてね。だが、彼女の話は非常に楽しい。そしてわたしは彼女の骨を、たとえようもなく愛している」

スニッグズ・グリーン全体が、その言葉に、はっきりわかるほど大きく息を呑んだ。まるで〈ラ・ヴィ・ド・ボエーム〉を見せられたかのようだ。ペティケート自身も驚いたが、優れた洞察力のおかげで、ジャレッティが何を言っているのかがぼんやりとわかってきた。

「彫刻家の目を通すと、家内は興味深く見えるのですか？」滑稽ながら尊敬を込め、ちょうどよいバランスで尋ねられたと我ながら思った。

「こめかみの辺りの骨格が――なんとも美しい！　ああ、彼女は素晴らしい素材だよ、天から遣わされたあなたのソニアは」

そのあまりの言葉に、ソニアが姿を現すことがかなわない事情を彼女の崇拝者に詫びなければならないと、ペティケートは再び感じていた。

「あなたにお会いできなかったことを、きっと家内はひどく残念がると思います」彼は言った。「ですが、ただ休暇を楽しんでいるだけではないのです。すべてを謎に包んだまま行ってしまったのです、ソニアときたら。わたしには、彼女がどこにいるのかまったく見当もつかないのですよ」

芸術的な人生の実情がわかると、ペティケートの告白を聞いたスニッグズ・グリーンの住人たちは納得した。ソニアの支援者たちは互いに顔を見合わせ、満足したような笑みを交わした。ミセス・ゴトロップの支援者たちは、ほとんど無表情だった。

「まあいい、彼女は戻って来るのだから」ジャレッティは自信たっぷりに言った。「十月十五日までには」

ペティケートには何のことかわからなかった。

「十月十五日までには？」彼は鸚鵡返しに訊いた。

ジャレッティが嬉しそうにほほ笑む。

「おや、なんと謙虚な男だろう！　自分の誕生日を忘れてしまったのかね？」

ペティケートは完全に忘れていた。だが、ショックとともに、今までソニアは一度たりとも忘れたことがなかったのだと思い出した。誕生日を祝うのは、ソニアにとっては極めて重要なことだった。ジャレッティの予測は、彼女の性格を根拠にした、的を射たものだったのだ。だが、この彫刻家はどうやってそのことを知ったのだろう？　せっかくミセス・ゴトロップのカクテルを飲んだにもかかわらず、馴染みになった沈痛な思いにペティケートは再び捕らわれていた。

「そうですね」少し弱い声で言う。「きっとソニアはそのころには戻って来るでしょう」

「もっと早く戻って来る。少なくとも、その三週間前には」ジャレッティはいたずらっぽくウェッジのほうを見た。「それにしても、我らの友が何も知らなかったとは。彼を驚かせる計画だった――そうなのかね？」

「そのつもりだったようですね」ウェッジは少しそわそわしながら言った。「あなたから伺ったときには、わたし自身も驚きましたから。それに、ソニアを出し抜いている気がするのです、こうやってペティケートに秘密を教えてしまうのは」

次にペティケートが口を開いたときには、完全に弱々しい声になっていた。

「あなたは、妻の彫像を作るおつもりなんですか？」

「そのとおりだ！　そしてたぶんわたしが作る最後の胸像になるだろう。ソニアを——天から遣わされたきみのソニアを——わたしはどうしても作らずにいられない。そして彼女も親切にも喜んで引き受けてくれた。今年はきみにふさわしい誕生日プレゼントをあげたいと言ってね」

〝ウェイワーディアン〟たちの間に、称賛と歓喜のざわめきが起きた。ペティケートは、自分の評価がこれほど高まったことなどこれまで一度もなかったと気づいた。それとともに、白分の素晴らしく合理的な世界観《ヴェルト・アンシャウウング》をしっかりと掌握しておかなければ、妻としてのソニアから贈られるはずだったその優しさのしるしは、頭の中を不快にかき乱す不安材料になるだろうと思った。だがまずはどうにかして、ジャレッティの暴露した秘密に対する適切な反応を示さなくてはならない。

「なんとも驚きました」彼は言った。「本当に、言葉が見つかりません」

少なくとも、嘘はついていない——そしてさらに、今度はそう正直ではなく——いくぶん心のこもった、だが大げさではない喜びと感謝の言葉を付け加えたとき、今のところはまだ悲惨な失敗は何も起きていないのだと実感することができた。この妻の鑑のようなソニアの亭主ときたら、たった一日前には彼女に愛想をつかされて出て行かれたなどと仄めかしていたのだと、ウェッジが面白おかしく相手かまわずしゃべろうとするひどい行いにも、ペティケートは動揺することはなかった。

そして幸運なことに、ちょうどその瞬間に、女主人の腕から地面に下ろされて疎外感を覚えていたボズウェルが、狡猾にもレディー・エドワード・リフトンの尻に体当たりを食らわせた上に、足首に噛みついた。それに続いて、ドクター・グレゴリーを探したり、地区看護婦を呼びに行かせたりという騒ぎが起きたために、ミセス・ゴトロップのパーティーは自然とお開きになった。

だが、何人もの客が帰る前にペティケートのところへあいさつに寄って行った。少し前にどんな家庭内不和の噂が広がっていたにせよ、ジャレッティが彫像を作ると発表した騒ぎに明らかにすべてが飲み込まれ、忘れ去られたようだ。ロンドンを訪れた際に巨匠の作品を目の当たりにした経験のある——あるいは、どこかで見たはずだと確信している——婦人たちは、ソニアこそジャレッティにとって考え得る最もふさわしいモデルだと、熱心にペティケートに請け合った。出来上がった像が、たとえ鼻を高くしたペティケートの所有物にならなかったとしても、きっと国が買い取ってくれるはずだと言った。

グリーンに出て来ると、ペティケートはいくぶん足取り重く遠回りしながら自宅へ向かった。かの〝鳴く牛の群れ〟のように〝野原を渡る〟（イギリス詩人のトマス・グレイによる『田舎の墓地で詠んだ挽歌』より）。カクテルを飲んだにもかかわらず、酔いはすっかり醒めている。考えなければならないことがたくさん出てきたせいかもしれない。

第五章

そして今ペティケート大佐は、芸術家の不可思議な創作活動について、さらなる体験をしようとしていた。

ミセス・ゴトロップの不穏な――だが、ある意味では喜ぶべき――パーティーの翌朝、ペティケートはソニア・ウェイワードの新作を書き進めながら、まるで尽きることのないインスピレーションの水脈を発見した気分だった。大幅に作業のスピードを上げる方法まで編み出した。午前中はひたすらタイプ打ち。午後にはその原稿を読み上げて、テープレコーダーに吹き込む。夜にその録音を聞き返しながら、目の前の原稿を手直ししていく。一段と美声となって流れてくる自分の声を聞くと、何とも活力が湧いてきた。ソニアの創る世界を生き生きと感じることができた。

この作業が数週間も続いた。自分が招いた奇妙な状況にどれほど悩まされようと、現実世界で些細な行動をするにも細心の注意を払わなければならなかったとしても、ティミー・ヴェドレンが愛する女性とともに、紆余曲折はあっても着実にウェストミンスターのセント・マーガレット教会へと続く道を歩んで行く理想の世界は、ペティケートにとっては神聖であり、優しく手招きされているように思えた。

さらに言えば、このソニア・ウェイワードの新作は、まさしくソニア・ウェイワードの作品にちがいなかった。どう見ても、ウェイワード＝ペティケート共著やペティケート＝ウェイワード共著の新作でも処女作でもない。ストーリーに刺激を足して愚かなアンブローズを驚かせてやろうとか、最近は空想小説の中では許容されるようになった類の表現を自分の寓話に盛り込もうとかという考えは、これがあくまでもソニアの作品だという揺るぎない事実の前に消え去った。まちがいなく、彼女の最高傑作だ。彼が作業を始めた当初から、ペティケートはそう確信していた。その思いは、彼の魂に安らぎを与えた。自分は少しばかり傲慢だった——ソニア自身に対してではない、何と言っても自分は紳士なのだから。ヨットの上で思いがけず対峙することになった、彼女の魂の入れ物に対してだ。生来の合理的な性格と混じり合った繊細な感情のせいで、これまで何度となく不安に襲われた。だが今自分は、大きな償いをしようとしている。ソニアの名を——彼女なりに広めてきた名を——かつてないほど世に知らしめてやろう。その献身的な思いにすっかり取りつかれたペティケートは、書斎の目立たない隅に額縁入りの妻の写真を見つけると、タイプライターのすぐ脇に丁寧に飾り、物語に行き詰まるたびに写真と語り合うようになった。

一方で、複雑になりそうだったブラドナック巡査部長の一件は、実にすんなりと解決することができた。予告通り召喚状は書留郵便で届いた。ペティケートは自分の名前で受け取りのサインをした——郵政省の代理人であるスニッグズ・グリーン郵便局の配達員にとって、きちんとした家に配達する際にはこの受領手続きで異存はなかった。それから彼はパリへ小旅行に出かけ——執筆に没頭する毎日の中では、いい気晴らしになった——旅先で、今後幾度となく慎重に繰り返さなければならないであろう偽造行為を初めて実行した。治安判事の補佐宛てに出したソニアからの手紙は、自分でも素晴らしい出来栄えだと思った。堂々としていながら敬意を欠かないその手紙に、金額欄が空白のままの小切手を添付した。小切手には、しばらく考えてから〈上限五ポンド〉と裏書きしておいた。結果として、その暗示はいい効果を生んだようだ。罰金は結局三十シリングと決まったが、それはソニア本人が出廷して謝罪した場合の二倍だけで済んだ。その旨の通告を受けると、ペティケートは原稿を数ページさかのぼり、ちょうどよい箇所を見つけて〈ティミーは腰を下ろした〉と挿入した。この一文の印税だけで、罰金を払えるぐらいの金になるだろう。パリへの旅にはもう少し大きな金額がかかったが、全体的にとても楽しめたから、その旅費は自分のポケットマネーで賄うとしよう。

『若さの欲するもの』の執筆はあまりにも順調に進んだため、最終段階に入ると、ペティケートはストーリーの終わり方を考えるよりも、どうやってウェッジに渡せばよいかという問題により頭を悩ませた。これまでのソニアの小説のタイプ打ち原稿には大抵、彼女が直接インクや鉛筆で走り書きした文字が書き込まれていた。だがそれを真似るのは、彼が堅く誓った理念のひとつに抵触する。つまり、偽造行為は、どうしても必要な最低限の場合に限るというものだ。妻ならば最後に読み返しながらどんなことを思いついただろうかと、芸術家の彼としてはじっくりと考えてみたいとも思ったが、原稿には一切手を加えないことに決めた。ウェッジには、いまだ謎めいた旅を続けているソニアが、出版者に提出するための〝最終稿〟の仕上げ作業はすべて夫に任せたいと言ってきたと、走り書きの手紙のひとつも渡せば説明は充分だろう。幸運なことに、ソニアはもともと校正作業に頭を悩ませることはしなかった。これまでもペティケート自身がミスはないか探しながら読み返した後、出版者に送ることが多かった。

そこで最終的には、ペティケートはウェッジ宛てに次のような手紙を書いた。

親愛なるウェッジ

われらの才能あふれる友から届いたものだ。お気づきのとおり、タイトルはロバート・ブリッジズから取るのをやめて、代わりにマシュー・アーノルドからつけたそうだ。どちらも、あんたのお気に入りの詩人だろう。同封した原稿は（あんた自身が読むのであればわかってもらえるだろうが）書き込みのないタイプ打ちであり、校正作業は容易に進められるはずだ。

ソニアはまだ放浪中で、断続的にしか連絡が入らない。おそらく近いうちにわたしも彼女に合流し、ここスニッグズ・グリーンは——一時的か永久的かは未定だが——引き上げることになるだろう。ジャマイカ——あるいはイスキアか——で、いつか話したように、庭の狼を追い払うのも楽しそうだ。

取り急ぎ

フォリオット・ペティケート

追伸　印税率の件だが、スライド制の数値について相談させてくれ。

F・P

ペティケートは投函する前に、大満足で手紙を読み返した。軽い調子ではあるが、内容は事務的だ。ここで仄めかされている現時点でのソニアと自分の関係は、いかにももっともらしく、ウェッジに新たな好奇心を抱かせない程度につまらない。狼についての言及は、妻に対するかすかな皮肉の要素を含むことで、自分には何も隠すものはないという対抗暗示になっている。概して、ペティケートはそれが効果的かつ好ましい演出だと判断した。

二日後、返事の電報が届いた。

書簡拝受。二万部で二十五パーセント、四万部で三十パーセントまで応じる。ブッククラブ（推薦された本を割引購入できる会員制の団体）等にて先行販売。それ以上であっても貴殿のビジネス感覚に従い希望条件に応じる用意あり、ただし巡回販売員の宣伝用に余地を乞う。ジャレッティ胸像を本のカバーに使用可能か尋ねられたし。ソニア主賓パーティーを晩秋に開催希望。アルスパッハ出席。検討中の招待客、ヘミングウェイ、フォースター、エイミス、サルトル、プルースト、モラヴィア、オックスフォード大学学長、アカデミー・フランセーズ会長、前出のプルーストは既に死亡につき削除、パステルナーク、スノー、フロスト、ほか適切と思われる人物。

ウェッジ

ペティケートは複雑な思いでその電報を読んだ。ウェッジがひと言の不満もなく好条件を提示してきたのにはひどく驚いた。ソニアを主賓に夕食会を催してくれるらしいのはありがたかったが、彼が冷静かつ現実的な考慮に欠けていたらしいことは提案された招待客リスト全体に見て取れる。実に残念だ――ペティケートは思った――この祝賀会が開催されることはないのだから。そして、ジャレッティの胸像が、現実には、この先ソニア・ウェイワードのロマンス小説を飾ることも決してない。ずいぶん考えた末に、ペティケートはウェッジのはやる気持ちに対して満足のいく返事を出すことにした。それを電報にした。

ソニアの代理人として提示条件に合意する。胸像の件、光栄な夕食会の申し出は後日返事する。

ペティケート

今できるのはここまでだ。だがそうなると、新たに今後の問題点がはっきりと見えてきた。『若さの欲するもの』が手を離れた今、まちがいなく二番めに深刻な心配の種に向き合わねばならない。段階を踏んでここを去るというアイディアは、まだ彼の中でまったく具体性を伴っていないのだ。今すぐにでも、明確に決めなければ。

そう決心して最初に取った行動は、残念ながら、深刻な判断ミスに終わった。ヘンワイフ夫妻に関することだ。

長く続いた初めての執筆作業が成功のうちに終わり、ペティケートは自信に満ちていた。自分は何でもやり遂げられる男なのだと信じていた。その証拠にティミーとクレア——それに『若さの欲するもの』の中で生み出した大勢の登場人物たち——は、最終的に自分がさせたいと思ったとおりの行動を取ったではないか？　確かに本と現実を混同すべきではないという意見はよく心得ている。タイプライターの向こう側のぼんやりとした人間たちに向き合うことと、現実世界のウェッジやブラドナックやゴトロップのような連中に対処することの間にある、まちがえようのない相違は彼の心に刻みつけられていた。それでも、自分は知識と発想に恵まれた男にはちがいない。ここからさらに押し進めるのをためらってはいけない。

　ヘンワイフ夫妻のうんざりするような影は、執筆の最終段階に入ってからは、ときおり気にかかる程度になっていた。それが今は、遠慮なく自分の視界の中心へと入って来ている。しかも、その態度の変貌ぶりは疑いようがない。主人がどこで厄介払いをしてきたのか、知っているつもりなのだ。もちろん、彼らがそんなあからさまな表現を口にするはずがない。ヘンワイフ本人は今も、ヴィクトリア朝の小説に出てくる従者のような口の利き方を続けている。ミセス・ヘンワイフは、より控えめに夫に従っていた。だが、ふたりが勝手気ままに振る舞う《テイク・リバティー》――と同時に、自由《リバティー》を奪う《テイク》――つもりなのは疑いの余地がない。

　そしてヘンワイフたちが勝手気ままに振る舞うことよりも腹が立つのは、彼らがアンブローズにも勝手気ままにさせていたことだ。

　アンブローズというのは、ミセス・ヘンワイフの飼っているペキニーズのことだ――そして、ペティケートにとっては、ミセス・ゴトロップのボズウェルに輪をかけて不快な動物だった。少なくともボズウェルは、確かに胸の悪くなるような犬ではあっても、それなりに社会的立場とでも呼べるものを持っていた。飼い主である女性が属している社会階級では、高価な小型犬を飼うことは慣習とされ、許されているからだ。ミセス・ヘンワイフがどうしてアンブローズを飼うことになったのかは、ペティケートにもわからなかった。どうしてソニアがこの家で飼うことを許可したのかも。住み込みの使用人がきちんと飼うのであれば、ペットの猫なら許されるかもしれない。だが、台所で犬を飼うなど異様だ。実を言えば、アンブローズが耐え難いほどやかましいのには、猫と深い関係があった。アンブローズが近所のとある猫に興奮して、耳に著しく不快な声で狂ったように吠えるからだ。そして今アンブローズは家のあちこちに出入りしている。客間の一番大きなソファの占有権まで勝ち取ったのだ。許可されていない場所で餌を食べているところも、しばしば目撃されるようになった。新鮮で上品な味つけのドーバー産シタビラメは、特にお気に入りのようだ。

このような不適切な企みを進めるにあたって、ヘンワイフ夫妻は様子を探っている段階なのだろう。もしも脅迫するつもりだとすれば、まだ実際には動き始めていないはずだ。金銭の要求はされていない——給金を上げてくれというヴェールに包んだような申し出すらない。だが一方で、ソニアが使用人用ホールと呼んでいた一画では、贅沢な暮らしぶりがうかがえた。ペティケートが慎ましく冷たいマトン肉一切れを食べているとき、たびたびローストチキンなどの料理の香りが漂ってくるのがはっきりとわかった。高級乳製品配達のスネイラムは、生クリームを大量に届けて来るようだ。明らかにワインセラーからワインが次々と消えていた。ペティケートは、ある目立たない女——後になってから、それは近隣の村に住むミセス・ヘンワイフの親戚の女性だと判明した——が、裏庭の門を通り、何かをいっぱいに詰め込んだバスケットを腕にかけて出て行く現場を幾度となく目撃した。こういった無秩序は、女主人のいない家ではよくあることに思えるかもしれないが、ペティケートには悪意のある行動に映った。そしてその推測がまったくの空想の産物ではないことがじきにわかった。電気ランプを探しに配膳室へ赴き、何気なくジョージ王朝時代の銀食器がたくさん入っているはずの引き出しを開けてみたところ、底に敷いてある緑色の布地を除いて、そこには何ひとつ入っていなかったのだ。

いわばヘンワイフの砦の中で立ちすくみ、ペティケート大佐は全身が震えるのを感じた。これは危機だ、毅然とした態度と冷静な頭脳が求められる重大危機なのだ。もちろん、無視することもできる。

彼がここへ来たことをヘンワイフは知らない。このまま立ち去って、何も見なかったふりをすればいい。だが、それでは問題を先送りするだけだ。遅かれ早かれこれ以上にあからさまに厚かましい略奪行為が行われ、そのときには立ち向かわざるを得なくなるだろう。ならば今立ち上がったほうがいい――はるかにいいはずだ。

ペティケートは書斎へ戻って呼び出しのベルを鳴らした。それからデスクに向かって座り、毅然とした冷静な態度を見せようと努めた。ヘンワイフが入って来た。彼は仕事柄いつも部屋に入ると、正面を向いたまま後ろ手で静かにドアを閉めるのだが、それがどういうわけか前々からペティケートには腹立たしく感じられた。

「お呼びになりましたか、旦那様」

ヘンワイフはその不必要な質問を、これまで長い間繰り返してきたとおりの口調で言ったが、ペティケートはその隠しようのない横柄さに今まで気づくことのなかった自分に驚愕した。懸命に声を抑えて話を切り出す。

「今、配膳室へ行って来た。いつもの引き出しに古いほうの銀食器がないのはなぜだ?」

ほんの一瞬、ヘンワイフはたじろいだようだった。口を開いたときには、完璧なまでに無関心な声だった。

「わかりません、旦那様。さっぱり存じ上げません」

「なくなっていることは知っていたのか?」

「もちろんですとも。一目瞭然ですから、旦那様」

「それなのに、何も言わなかったのか?」

「もしかすると、旦那様があれを何かしらの暇つぶしに使っていらっしゃるのではないかと考えまして。それはまちがっておりませんでしょう」

「おまえがそんなことを考えるはずがないだろう、ヘンワイフ」ペティケートは顔が赤く染まるのを感じた。「どう見ても、あの銀食器は盗まれたに決まっている」

「充分に考えられることですね、旦那様。錠と鍵で保管されていない貴重品の紛失に関して、わたしは責任を負いきれません。設備の整ったご家庭では、きちんと保管をされるものです。お仕えする身としては、このような杜撰な管理は見たことがありません」

確かに的を射た部分もあり、ペティケートは息を荒げた。彼とソニアが不用心だったことは否めない。だが、だからと言って守備に回る気はない。

「ただちに警察を呼ぼう」彼は電話を指さした。「今すぐ警察署に電話をつないでくれ」

これを聞いたヘンワイフは、ペティケートが雇い主としての経験の中で見たことのないものを披露した。微笑――それも、異常なほど醜いほほ笑みだった。

「もう失礼してよろしいでしょうか、旦那様。ひと言申し上げれば、警察に連絡されるのは非常に愚かな行動にちがいありません。その結果興奮なされば、旦那様のご健康によろしくございませんので。差し出がましく私見を申し上げて、失礼いたしました」

ふたりの男の間に、しばしの沈黙が流れた。戦いは始まったのだとペティケートは感じた。今の自分にとって真に愚かな行動とは、今すぐ受話器に手を伸ばさないことだ。だがもしかすると、ひるんでいるとは思わせずに、その決定的なステップを何十分か延期したほうがいいのかもしれない。ただし、絶対に不安を悟られてはならない。

「ヘンワイフ」彼は厳かに言った。「どうやらおまえはこの家における自分の立場を、完全に見誤っているようだ。わたしへの脅しは許さない。わたしの所有品を盗むことも許さない。もう下がっていい、下がって自分たちが招いた深刻な立場を夫婦で話し合うんだな。三十分後に戻って来い。そのときに考えを改めると言うのなら、せめて不名誉な結末は避けられるかもしれない」

ヘンワイフの顔から醜い笑みが消えた。ペティケートは相手がうろたえているのだと判断した。一番効果的な攻撃が成功したのだと。誇らしい気分だった。

一方のヘンワイフは何も言わずに部屋を出た。いつものように、主人からの退室許可に感謝することもなかった。計画は取りやめだと妻に伝えることで頭がいっぱいなのだろうと、ペティケートは思った。何と言っても、脅迫計画は狙いをつけている被害者が立ち向かって来たとたんに破たんするものだと、何度も読んだことがある。

ペティケートは書斎の中をぐるりと歩き、また座って葉巻に火をつけた。特に葉巻が吸いたかったわけではない。体の状態はまだ葉巻を受けつけられそうになかった。きっとある種の象徴的な行動にちがいない。ヘンワイフのように葉巻も吸わない卑しいやつよりも、もっと強大な世界の住人なのだと、自分に言い聞かせているのだ。少なくとも、あいつは葉巻を吸えるような立場にはないはずだ。実のところ、近頃ペティケートの葉巻が明らかになくなっており、それはヘンワイフたちの住む一画の豪勢な暮らしぶりが明らかになってきたのと不可解にも合致していた。

ペティケートは葉巻を吸い、次にどうするべきかと自問していた。元軍人としては、主導権を握ったら、敵を追う手を緩めないことだ。ヘンワイフ夫妻は今、追われている身だ。仮に持っているとすれば、いったい何を武器に立ち向かい、反撃してくるだろう？

彼らは単なる疑念を元に、充分な考えもなしに限度を踏み越えてしまったとしか思えない。妻に捨てられたのを隠そうと画策した雇い主が不名誉な立場に立っているらしいと、ペティケートが単に気まずく恥ずかしい立場にあるのだと、彼らがそう思っているのなら、それをいいことにある程度の勝手な行動や不遜な態度を取るまでは理解できる。だが、代々伝わる銀食器を盗んだり、警察には知らせない方がいいと冷静に忠告したりとなると、話はまったく変わってくる。何かもっと確かなネタを元に、確信のある邪悪さを持っているということだ。そして、その確かなネタが何か、ペティケートには疑う余地がなかった。ヘンワイフ夫妻はやはりパスポートを持っている。それなしにはソニアがイギリス諸島を出られるはずのないパスポートだ。

あのパスポート――それに、ペティケートがそれをごまかそうとしたというヘンワイフたちの証言――があれば、彼らの訴えは受理されるだろう。地元警察は、ミセス・フォリオット・ペティケートが判事の補佐宛てにパリから手紙を送ったことを覚えているはずだ。そしてその事実を単純に足し算してみれば、捜査の必要な事件だと気づくにちがいない。

ペティケートは顔をしかめた。これは厄介だ、まちがいなく。だが少なくとも厄介事に正面からぶつかったおかげで得たこともあった。そして後は、しゃくにさわるが、単純な計算をしてみればいい。ヘンワイフが想像をふくらませて期待している、ペティケートの身に起こり得る厄介事と、彼らの身に起こり得る厄介事と、どちらがより大きいのか。

仮に、この悪魔のような夫婦が警察に通報した結果として、すべての真実が明るみに出たとしよう。ヘンワイフ夫妻は、少しばかりの金を得られるかもしれない。おそらく――ペティケートは推測してみた――下品な新聞記事に名前を出す報酬として最高千ポンドまでなら。〈独占、我々はいかにしてペティケートの仮面を剝いだか〉……そういった類だ。

だが、千ポンドが大金だなどと思うほどヘンワイフ夫妻は馬鹿ではない。それに、使用人に求められる条件は承知しているはずだ。スキャンダルを売った以上、まともなところで雇ってもらえるわけがない。たとえ金を受け取らなかったとしてもまずい立場に変わりはない。すぐに訴え出なかったのは、何か良からぬ目的があったからだと誰もが怪しむ。脅迫計画を練っていた疑いのある夫婦を雇う人は、まずいないだろう。

その結論は、ペティケートには明確なものに思えた。ヘンワイフ夫妻に立ち向かい、今すぐにでも家から追い出せば、彼らは損をあきらめて二度と彼の前に現れないだろう。

だが、そううまくいかなかったらどうする？　雇い主のせいでこれ以上の利益にあずかれないとわかったふたりが、単なる腹いせに、リスクを負ってまで警察に通報したら？　もしそうされたら、自分はどうなる？

まず手始めに、ソニア・ウェイワードの新作――それにすでにアイディアを温め始めていた将来の作品の数々――はすべて台無しだ。積極的な疑いをかけられれば、彼の偽装は一週間ももたないだろう。それはつまり、金銭的な失脚か、それに近いことを意味する。だがもちろん、彼の破滅はそこに留まらない。ソニアの死について正直に話したとしても、そしてその真実が受け入れられたとしても、きっと法律の目を通してみれば、彼は何らかの罪を犯したとみなされるのだろう。その罪により懲役五年――ペティケートの耳には年老いた不気味な判事の声が聞こえた――さらにウェッジと、英語圏内の識字者全員に対して行おうとしていた恥ずべき詐欺行為に対して、もう二年。だが、真実を話しても、受け入れられないかもしれない。警察は、彼の一連の偽装行為の始まりは殺人にあったと信じるかもしれない。

　ペティケートは、当然ながらこれまでいろいろと考える中で、その可能性に向き合わないわけではなかった。それでも今こうして考えてみると、背筋が凍りつくとともに、別の何かを同時に感じていた。スリルだ。なんとも興味深い。まるで自分が極めて理性的な人間とはほど遠い、たとえばオールド・ベイリー中央刑事裁判所の被告席であれ、どこであれ、ほかのどんな悪党も追いつかないほど悪名を上げることに喜びを得る非常識な連中に仲間入りしたかのようだ。

　ペティケートは葉巻を下ろし、突然思い浮かんだ自分自身のイメージにすっかり魅入られていた。わたしは被告席に立たされる――だが、決して動じない。今さらソニアの死体のような判別できる証拠が打ち上げられるには、あまりにも時間が経ちすぎている。たとえ彼があのとき本当に……

　突如として恐ろしいほどの興奮に襲われ、ペティケートは立ち上がって部屋の中を歩き回った。そうだ、たとえあのとき本当に自分の手でソニアを殺していたとしても、今の自分は完全に安泰だ。いくつも嘘を重ね、彼女とは仲良く別れたと作り話をし、ソニアが再び連絡してくることも姿を現すこともできなくなる前に『若さの欲するもの』の原稿を受け取ったのだと言ったところで、最も恐ろしい刑罰は自分に及ばない。自ら証言を申し出て――勅撰弁護士の反対尋問をばっさりと切り返してみせる。原告席では、暗い顔で押し黙った公訴局長が座ったまま、フォリオット・ペティケートほどずば抜けて聡明な男を捕えようとした己の愚かさを思い返すだろう。陪審員は十分間――いや、それとも十時間のほうが面白いだろうか、とペティケートは考えた――退廷した後、戻って来て無罪評決を出す。小さな拍手があちこちで起こり、判事の諫めるようなひと言で静まる――そして判事はペティケートに向かい、こうして理不尽にも衝撃的な屈辱を受ける中にあって立派な態度を貫いたと、短く祝福の言葉をかける。法廷の外へ出ると、報道記者が大勢待ち構えている。マスコミに向かって言いたいことは、もちろんいくらもある……

ペティケートははっと我に返った。その妙な空想にどれほど浸っていたのかわからなかった。だが時計に目をやると、今にもあの邪悪で信用ならないヘンワイフが戻って来る時刻だ。結局のところ、結論はどうする？

ヘンワイフ夫婦に服従することは、まちがいなく自分自身の完全な破滅への第一歩となる。あいつらは相手を屈服させられそうだと思ったが最後、彼の体が真っ白になるほど、血の最後の一滴まで絞り尽くしてもかまわないという青信号が出たとみなすだろう。先の見通しは真っ黒だ。ペティケートはそこで一瞬考えるのをやめ、色彩を使ったそれらのイメージを自画自賛した――連日の執筆作業で文学的センスに磨きがかかったようだ――そして、この確信からどんな結論が導かれるか、再び考えた。答えは簡単だ。従来の考えどおり、ヘンワイフ夫妻は拒否しなければならない。あのふたりには出て行ってもらうしかない。

ペティケートがちょうどその結論に達したとき、ドアが開いてヘンワイフが再び部屋に入って来た。ミセス・ヘンワイフも後に続いた。ふたりはただそこに立ち、無言のまま無感情にペティケートを見つめている。

いらいらしてきた――当然、それが彼らの狙いなのだろう。今回は、ペティケートも立ち上がった。

「さて」彼は厳しい口調で言った。「何か言うことはあるかね？」

ヘンワイフは眉を上げた。

「何をおっしゃいます。わたしの記憶が正しければ、話の続きを希望されたのは旦那様のほうですが」

ペティケートはこのさらなる無礼を受けて、しばらく口をつぐんだ。主導権は自分が握っているのだと、まだ感じていた。ミセス・ヘンワイフに顔を向ける。

「あんたはどうだ――ご主人の目を覚ましてやる必要性について、理解したのかね?」

ミセス・ヘンワイフもまたしばらく黙った後で口を開いた。その答えは、驚くほど暗く曖昧なものだった。

「二度と目覚めることのない者もおります」彼女は言った。「わたしには、そう見受けられます」

「わかったような口ぶりだな、ミセス・ヘンワイフ。だが実は、何もわかってなどいない――そしてその馬鹿げた考えのために、今すぐおまえたち夫婦はこの家での職務を解かれるのだ。盗んだ銀食器はただちに返したまえ。その後、荷物をまとめて出て行け。これ以上の給金は一切支払うつもりはない。不当だと思うなら、弁護士に相談するのだな。警察に通報すべき情報があると思うなら、ここを出てまっすぐ警察署へ行くがいい。おまえたちの稼業を考えれば危険な行為かもしれないが、善良なる市民としての使命感がそれに勝るのなら、仕方あるまい」ペティケートはわずかに皮肉を込めてそう言った。それからまたきびきびとした強い口調に戻した。「よし、もう下がっていい」

今の発言には、混乱が混じっていることは否めないとペティケートは思った。それでも、充分な満足を感じていた。これでうまくいった。自分を甘く見てはいけないことを、このように卑劣な連中に思い知らせるには、ただ図太い神経が必要だったのだ。ペティケートはふたりがこそこそと出て行くのを待った。だが次に起きたことに、完全に虚を突かれた。ヘンワイフは下がらなかった。それどころか、前に踏み出した。一瞬ペティケートは、彼が自分に暴力をふるうつもりではないかと警戒した。彼は——これまで一度も気づかなかったが——このただの卑屈で便利な人間(いつもそんなふうに思っていた)には、地味な服の下にかなり鍛えられた筋肉が秘められていたことが見て取れた。だがヘンワイフはペティケートを襲うことはしなかった。ただ横を通り過ぎると、暖炉脇の大きな椅子に腰を下ろした。

ペティケート大佐は床の真ん中に立ち尽くしたまま、口をあんぐりと開けてその男を見つめていた。

第六章

「ブランデーをもらおうかな、かまわないだろうね」信じられないことにヘンワイフが言った。「最近あんたがブランデーをどこに隠してるか、おれが知らないと思うなよ」

　彼の驚くべき横柄さは——ペティケートは後になってから思い返した——巧みな侮辱の言葉を伴っていなければ、その衝撃的なまでの効果も薄らいでいたかもしれない。

　新局面に直面したばかりで用心深くなっていた時期に、ペティケートは自分自身にひとり酒を禁じたことを思い出した。やがてその決心が鈍り、禁酒が不必要と思われたころに、今にして思えば、実に馬鹿げた行動に出た。彼が元の習慣に戻っていたことをヘンワイフ夫妻が知っていたのは疑う余地がないとは言え、実のところ彼は隠れるようにこっそりと酒を飲んでいたのだ——ブランデーとタンブラーを鍵のかかるところに保管し、誰にも見られていないと確信できるときだけ酒に頼っていた。

　この奇妙な行動は、心理学に基づいたものだったと思う。彼が酒を飲むときは、そもそも彼の生活をすっかり変えてしまった、あのもうひとつの秘密の行動を象徴的に再現しているのだ。ブランデーを取り出そうと戸棚の鍵を開け、書斎の中を見回す動きは、ソニアを船から投げ捨てる直前に辺りを気にして素早く海を見やったのと同じだ。

　だが、それを思い出したからと言ってペティケートは冷静になれるわけでもなく、これほど惨めな愚行をヘンワイフに知られていたということに、ことさら打ちのめされるものがあった。混乱のあまり、ペティケートは自分の震える手がポケットの中の鍵束に伸びるのをはっきり感じたが、それはヘンワイフの命令に従うしかないロボットの手のようだった。数秒もの間、ペティケート自身の意思はすっかり麻痺しており、仮にこの恐ろしい夫婦に何かしらおぞましい肉体的な侮辱行為を強いられていたとしても、従わざるを得なかったかもしれない。だがそのとき、自分の話し声が――いや、かすかなささやき声が聞こえた。

「下がれ……下がれ！　聞こえないのか？　もう下がっていいと言ったのだ」

ヘンワイフは大きな椅子にゆったりと背中をもたれ――おかしなことにペティケートは、これまでヘンワイフがスツールにすら腰かけているところを一度も見たことがなかったと思った――平然とした低い笑い声をたてた。

「おれたちは、あんたに雇われたわけじゃないし、あんたにくびにされる覚えもない。そうだよな、ミセス・H？」

「もちろん、そのとおりよ」ミセス・ヘンワイフはドアのそばに立ったまま動かなかったので、ペティケートはうまく働かない頭で、もしかすると彼女は夫のショック戦法にはためらいがあるのではないかと考えた。「もちろん、そのとおり」彼女は繰り返した。「この家の主導権は誰が握っているのか――いえ、口に出せない何かが起きるまで、誰が握っていたのか――知らない人はいない。金を持ってるのは、あんたの奥さんなんだよ、ミスター・ペティケート大佐。わたしたちを雇ったのも、奥さん。わたしたちを追い出すなら、奥さんからでなくちゃね」

ヘンワイフはまた笑い声を上げ、今度は長く笑い続けた。妻の言葉を心から面白がっているようだ。

ペティケートは、特に女王陛下に任命された権威を侮辱するような呼称に激怒し、怒りのあまりもごもごとわけのわからない言葉をまくしたてるばかりだった。

「奥さんにお目にかかれたらの話だけどね」ミセス・ヘンワイフは話を続けた。「ミセス・ペティケートに直接会えたら、わたしたちもぼちぼちと荷造りを始めようじゃないか」

ヘンワイフが立ち上がった。ブランデーを要求したことをすっかり忘れていたようだ。再びあの醜い笑みを浮かべ、鍵のかかったペティケートの戸棚へ歩いていって軽く叩いた。

「だが、奥さんのお戻りは遅れるかもしれないから」彼は言った。「あんたはまた彼女のくだらない小説の新作に取りかかったほうがよさそうだな」

ペティケートは自分が激高して実際に叫び声を上げたのか、そうしたい衝動がのどの奥に詰まったままになったのか、まるきりわからなかった。

「と言うのも、旦那様」――ヘンワイフは突然仕事用の話し口調に戻したことを楽しんでいた――「今後あなたの財布に期待される重さは、これまで以上に増すはずですから。僭越ながら、勝手な推測を申し上げますが」彼は出口に向かい、ドアを開けた――またしてもいつもの仕事上の、正面を向いたままの開け方で。妻にうなずいて見せると、彼女は静かに出て行った。「ほかにご用はおありでしょうか、旦那様？」

「ノー！」ペティケートは自分が何を言いたいのか、よくわからなかった。ただその短いひと言を、しゃがれた声で絞り出すのが精いっぱいだった。

「ありがとうございます、旦那様」

ドアが静かに閉じた。ヘンワイフはもういなかった。

ペティケートの頭は朦朧としていた。何があったのか、どれほど状況が激変してしまったのかに考えを集中できるまで、何分かかかった。まったく寝耳に水だったことがひとつあった。ヘンワイフは、『若さの欲するもの』の執筆にペティケートが関わっていたことを知っていた。デスクや引き出しの鍵を開けるのは、明らかに彼にとって容易なことらしい。そしてこの一件に関しては、ペティケートが想像していたよりも、ヘンワイフの理解力は優れていたことになる。あいつは犯罪の玄人にちがいない！

そう推測される以上、極めて用心しなければならない。つまりヘンワイフは、執筆中のソニア・ウェイワードの新作を読んだだけに留まらず、おそらくは、ペティケート自身が真の創作者であることを示す手書きの修正の入ったタイプ打ちの第一稿を写真に残している可能性もあるのだ。それは脅迫者としてのヘンワイフの立場を大いに強め、窮地に陥った際には極めて厄介な存在になり得るということだ。

そして、ペティケートが降伏しなければ、それを実行する可能性が高そうだ。もしもヘンワイフ夫妻が本当に悪事を繰り返してきた計算高い悪党だとすれば、彼らは同時に、どういう理由からか――ペティケートには疑いようがない――自分に悪意を抱き、敵視している。ペティケートが戦利品を差し出さず、真っ白になるまで黙って血を吸い尽くされることを拒否すれば、彼らは自分たちに何の危険も及ばない方法でペティケートを引きずり下ろすことができるのだ。それこそが、これまでのペティケートの計算を大きく狂わせている。なぜならペティケートの計算では、ヘンワイフ夫妻はあくまでもアマチュアとして悪事を企んでおり、今後もどこかで真っ当な住み込み使用人を続けるのに不利となる事実を避けたいがために、こちらの思うとおりにできると見込んでいたからだ。

だが、ペティケートの計算を狂わせたものが、ほかにもあることは否定できない。彼は、憐れなことに、主導権を握ることに失敗してしまったのだ。危うく、滑稽にも使用人と主人の立場の交換を受け入れてしまうところだった。本当にすんでのところで、あいつにブランデーを渡しそうになっていた！

ペティケートはそう考えると、絞首台を目の前にしても絶対に身震いしないだろうに、今は体が震えてきた。頭の中で、そのイメージが一層現実味を帯びるとともに、断固とした考えがまとまった。ヘンワイフ夫妻にはここから消えてもらうしかない。それも、当然ながら、彼が先に考えていたやり方ではなく。あの方法では、決して出て行くつもりがないのは疑いの余地がないからだ。いたしかたない。彼らには消えてもらわねば。


ペティケート大佐はその案を頭の中であれこれ考えているうちに、何ら良心の咎めを感じないことに安堵していた。これまでは生来の人間性のために、長期の懲役刑――脅迫犯にいつも課される刑罰――の恐ろしさに身の毛がよだつ思いがしていた。そしてヘンワイフ夫妻に関しては、自分との関わりとは無関係に、ふたりを待ち受ける運命はそのひとつしかないと思っていた。遅かれ早かれ彼らは警察に捕まり、刑務所に入れられるはずだと。そんな目に遭わせるよりも、もっと手っ取り早く審判を受けさせるほうがはるかに親切というものだ。その正義の報いの一撃は一瞬で、当人たちすら何が起きたかわからないうちに終わるだろう。

光を見出したようなその考えに心が落ち着き、ペティケートは外へ出て庭を歩いた。すでに空気は秋らしさを帯び、陽射しは鈍かった。それでも庭は、関心を失っていた美的センスと、妻の悲劇的な突然死以来ようやく実感できるようになった所有者としての揺るぎない気持ちの両方を満たしてくれた。

家屋そのものは近代的だったが、この土地には――そう、広いだけで何もない庭は〝土地〟と呼ぶのがふさわしい――元は領主の館と、隣接する荘園の農家が建っていた。建物はとうの昔にほぼ失われている。だが古い歴史の証しのような鳩小屋が残っているほか、石の屋根の納屋が、大幅な修理は必要ながら、小さな果樹園からの眺めに穏やかな雰囲気を与えるように今も建っていた。

これらのおかげで、ウェイワードの家屋敷はスニッグズ・グリーンの上流階級の住人たちから羨望の目で見られてきた。ペティケート自身もこの土地を、ある一点を除いて、大いに気に入っていた。唯一の不満というのは、以前の所有者が浅知恵を絞って、好き勝手に耕したり装飾したりしたまま、いまだ撤去されていない一画のことだ。ペティケートはいつもそれらを大っぴらにこき下ろし、(彼の上品な古めかしい世界の言葉では)市民公園にちょうどいいと言った。たとえば、生きた魚を放った人工池だ。庭に池があるのは喜ばしい。だがその大きさは――ペティケートが高尚な作品を読んでいる最中に偶然見つけた文献によれば――本来なら最低でも領主館の面積の半分以上なければならないらしい。ここの庭の人工池は、単に金魚が喜ぶ程度に過ぎない。

それでも、彼は興味深く池の周りを散策した。いつの間にか池の美的あるいは社交的な意義ではなく、実効的な意義を考えていた。水深は二フィートほどある。溺れるには充分な深さだ。劇作家のウエブスター(ジョン・ウェブスター、十七世紀に活躍したイギリスの劇作家)は――頭に蓄積した記憶が彼に伝える――ある戯曲の中で半分狂った枢機卿を最後のシーンに登場させてこうつぶやかせている。

庭で池を覗くと
何者かが熊手を構えているのが見え
今にもわたしに殴りかかりそうだ（『マルフィ公爵夫人』より）

仮にこの人工池のそばで、彼、ペティケートが、彼ら、ヘンワイフ夫妻に熊手で殴りかかったらどうなるだろう？　そしてそのまま水の中でうつ伏せにして放っておいたら？

目の前に浮かんだイメージは、しばしペティケートの顔に純粋な喜びの笑みをもたらした。だがすぐに顔をしかめる。いや、それは駄目だ。水深がたった二フィートであってもひとりの人間ならたまたま溺れ死ぬことはあるかもしれないが、ふたりは無理だ。それに熊手も、使用するのは非常に楽しそうではあるものの――望ましくない痕跡を残すだろう。

ペティケートはさらに庭をぶらついた。鳩小屋に到着した。もしもヘンワイフ夫妻が、自分たちの犯罪計画が暴かれると知って、ここで同時に首を吊ったらどうだろう？　鳩小屋の構造は、見事にその目的に転用できそうだ。まるで建物そのものがせがんでいるように見える――先の尖った屋根を見上げながらペティケートは考えた――ここからあの悪魔のようなふたりを吊るして、空中で足をぶらぶらさせる光景を見せてくれと。そしてもちろんあのふたりは、自分たちの悪事を告白するものを何かしら残していく――当然ながら、そこにはフォリオット・ペティケート大佐夫妻の名はまったく書かれていない。

だがやはり、どう考えてもこれも駄目だ。むしろ、できるはずがない。ヘンワイフは強い男だ。あいつと、彼のぞっとするような共犯者の両方を別々に腕力でねじ伏せ、この上からぶら下げるなど、どう考えても不可能だ。そしてさらに、この状況では必ず何らかの偽装工作が必要になるが、そういうものはほぼ確実に調べられ、露呈するものだ。

ペティケートは再び歩き出した。

家に戻るころには日が暮れていた。慣れない運動で手足が痛み、口や喉は砂埃を吸っていがらっぽかった。だが、彼は問題の答えを見つけたと確信していた。

これからやるべき大仕事がある――特に、絶対にのこぎりを使ってはいけない以上。もちろん、犯罪行為があったと疑われるはずはない。だが、ひょっとするとヘンワイフ夫妻が小額の生命保険に加入しているかも知れず、もし保険会社がプロの調査員を送り込んできた場合に備えて、残された廃材の中に疑いを向けるものがひとつたりとも混じっていてはいけない。納屋の重そうな屋根は、すでにところどころで抜け落ちていた。だがまだほとんど残っており、非常に危険な状態に近づいていた。そして今も全体を、建てられた当時のつなぎ梁、真束《しんづか》、筋交《すじか》いだけが支えている。彼はたびたびじっくり眺めに来ていたので、どの箇所を目立たないように細工すればいいか、よく心得ていた。

一週間あれば、そして疑いを向けられるほど長時間留まることを避けつつ作業すれば、あの納屋を死の罠に変えることができる。少年のころには、段ボール箱、棒切れ、それに紐をひと巻き使い、片手で紐をさっと引っぱるだけで油断しているクロウタドリやツバメの上に箱が落ちてくる仕掛けを作り出したものだ。今回もそれと同じような仕掛けが――ただし、引っぱるのは丈夫なロープだが――油断しているヘンワイフ夫妻の上に落ちてくるわけだ。この罠をうまく作る自信はあった。あとは何かしら誘い出すための餌を考えなくては。そして同時に、ここととは別の、落ちる心配の少ない屋根の下で未来の被害者たちとともに暮らしながら、できるだけの尊厳と強さを見せつけてやらなければ。

だがヘンワイフ夫妻はまったく癇にさわらなかった。どういうわけか、いつもどおりに些細な仕事を効率的にこなし続けていたからだ。その態度が、彼らのような身分の人間にはまったく不釣り合いな皮肉を込めたものなのか、彼らの信条によるものかは、ペティケートには判断がつかなかった。だが、彼には食事が届けられ、部屋の埃は払われ、衣類はきれいになった。ミセス・ヘンワイフの働きぶりには、どこも変わったところは見受けられなかった。一方のヘンワイフはと言えば、いつもの使用人でいるときと、野蛮で凶悪な横柄さを一気に高めるときとが、交互に現れた。おそらく――ペティケートは推理した――まず自分をいい気にさせておいて、一気に引きずり下ろすのが狙いなのだろう。かの有名なパブロフ博士の犬たちが神経の安定に悪影響をきたしたときのように、この先どうなるのか不安な思いにさせておく気なのだ。罠が完成するまでは、様々に形を変える拷問にできるだけ抵抗し続けるよりほかに成すすべがなかった。

もっと早く完成できると思ったのだが、思わぬ邪魔が入った。まったく予想外の速さで、『若さの欲するもの』の校正原稿がウェッジから送られて来たのだ。

ペティケートはそれを心待ちにしていた。そしてひと目見て、原稿に大満足した。この本の制作や装丁にはいつになく手間がかけられていたからだ。そしてそれは、結局のところ、彼の書いた本だった。彼が筆を執った状況は確かに異様ではあったが、一般的に自作が大規模に出版されることに伴う満足感を味わって悪い理由はない。さらに言えば、その喜びはこれからも繰り返されるはずだ。今後ソニア・ウェイワード作品が増えるにつれ、今回ほど強烈ではなくなるだろうが、きっと毎年あらためて満足感を得られるはずだ。

だからこそ、ペティケートは驚愕と狼狽とともに、その期待が裏切られたことに気づいた。『若さの欲するもの』の第一章を読み終える前に、まちがいなくその本を毛嫌いしていた。半分まで読み進めたところで、虫唾が走った。

この思いがけない百八十度の大転換は、どういうわけだ？ 動揺しながら自問した。答えはどうやら彼自身の素晴らしく複雑で、そのため極めて興味深く風変りな性格に原因があるようだ。ほかの傑出した人物同様に、彼の心の中はふたつに分かれていた。あの本を書くことで大きな満足感を得たのは確かだが、その作業は彼の性格の中で、断続的に湧き上がる冷嘲への欲求を満たしたに過ぎない。今、それとは別の本能――敵意をもった批評家なら純粋な自己愛と呼ぶだろう――が、彼の心を支配していた。自分ほど感受性、教養、それに知性を兼ね備えた人物が、こんなくだらないものを書くとは。哀れなソニアの馬鹿げた話を、これまでにない、より高い次元に引き上げたに過ぎないではないか。

実のところ哀れなソニア自身もまた、たまに書き上げた新作の校正原稿を読み返したときには、思わず彼と似たような嫌悪感を露わにして、驚かされたことを思い出した。もちろん、彼女は自分の作品が大傑作だとほぼ信じてはいた。そして、彼女の書くものと、評論の対象になる範囲の文学作品との間に、大きな隔たりが開いていることには、はっきりとした自覚など微塵も持っていなかった。それでも原稿を目の前にして、かわいそうに、ソニアはときには大いなる不満を表すことが確かにあった。きっと規模の大小はあれ、作家なら誰でも持つ想いだろう。だが、ペティケートの受けた衝撃は予想外であり、痛烈だった。そして今後決してそれは避けられないのだとも悟った。この先の道は、自分が思っていたよりはるかに苦労を伴うだろう。初めに抱いたような冷めた喜びを感じられる稀有な瞬間があったとしても、今後ソニア・ウェイワードの新作を書くことは、不快で屈辱的なつまらない作業以外の何ものにもなり得ない。

こうした考えは当然ながら、秘密裏に死の罠作りを続けるペティケートの神経を決して鎮めるものではなかった。だが彼は意志の固い男で、ヘンワイフ夫妻が必ず死ぬのと同様に、ソニア・ウェイワードが——比喩的ながら——必ず生き続けることを誓った。校正原稿を注意深く読み返し、いくつか修正や変更を加えた上で、ソニアが今どこにいるのかには何も触れずにウェッジに送り返した。

それから、今直面している、本当に厄介な問題に向き直った。

第三部　甦ったソニア・ウェイワード

第一章

解決に必要なのは、猫だけだ！

ペティケートはそんな単純なことだったかと気づくと、自分の幸運が信じられないほどだった。だが、疑いの余地はない。ヘンワイフ夫婦のむかむかするようなペキニーズのアンブローズは、いつでも捕まえることができる――最近ではヘンワイフたちが、アンブローズとペティケートを家の中でほぼ同等の権利を持つような扱いをしているからこその嬉しい結果だ。もしアンブローズが一日じゅう書斎で過ごしたいと望むなら、ペティケートはその邪魔をしてはいけないと心得ていた。いや、心得ているふりをしているというほうが正しいだろう。なぜなら彼のほうでも今、ヘンワイフ夫婦に対する計画が進行中だからだ。表向きは、どんどん彼らの思うとおり服従していくようなそぶりを見せている。だが実は裏では、何とも満足のいくやり方で、文字通り彼らを押し潰すための最終的な準備を進めているところなのだ。

彼の計画の根幹にあるのは、ヘンワイフ自身が彼の呪われた妻同様に、なぜかはわからないが、アンブローズを可愛がっていることだ。あの動物が苦しんだり、ちょっとでも不快感を示したりした場合には、夫婦のどちらも同じように慌てて助けに駆けつけるはずだ。大きな危険にさらされていると思えば、まちがいなくふたり揃って来るだろう。

そうなると、今ペティケートに必要なのは、猫だけなのだ。この一件を自分に関連付けて疑われるような行動は一切取らないと決めていたため、急に猫を買うわけにはいかない。誰かに借りる案も、同じ理由から排除した。では、単純に猫を捕まえてくるしかない。と言うよりも――さらに難しい要求ではあるが――この壮大な作戦を決行するのに最適と思われる瞬間に、いつでも猫を捕まえて来られるように準備しておかなくてはならない。

ペティケートは近隣の猫たちを観察し始めた。ペティケート家に近づく猫はなかなかいない――おそらくは、猫が近づくのを嫌ったアンブローズがいつも吠えかかるせいだろう。だが一匹だけ例外があった。ショウガ色かマーマレード色とでもいうような褐色の大きな猫で、定期的に納屋の裏の人の来ない小道を頻繁にうろついていた。こっそりと観察を続けた結果、それはミセス・ゴトロップの飼い猫だとわかった――つまり、ボズウェルとジョンソンは猫に対して、アンブローズほどの極端な嫌悪感はないということだ。さらにペティケートは幸運にもミセス・ゴトロップの料理人と郵便局で会っていくつか言葉を交わすことができたのだが、その内密な聞き取り調査の結果、マーマレード色の猫の名前が、ミセス・ウィリアムズだと判明した。これは特に有効な情報ではないことがわかった。猫にミセス・ウィリアムズと呼びかけても――ほかに誰もいない小道とは言え、猫をそのような名前で呼ぶのはペティケートには気が咎めた――ミセス・ウィリアムズはまったく無視したからだ。正確な名前ではなく、かわいい猫ちゃんなどの呼びかけには、ミセス・ウィリアムズは大抵しっぽを振り――ペティケートにはそれが不満を表す仕草だと思えた――軽蔑するようにどこかへ行ってしまった。

彼は、猫に餌をやるべきだと考えた。

ミセス・ウィリアムズもアンブローズと同じく、新鮮な魚に目がないと思われた。本心とは裏腹に、ペティケートは急に犬好きになったように装って魚屋を頻繁に訪れ、もっともらしい言い訳をして猫のための餌を手に入れた。何度か、馬鹿にするように魚を避けられたり、ペティケートがあきらめて魚を置いて離れた後に食べられたりする失敗を重ねた後、何とか少しだけミセス・ウィリアムズと仲良くなり始めた。

最終的にミセス・ウィリアムズは、毎晩贈り物を持って来るペティケートとの密会は続ける価値があると認識したらしい。それ以来、すべてはうまくいきそうに思えた。猫は餌を食べている最中には、撫でられることを嫌がる素振りを見せなかった。撫でることができる猫なら、抱き上げて、バスケットに放り込むこともできる。実のところペティケートは、ひっくり返したバケツの上に腰かけてミセス・ウィリアムズを撫でながら、あと一度だけ本番さながらの最終リハーサルができれば、自由に向かって勇気をもって踏み出そうと思っていた、そのときだった。耳に荒く温かい息がかかっているとしか表現できない現象に気づいた。振り向くと、ジョンソンと目が合った。顔を上げると、ジョンソンの――そしてミセス・ウィリアムズの――飼い主と目が合った。ひどく気まずい瞬間だ。

どうやらミセス・ゴトロップはいつにも増して上機嫌なようだ。その笑い声は低く、深かった。口を開けたとたん、ペティケートに対するいつもの呼びかけが飛び出した。

「ブリンプ！」

ペティケートは飛び上がり、足元でバケツがガタッと音をたてた。それに驚き、ミセス・ウィリアムズが走り去った。ジョンソンはバケツの中に頭を突っ込んで、匂いを嗅ぐ恐ろしげな音を響かせた。草むらの中を引っ掻き回すような音がして、さらに不快なことにボズウェルまでそばにいることを推測させた。

「動物好きのブリンプ」ミセス・ゴトロップが続けた。「おや、まあ、まあ！」

「こんばんは」ペティケートは言った。「とても暖かですね。お宅のケズウィック・コドリンやリブストン・ピピンやワーナーズ・キングの様子はいかがです？（いずれもリンゴの品種）」

ミセス・ゴトロップは熱心な果実栽培者として知られているわけではなく、突飛な田舎らしい雑談の誘いには乗らなかった。代わりに、地面を指さした。

「ブリンプ、悪魔の名にかけて訊くけど、いったいそれは何なの？」

ペティケートは眉をひそめた――ひとつには、女性が汚い言葉づかいをしたり、呪いを口にしたりするのが嫌いだったためであり、ひとつには、この一件に悪魔が絡んでいるように思われるのが気に入らなかったからであり、もうひとつには、説得力のありそうな答えが思いつかなかったからだ。

「これですか？」彼はどうにか答えた。「いやなに、魚の切れ端ですよ。うちのアンブローズが魚好きで。それにお宅のミセス・ウィリアムズも魚が好きだと気づきましてね」

「あなた、いつもこんなところまで来て、うちのミセス・ウィリアムズに餌やりをしてるの？」

ペティケートは軽く笑おうとした。

「そうなんです、お気にさわらないといいのですが。ほんの時々ですよ。可愛い猫ですね、ミセス・ウィリアムズは」

しばらく沈黙が流れた。大きな尻を地面に下ろしたジョンソンは、女主人を見上げ、悲しそうに首を振った。両者とも、ペティケートの頭がいかれたと思っているらしい。

「それなら、あれは何？」ミセス・ゴトロップが尋ねる。

ペティケートは、彼女の指さす先にあるのが、彼がミセス・ウィリアムズに魚をやるために納屋に置いてある皿だとわかった。なかなか上等な皿だと、今になって気づいた。ヘンワイフ夫妻がアンブローズの餌を、家じゅうで一番いい陶食器に入れて出すのを見て、無意識に同じことをしていたらしい。

「綺麗な皿でしょう」彼は弱々しく言った。「一枚だけ残った、余り物の皿ですよ。棚の上に置きっぱなしになってましてね」

「ひとりぼっちで余ってるって、あなたのことでしょう？　ブリンプ」ミセス・ゴトロップは自分の冗談に笑い声を轟かせた。「そう言えば、この間ジャレッティに会ったわ。ソニアを探しているそうよ。必死になってね。まさか、あなたには尋ねてこなかったのでしょう？」

「え、いや――何も訊かれていませんが」ペティケートは目の前のいまいましい女性にとって、自分はやはり惨めなうすのろに思われているのだと感じた。

「ああ！　ところで、アンブローズ・ウェッジがリッキー・ショットーバーにソニアの新作の話をしているのを聞いたわ。わたしもまさかそんなこと、って疑っちゃったわよ」

「そうでしょう？」ペティケートは、肝心な話を聞かされていないのではないかという不安感を覚えた。「でも、何がです？」

ミセス・ゴトロップはじっと彼を見つめた。ジョンソンも同じようにした。突然姿を現したボズウェルまでが、同じように見つめた。油断ならない尋問だ。

「なるほどね」彼女は言った。「あなた、何も知らされていないのね。サプライズの追加ってわけかしら。まあ、まあ！」

最後に大きくひと笑いして、ミセス・ゴトロップはずんずんと遠ざかって行った。

ペティケートは、その気まずい、だがおそらくあまり重要でない遭遇に、思いのほか狼狽していた。頭の中には、自発的に法廷の証人席に着いたミセス・ゴトロップが、あり得ないことに両脇を二匹の愛犬に挟まれ、納屋で起きた衝撃的な殺人事件について悪事を暴くための証言をしているイメージが浮かんでいた。それは動揺が生み出した意味のない空想に過ぎず、どうやら自分の神経が暴走しているようだと感じた。精神の破綻を避けるには、今すぐ行動を起こさなくては。

彼は納屋の中に戻り、自分の手仕事の最終確認をした。彼がこれほどまでに神経質になっているのには、それなりの理由がある。彼がやり終えた作業は困難なだけでなく、どんどんと危険になっていたからだ。自分がこれほどの危険を冒すとは、思っていた以上にヘンワイフ夫妻の存在に怯えているようだ。屋根に積まれた何トンもの石は、正確にはまだ今すぐに崩れそうな状態ではない。だが、それらを支える木材のほとんどの窪みや受け材に適切な細工が仕込んである。ロープを思い切り引っぱりさえすれば、ぎりぎりで保たれていた重みが轟きとともに一気に落ちてくるのは確実だ。

納屋の中はすでに薄暗く、コウモリが飛び交っていた。彼の緊張感はさらに高まり、まるで子どものように、明かりが恋しいと思った。それで何か思いついた。納屋の片隅には電気が通っており、ソケットに裸電球がひとつ取り付けたままになっていた。今は手探りでそこまで行くわけにはいかないが——あまりにも危険な行為だ——明日の朝、忘れずに電球を外さなければ。夫妻のどちらかに電気のスイッチをつけられては困る。ふたりが死に向かって歩いて行く姿をはっきり目にするのは、たとえ一瞬であってもなぜか気が進まなかった。

ペティケートは広い入口で立ち止まり、耳を澄ませた。何も聞こえない。スニッグズ・グリーンの中心からほんの四分の一マイルの距離にあるというのに、彼の敷地のこちら側は人里離れた田舎の真ん中のようにひっそりしていた。ヘンワイフ夫妻には、実に穏やかな場所を提供してやろう、とペティケートは満足げに含み笑いをした。二十四時間も経たないうちに、彼らは近隣の村落の先人たちと同じく、ゆっくりと眠りについているだろう。

ペティケートはミセス・ウィリアムズを中に落とす予定のバスケットの位置を確認した。それから、彼の犠牲者となる者たちが用意した食事が何であれ、夕食の待つ家へと上機嫌で戻って行った。

アンブローズは、確かに社会の特異な一員としては不快な存在ではあったが、性格は寛容で、実に理性的とも言える動物だった。次の夜になって日が暮れるころ、ペティケートに散歩用の紐をつけられて、庭から果樹園へと一緒に歩くときにも、アンブローズはまったく従順だった。納屋のそばの杭に紐をつながれると、これから何が待ち受けていようと堂々と従うというように腰を下ろした。

手を焼かされたのは、ミセス・ウィリアムズのほうだった。いつもの時間になっても、軽食の席に現れなかったのだ。ペティケートは、もしかするとミセス・ウィリアムズの新しい縄張りの方角を快く思わなかったミセス・ゴトロップが、猫を家に閉じ込めたのではないかと心配になった。そうだとすれば、大惨事だ。新たに猫探しの行程からやり直さなければならない。

結論から言えば、ミセス・ウィリアムズはやって来た——と言うより、すでにほとんど真っ黒に染まった夕闇の中から、ミセス・ウィリアムズのきらりと光る眼がやって来た。ペティケートが実際に猫の体に触れることができるまでに、さらに時間を要した。アンブローズはずっと離れたところで待っていたとは言え、ミセス・ウィリアムズはおそらくその存在に気づいていたのだろう。あるいは動物特有の直感で、これまでと何かがちがうと警戒したのかもしれない。とは言え、結局は腰を落ち着けていつもどおり魚を食べ始めた。だがペティケートがバスケットを脇に準備して、まずは注意深く撫でてからミセス・ウィリアムズをがっちりと捕まえたとたん、猫が反射的に怒って威嚇の声を上げたかと思うと、ペティケートの手首に鋭い痛みが走った。深く引っ掻かれたのだ。それでも手を放すことなく、さらに短く取っ組み合った末、ミセス・ウィリアムズを無事バスケットに閉じ込めた。猫とアンブローズを連れて納屋の中へ入って行く。遅くなったことで彼の計算は少々狂い、懐中電灯を用意して来なかった愚かさに気づいた。作戦は黄昏の中で行う予定だったからだ。だが今は——このほうがふさわしいという思いを打ち消すことはできなかったが——暗闇の中で実行することになる。

重荷を抱えて納屋まで歩いた。急がなければならない。と言うのも、半分も行かないうちにアンブローズが吠え始めたからだ。バスケットの中のミセス・ウィリアムズも落ち着かない。ペティケートは、アンブローズの鼻先数フィートの位置にバスケットを置きさえすれば、あとは勝手に修羅場が始まるはずだと思った。

納屋には、邸の方角に面して、ふだんは開いたままになっている小さなドアと、ちょうど反対側に、とうにドア自体のなくなった広い出入り口があった。ペティケートは、その出入り口から適度に離れた位置で犬猫ショーの準備をするつもりだったが、それはヘンワイフ夫妻がアンブローズを助けようと駆けつける際に、自然とまっすぐに納屋の中へ入って来るようにという狙いからだ。用意した丈夫なロープの端はペティケートの手の届くところにある。そのロープの先は輪になっており、引き落とそうと狙っている要の梁に巻きつけてあり、屋根が崩れ落ちてくる直前にロープを引き寄せて回収できる自信があった。唯一の真のリスクは、ロープが落下物の下敷きになって引き出せなくなり、現場に残して行かざるを得なくなることなのだ。もしそうなったら、救出作業が始まった混乱に乗じて、あらためて回収しに戻って来るしかない。

アンブローズは、ペティケートの満足ゆく発狂ぶりを見せている。その鳴き声は、スニッグズ・グリーンの半分ほどまで響き渡っていることだろう。数分も経たないうちに、このやかましい鳴き声の中で耳を澄ませていたペティケートには、果樹園の向こうで話し声が聞こえたように思えた。すぐに、まちがいないと確信した。ヘンワイフ夫妻――ふたり揃っているのが、何よりも肝心なポイントだ――が、まったくペティケートの想定通りの行動を取っている。ちらちらとした灯りは見えない。きっと懐中電灯も持たずに慌てて飛び出して来たのだろう。そして彼らの声を聞く限り、懐中電灯はなくとも、かなりの速度で果樹園を抜けて近づいているようだ。やはりペティケート同様に、ふたりもこの辺りは知り尽くしているのだ。

ミセス・ウィリアムズはバスケットの中でシャーシャーと威嚇したり、引っ掻いたりしている。アンブローズは吠え続けている。ペティケートは用意してあった軽い棒切れを拾い上げ、犬を鋭く二度叩いた。そのような体罰をまったく受けたことのなかったアンブローズは、悲しげな甲高い鳴き声を低く吠える合間に差し挟み、まるで一匹ではなく、別の二匹の犬が同時に鳴いているかのように聞こえた。この時点で、ミセス・ヘンワイフは心配そうにアンブローズの名前を呼んでいる。ヘンワイフ自身は二度ほど怒鳴り声を上げ、どうやらアンブローズを困らせている正体不明の敵を追い払おうとしているらしい。

ペティケートは身構えた。まもなく最後の瞬間が訪れる。納屋に入って行くヘンワイフ夫妻の姿が、彼からちらりと見えるはずだ。だが、仮に見えなかったとしても、声の大きさで彼らが中に入ったどうかは判断できる。そうなったら、瞬時に動きださなければならない。

だがそれからしばらくふたりは無言になり、ペティケートはそれを受けて、すべてが大失敗に終わるのではないかというパニックに陥った。当初計算に入れていなかった真っ暗に近い夕闇を呪った。もしも力いっぱい引っぱるタイミングを外し、ヘンワイフ夫妻が無事に納屋を通り抜け、何事も起こらないまま自分のところまでたどり着いてしまったら、極めて気まずい状況が待っている。

沈黙は――少なくともこの胡散臭い芝居に登場する人間による沈黙は――あまりにも長く続き、ペティケートが危険だと思いかけていたところへ、またヘンワイフ夫妻の声が聞こえた。ヘンワイフはまだ怒ったような大声を出している。ミセス・ヘンワイフはアンブローズの名前を呼び続けている。だがその声はペティケートのすぐ正面から聞こえ、その反響から導かれる結論はひとつしか考えられない。ふたりはすでに納屋の中におり、どの方向からアンブローズの鳴き声が聞こえるかはっきりわかった以上、ほんの数秒後には出て来てしまうはずだ。

罠は成功したのだ。ペティケートは突然強烈な高揚感に襲われたが、こういうときは同じぐらいに強い瞬発的な身体能力が伴うものだと知っていた。足を踏ん張り、思いきり引っぱった。

第二章

屋根は激しく崩れながら抜け落ち、ペティケートは一瞬混乱に陥って、たった今偶然にも地震か、いや、むしろ雷雨と雪崩が同時に起きたのかと思った。足の裏に地面の拍動と振動が伝わってくる。崩れた石造建築が地面に叩きつける音は、古い石の屋根だけでなく、都市がまるごと崩壊したかと思わせた。そしてその轟音の中ではっきりと、ほんの短く恐ろしい一瞬ではあったが、苦悶するような叫び声がひとつだけ聞こえた。

自分のやったことのおぞましさと恐ろしさに耐えきれないかのように、ペティケートは息が苦しくなった。確かにそれは、耐えきれないほどのことだっただろう。だがその身体的症状は、周りの暗闇に立ち込めているはずの濃密な土埃のせいらしいと、混乱した頭で気づいた。これまでに体験したことのないほどのパニックに陥った。地震ほどの威力の衝撃を受けて、スニッグズ・グリーンにある窓という窓が割れているにちがいなく、今にも村じゅうから恐怖におののく叫び声が聞こえてくるにちがいないという突飛な確信にとらわれた。

彼の耳に届いたのは、完全な沈黙だった。アンブローズは彼の足元で震えていた。バスケットの中には猫の死体が入っていることだろう。

次に何をしなければならないかを思い出した。ロープだ――信じがたいことに自分の手でこの大変動をもたらした、あのロープがあるはずだ。ロープの端を見つけて、引っぱり出さなくては。彼はロープを探り、引っぱった。初めこそ、まるで見えないロープの全長が地面上に置いてあるのかと思えるほど簡単に引き寄せることができた。だが、急に動かなくなった。彼は何度も力を込めて引いた。ロープは一インチたりとも動かない。そのとき、そもそもこんな計画は、まともな人間の考えることではなかったのだと瞬時に悟った。今みたいにロープが何かの下敷きになるかもしれないと、充分考えられたはずだ。そうならないと判断するのは、鈍った頭脳でしかあり得ない。

彼はロープを放り出し、バスケットのそばにしゃがんで蓋を開けた。猫に手を触れると——何という名前だったか思い出せない——猫は彼の手をすり抜けてバスケットを飛び出し、暗闇の中に姿を消した。彼はバスケットを拾って遠くへ投げ捨てた。古く壊れかけたバスケットだ、誰かが溝に捨てていったとしてもおかしくない。アンブローズをつないでいた紐を手探りで探し——犬の名がアンブローズだということは覚えていた——杭から紐を外した。やるべきことはやった。家へ戻らねば。

ペティケートは紐につないだアンブローズを後ろに従えて果樹園を通り抜けた。何もかもが完全に、戸惑うほどに静まり返っている。ただし彼の心の耳には、さっきの誰かの叫び声が響いている。あれは男の声だったか、女だったのか？　天が轟音とともに降ってくるのを最後の瞬間に気づいたのは、ヘンワイフだったのか、それともミセス・ヘンワイフだったのか？

果樹園を抜けたところで、アンブローズを解放してやった。これで計画を細部に至るまで全部やり抜くことができたわけだ、と自分に言い聞かせた。尋問の際には、ヘンワイフ夫妻が犬を探しに出かけたという筋書きにしておかなければならないからだ。運が良ければ、これからアンブローズは村まで走って行き、うろついているところを発見されるだろう。これは有力で具体的な裏付け証拠となる。

家の中――誰もいない家の中――では、明かりがひとつだけついていた。彼の書斎の明かりだった。あそこにはブランデーがある。

あいつらはもう死んだ。死んだ、死んだ、あいつらはもう死んだのだ。これは彼にとって大変な利益をもたらす状況だ。ただ、それがどういうものかが思い出せなかった。では、思い出さなくてもいいということか？ 彼は暗闇の中で立ち尽くし、自分の置かれた状況をはっきりと認識して、一瞬でもその知識が頭から抜けてしまったことに驚愕した。これがいわゆるショックというやつか。病院に閉じ込められるぞ、ショックに苦しめられていては。もしも本当に病院に連れて行かれたら、そしてそこでも頭の中が混乱したままだったら、どうなる？ いや、それは馬鹿げている。今必要なのはブランデーだけだ。

フランス窓から書斎に入った。書斎の火格子には火が燃えていた。ヘンワイフが軽蔑するような目でこちらを見ながら石炭を運び込んでいたな。だが、それももう終わりだ。これからは、自分で石炭を取ってこなければならない。新しい使用人を見つけるまでは。死んだ、死んだ、死んだ。

あいつらの所持品を探って、ソニアのパスポートを取り戻さねば。注意深く探さなければならない。ヘンワイフ夫妻はほかにも妙なものを隠し持っているかもしれない。たとえば、原稿の写真とか。彼は何もかも鮮明に思い出していた。つまり、回復している証拠だ。村から大勢の人たちが、今にもここへ押し寄せて来るかもしれないと思った。そしてそれを出迎える際には、それなりの振る舞いをしなければならない。だが、あと五分もあれば強めのブランデーを一杯飲めるだろう。

ペティケートは書斎の真ん中で、急に緊張して立ち止まった。今何か聞こえただろうか？

何かを見るか、見落とすかしたのだろうか？　いったい何を見落とすというのだ？　もしかするとアンブローズだったのかもしれない、近頃は生意気にもすっかりこの部屋の主と化しているのだから。彼は戸棚まで歩いて、鍵を開けた。ヘンワイフに馬鹿みたいに暴かれたあとも、彼はあいかわらずブランデーにはしっかり鍵をかけてきた。ずっと何らかの精神的混乱に陥っていた証拠だ。だが今はすっかり抜けた――もう二度と混乱しない。いや、あの大きなグラスに一杯だけ飲めば、二度と混乱しなくなるはずだ。

ペティケートはボトルに手を伸ばした。そうしながらも、書斎のドアが背後で開いたことに本能的に気づいた。音が聞こえたわけではない。音で気づくには、プロの技らしく、あまりにも静かに開いたのだ。

「お呼びになりましたか、旦那様？」

ボトルが床に落ちて音を立てて割れ、ペティケートは振り返った。ヘンワイフがこちらを向いて立っていた。

ペティケートは、部屋全体がぐるぐると回り出すのを感じながら、ずっと前にもこれとまったく同じことが起きたような暗い気持ちになった。幽霊と対面しているとは、全然思わない。あのずっと前のときもそうだった。幽霊なんかじゃなかった。本物の……ソニア。そうだ。ソニアが列車の通路に飛び乗って来たのだ。だが、当然ながら、あれはソニアではなかった。誰か、彼女にとてもよく似た、そっくりな女だった。

もしかするとあれも、ヘンワイフにとてもよく似た、そっくりな男なのかもしれない――何トンもの石の下敷きとなって、ミセス・ヘンワイフと並んで死んでいるはずのヘンワイフに。

ペティケートはどうにか気持ちを落ち着けて、ドア口に立っているものをじっと見据えた。だがそれは〝もの〟ではなかった。本物の人間、本物のヘンワイフだった。

「いや、呼んでいない、ありがとう」

その言葉は、果てしない奇妙さを帯びて部屋の中を漂った挙句、ペティケートの耳に戻って来た。自分の口から発したものらしい。この一件が始まってから、何度となくこの感覚を体験してきたことを思い出した。自分の口から出た言葉が、自分のものではない感覚だ。

「何かを紛失されたのではないかと思ったのですが、旦那様」

「何かを紛失?」今回は、自分が馬鹿のように機械的に言葉を発した実感があった。その自覚は、もはやお決まりとなった拷問を楽しむ悪魔のようなヘンワイフの喜びに、すっかり取り込まれてしまっている。つまり、この期に及んでもなお慎ましい使用人として振る舞い続けるという拷問だ。

「あなたがお持ちだった機械です、旦那様」ヘンワイフはそう言って、何も載っていないデスクを指さした。「いつもの場所にないようですが」

ペティケートはそこをじっと見つめた。確かに何かがなくなっているらしい。テープレコーダーだ。一瞬で、恐ろしい事実の本質が彼の頭にはっきりと認識できた。信じられないような悪意のかたまりであるヘンワイフ夫妻に、またしても騙された。彼らはペティケートが納屋で何を企んでいるかを見つけ、自分たちの最後の悲劇となるはずの芝居を、この残酷な喜劇へとすり替えたのだ。彼を、ペティケートを笑い者にして。彼らは、自分たちの声を吹き込んでおいたのだ。そのテープレコーダーをあらかじめ納屋の電源に挿し、見えないように隠しておいた。そして最後の瞬間にヘンワイフが素早く納屋に入り、数秒後に声の再生が始まるようにスイッチを入れると、果樹園で待っている妻の元へ戻ったのだ。

ヘンワイフは、あの断末魔の叫び声まで用意周到に吹き込んだのか……

ペティケートはいつの間にか腰かけていたことに気づいた。ヘンワイフが――もうひとりの、ありのままのヘンワイフが――すぐそばにいて、その歪めた顔がペティケートの目の前にある。

「こんなことしやがって、死ぬまで絞り尽くしてやるからな」ヘンワイフが言った。

ペティケートは答えなかった。別のものに耳を傾けていた。家の正面に近づいてくる何人もの声だ。予想通り、スニッグズ・グリーンは恐怖に陥っていた。あの人々が誰かは知らないが、自分も出て行って、あの崩れた納屋の跡を驚愕と狼狽の表情で眺めるふりをしなければならない。だが崩壊したのは、彼の納屋だけではなかった。練り上げた大事な計画もまた、もろくも崩れ去ったのだ。そして、ヘンワイフはまだこうして二本の足で立ち――それとも悪魔の蹄だろうか？――さらに厳しく拷問してやると言っている。ミセス・ヘンワイフは、きっとアンブローズを探しに行っているのだろう。巧妙に裏をかく彼らの計画のためには犬の命を犠牲にしかねなかったという点で、ヘンワイフは妻を説得するのに苦労しなかったのだろうかと、ペティケートはぼんやりと考えていた。何と言ってもあの納屋は、自然に崩れ落ちる可能性があったのだ。ときにはその危険な状態について、失礼にもペティケートに向かって指摘する者もいた。だが、がれきの中に残された、真新しいロープはどう説明する？　残骸の中で粉々に壊れているテープレコーダーは？　理性的な考えができるようになってきた頭の中に光が差すように、それを片づけるのはヘンワイフに課された問題だと――そしてあいつはきっと片づけるのだろうと――思った。ヘンワイフは有能な男だ。間抜けなやつだなどとペティケート自身が一度でも考えていたことが、今では信じられなかった。ヘンワイフ夫妻には、すぐに秘密を公にするつもりなどないのは明らかだ。彼らは――あの汚い陰謀者どもは――そうするにはもったいないほど大きなネタだと確信している。

正面玄関のベルが大きな音で鳴った。ペティケートは椅子に座ったまま姿勢を正し、胸を張った。「玄関に出て、応対して来てくれ」彼は言った。「こう伝えるのだ」――そう言った後には、自分でも驚くことに、恐ろしいユーモアを口にするほど元気を取り戻していた。「騒ぎ立てるようなことは、何ひとつ起きていないと」

だが、ヘンワイフもまた彼なりのユーモアを持っていた。すでに書斎のドアのそばに立っている。「ありがとうございます、旦那様」彼は厳かに言った。「まっぴらごめんだね」そう付け加えた。そして姿を消した。

もちろん後からペティケートも納屋の様子を見に行かざるを得なかった。あのつまらないブラドナック巡査部長も来ており、ずいぶんと偉そうに振る舞っていた。住人たちは懐中電灯やランタンを手に、落ち着かない様子だった。ほとんどはただの田舎者だ。だが、サー・トーマス・グライドも――暇で間抜けな年寄りらしく――来ていた。グライドは後で家に招いて酒をご馳走してやらなきゃならないな――ということは、ブランデーをもう一本開けなければならないと同時に、ヘンワイフがまた何かしら恥をかかせるような無礼な態度を取り、悦に入るというリスクも負わなければならないわけか。納屋の一件自体は、実のところそれほどの脅威ではなかった。特に問題になる要素はなかったからだ。崩壊によって、人間も動物も害を受けたと考える理由はない。そもそも納屋が崩れたことに驚く人は誰もいなかった。誰かが物知り顔で、死番虫《しばんむし》（木材を食べる虫の一種。カチカチと鳴らす音が死への秒読みを連想させ、音を聞いた者は死ぬとのジンクスがある）の仕業ではないかと言いだした。別の説を唱える別の知者は、どのみちあの納屋は急に霜が降りたら、建っていられなかったはずだと言った。実はミセス・ゴトロップの庭師が、真相の証であるあのロープの端につまずいていた。だが彼は、六十年前に自分が少年だったころに同じような納屋が同じように崩れたという話を誰かに聞かせようと息巻いていたため、立ち止まってロープを見ることもないまま脇へ蹴とばした。こうして、やがて誰もいなくなった。ペティケートは書斎で、かれこれ三十分も夢の中にいるような気分に包まれて、年寄りのグライドがブランデーを飲んでいるのを眺めたり、意味のない発言を聞かされたりしていた。だが、その退屈な男がようやく帰るときには、ペティケートは彼に帰ってほしくないと思っていることに気づいた。

　その後、ペティケートは長い間、ただ座って暖炉の火を眺めていた。鍵をかけて閉じこもりたかったのだが、ドアに挿してあった鍵がなくなっていた。ヘンワイフ夫妻が恐ろしかった。それも今すぐにでも身体的に傷つけられるかもしれないという恐怖だ。まるで隣の部屋にいる年上の少年たちが気まぐれにいつでも入って来て、馬鹿にしたり、いじめたり、暴力をふるったりするのに怯えている小さな少年のように。どれほど抗ってみても、その完全に病的な状況から脱することはできなかった。

　逃げ出すことはできないだろうかと考えた。ヘンワイフ夫妻とて、いずれ眠らなければならないはずだ。ふたりが交互に眠り、常にどちらかが自分を監視しているというのは、さすがに考えすぎだと思った。深夜になるまで待って、スーツケースに荷物を詰め、家をこっそり抜けだしたらどうだ？車のエンジンはすぐにかかる。あっという間にふたりの手の届かないところまで行けるだろう。開店間際にロンドン銀行の外に着き、口座の残高を一ペニー残らず引き出し、そのまま姿を消す。もちろん、姿を消すと言っても二種類ある。ただ追っ手がすぐには手の届かない遠くへ行くことと、完全に消えることと。彼にとってはどうしても後者が必要だと思えた。当座の現金はあっという間に底をつくだろうし――そして彼が姿を消したこと（と、ヘンワイフ夫妻が気まぐれでしでかすかもしれない悪事の数々）は、あまりにも多くの疑惑を呼ぶリスクを秘め、彼は二度と姿を現すことができなくなる。一方で、ペティケート大佐という名前を（そして言うまでもなく、ソニア・ウェイワードという名前も）使い続けながら、ヘンワイフ夫妻の視界から消えるのは、簡単なこととは思えなかった。実際のところ、こうやって考えていること自体、何も生み出さない。せめて――せめて、と彼は眉の上に玉のような汗を噴き出しながら考えた――自分の絶望感が、地獄の番犬のようなヘンワイフのサディスティックな怒りを掻き立てることのないように、せめてこの根拠のない恐怖心がなくなればいいのだが！

ペティケートが、その屈辱的で根拠のない恐怖心に再び取りつかれていたところへ、デスクの電話が鳴った。

今や、どんなものにも怯えてしまう。受話器を取れば自分を裁きの場に呼び出す首席裁判官の声が聞こえる気がして、ペティケートはしばらく椅子に座ったまま凍りついていた。だが電話は鳴り続けた。このままではヘンワイフがやって来るかもしれないと、恐怖心が一層高まった。そこで立ち上がり、思いきって手を伸ばした。

「ジャレッティだ」誰かが言った。

「何だって？」しばらくペティケートには、その名前にぴんと来なかった。人の名前だとすら認識していなかった。誰かがでたらめな言葉をしゃべったようにしか聞こえなかった。

「ジャレッティだ。彫刻家をしている」

「ああ、あなたでしたか」ペティケートは、相手が極めて礼儀正しく丁寧に名乗ったことに、怒りの混じった皮肉を感じ取っていた。「今日はどういったご用件で？」

まるで歯医者か不動産屋が言うにふさわしいその無愛想な質問は、当然ながらしばしの沈黙を招いた。

「きみに用があったわけではないのだがね」

「じゃ、いったい何だって電話してきたんです？」ジャレッティほどの巨匠にそんな口の利き方をするとは、当然ながら、ペティケートは悲しいほど自分を見失っていた。「すでに寝《やす》んでいたのですがね」まったく必要のない嘘を付け足した。

「電話したのは、ひょっとすると奥さんの居場所を知らないか、一応きみに訊いてみようと思ったからだ。モデルをしてもらうはずの一度めの約束に現れなかったのだ。わりがわからない。こんなことは、まずあり得ない。わたしの名は伝えたかね？　ジャレッティだ」

「妻は海外を旅しているのです。あなたとのお約束を忘れたとしても、わたしにはどうしようもありませんよ」

「だが、わたしにはしようがある。彼女を探す手立てはある。是非とも彼女にモデルになってもらわねばならん。わたしにはあきらめられないことなのだよ、大将。絶対に」

「そうですか、でも今回ばかりはあきらめていただくしかありませんね」さりげなく昇格されても、極限まで神経をすり減らしていたペティケートに礼儀を取り戻させる効果はまったくなかった。「妻のことは、よくご存じなんですか？」

「よく知っているわけではない。ほとんど何も知らない。ただ彼女の存在に歓喜し、魅惑されている。あの骨格に、と言う意味だ。わたしは彼女を探すつもりだよ。広告を出す」

「何だって！」ペティケートは唖然とした。「まさか『タイムズ』紙とか――そういった新聞に？」

「もちろんだ。それにすべての有力紙にも――ヨーロッパとアメリカじゅうの、すべての有力紙に載せる。きみの素晴らしいソニアがわたしのアトリエに――ジャレッティのアトリエに――来ないと知れば、世界じゅうが探してくれる。そうだろう？」

「いいえ。あ、いえ、はい――たぶんそうでしょう」ペティケートは再び眉の上に汗が噴き出るのを感じた。「ですが、もう少し待ったほうが――そう、来週の今日まで。もしかすると彼女と――その――連絡が取れるかもしれません。最後に電報が届いたのは……ナッソーからでした。素晴らしい天候らしいですね。それと――その――盛大なパーティーと。裕福で陽気な地域のようで……どうかしましたか？」

「どうもこうも、わたしは今、創造のインスピレーションが最高潮に達しているのだ。だからこそ唯一無二のきみの奥さんが必要なのだよ、少佐。だが、一週間待とう……失礼するよ」

カチリという鋭い音がして、ペティケートはジャレッティが電話を切ったのだとわかった。受話器を戻し、疲れきったように椅子に転げ込もうとした。が、邪魔が入った。またしても電話が鳴ったからだ。

「またずいぶんとおしゃべりな気分らしいじゃないか。だいぶ長い間電話をかけ続けていたのだが。それも、自分の手で。最近は家に秘書を置いていないのでね。出版界には厳しい時代だ、わかるだろう。ひどく厳しい時代だ」

この最後の情報がなくとも、今回はペティケートにも即座にその対話者が誰かぴんと来た。予想通り、ウェッジだった。関係のない話だが、ウェッジの名前もアンブローズだったな、とペティケートは思った。あまりに疲れきっており、出版者に生魚は好きかと尋ねそうになった。

「もしもし」質問する代わりにそう言った。「ああ、別の人と話をしていたんだ。地元の自動車整備場の男だ。車の修理を頼むのに、ずいぶん細かい話になってね」

「おかしいな」ウェッジが疑わしそうな声になった。「交換手が電話をしばらく混線させたらしくて、何やらヨーロッパとアメリカの広告と言うような言葉が聞こえたのだが」

「ああ、そのとおりだよ」きびきびと話しながら、ペティケートは内心で不必要な嘘はつかないという最初に決めた鉄則からずいぶんと外れてしまったものだとぞっとした。「ヴィンテージの車でね。古い銅製のピストン・ピンに変えたいんだ。今じゃなかなか手に入らないらしい。デトロイトに問い合わせてみようという話になってね」

「そんなものが好きだとは知らなかったな」ウェッジの声は苛立ちを帯びていた。どうやら何か大事な話があるようだ。「ソニアから連絡はないか?」

「いや、ないな——最近はない」

「じゃあ、何とかして連絡を取ってくれ。このままというわけにはいかないのだ。わたしが取って来た案件のためにはな」

「取って来た案件?」ペティケートの気持ちが萎えた。また厄介事にちがいない。

「ほかならぬ、ゴールデン・ナイチンゲール賞だよ、きみ」

「それで、ゴールデン・ナイチンゲールというのはいったい全体何なんだ？」

電話の向こうで奇妙な爆発音が聞こえたが、ペティケートはそれが嘲笑に伴う鼻息の音だと解釈した。

「何を言うんだ！　世界最大の文学賞を聞いたことがないと言うのか？　つまり、わたしがソニアの新作で、ゴールデン・ナイチンゲール賞を勝ち取ってやったのだよ。いや、もちろん、ソニアも貢献してくれた。『若さの欲するもの』は注目すべき作品だ。ずば抜けている。巡回販売員たちもいたく感銘を受けていた。哀れなアルスパッハにはかすりもしなかった優れた特性をいくつも備えていると言うのだ。言っておくがな、ペティケート、これは一大イベントになるぞ」

「一大イベント？」ペティケートは、彼が書いたソニア・ウェイワード作品に対するウェッジの販売員たちの反応と、さらに誰かは知らないがゴールデン・ナイチンゲール賞の主催者に対して、当然ながら喜びを感じていたものの、強い警戒感も抱いていた。「具体的に、どういうことだ、一大イベントとやらは？」

「何って――賞の授賞式に決まっているだろう、この馬鹿が。まちがいなくソニアの人生の最高点になるはずだ」

「なるほど。それで、誰が賞をくれるんだ？」

「アカデミア・ミネルヴァという団体だ」

「ミネルヴァ？　それならナイチンゲールではなく、フクロウを賞にすべきだろうに」（ミネルヴァはローマ神話の知性や工芸などを司る女神。知性の象徴であるフクロウとともに描かれることが多い）

「そうか？」ウェッジはそのわかりづらいしゃれに戸惑っているらしい。「サンジョルジョという小さな国家にある学会で、カジノを運営しているために巨額の資金があるのだ。サンジョルジョは知ってるかね？　サンマリノと似たようなものだ。ただし、今でも本物の君主が治める公国だ。その大公が毎年自ら賞を授けてくださってるわけだ。それはそれは壮大な祝宴だそうだ。ソニアならすべてを楽しみ尽くすだろう。あの子には絶好の機会となるよ」

「まちがいない」亡き妻に対する失礼な呼び方に憤慨したペティケートは、心を込めずにそう言った。内心では、当然ながら、愕然としていた。ジャレッティの要求に加えて、またしてもソニアが出なければならない――文字通り、ソニアを出してみせなければならない――要請が重なり、これ以上は耐えきれそうになかった。だがペティケートの頭の中で、その彫刻家から新しく連想されることがあった。「サンジョルジョ？」彼は言った。「たしか、ジャレッティの出身国じゃなかったか？」

「そのとおりだよ。よく言ってくれた。しばらくは胸像のほうを遅らせなければならないな。ジャレッティというのは、どうやら狂信的な共和制主義者らしい。もう何年もサンジョルジョの土を踏んでいないし、彼には懸賞金までかけられているらしい。だから、アカデミアの代表としてサンジョルジョ大公から賞を授かるときに、舞台にあの胸像を飾るわけにはいかないのだよ」

「それは実に残念だな」こんなことは全部どうでもいいと思っていたペティケートは、怒りと疲労が入り混じって飲み込まれそうになっているのを、これ以上隠すことができなくなった。「そんなくだらないものに乗り気になれなくてすまないね。わたし自身、喜歌劇には関心がなくてね」

「きみの関心がどうかになど、誰ひとり関心はないんだ、ペティケート。きみが『若さの欲するもの』を書いたわけじゃあるまい、ちがうか？」

「ああ、書いたとも、この愚か者め」

短い沈黙が流れ、ペティケートは恐怖と安堵が入り混じった波に飲まれる感じがした。これですべて終わりだ。彼の見事な詐欺行為は、不名誉な幕切れを迎えてしまった。

「今何と言ったか、よく聞こえなかったぞ、ペティケート。そう興奮するな。落ち着け。そんなに深刻になるなよ」命取りとも言えるペティケートの暴露が聞き取れなかったと、明らかに真実を話しているらしいウェッジは、なだめるような、非常に分別ある口調に変わっていた。「何にしろ、ソニアにとっての見せ場なのだ。もちろん、きみのほうが文学に関しては優れた見識を持っているだろうし、言いたいことはあるだろう。だが、餌をくれる飼い主の手を嚙むことはないだろう？　そしてアカデミア・ミネルヴァも、まさに餌をくれようとしているのだ――それもかなりたっぷりと。わかったら、できるだけ早くソニアと連絡を取ってくれ。きみはいいやつだな。まずは、ぐっすりおやすみ」

「ぐっすりおやすみ」ペティケートは極端なまでの無力感と落胆に陥っていたせいで、その気分が悪くなるほど低俗な別れの挨拶を、無意識のうちに繰り返してしまった。それから受話器を戻し、うめき声を上げて椅子に転がり込んだ。


長い間、頭の中が真っ白のままだった。思考と呼べるようなものは、何ひとつ浮かんでこなかった。彼が感じていたのは、変わることのない野蛮な恐怖だけだ。ようやく考えられるようになったとしても、これほどまでに追い詰められている理由を思い返すことしかできないだろうと、かろうじてぼんやりと感じていた。

だがやがて頭の中に勝手にイメージが組み上がっていった。何の役にも立たないイメージばかりだ。というのも、まったく起こりそうにない様々な恐怖がヘンワイフ夫妻の身に降りかかるものばかりが並んでいたからだ。ジャレッティも脅威のひとつにはちがいない。七日間という最後通告を突きつけられたようなものだ。ウェッジも脅威だ。彼の示した最後通告の期限のほうが、ほんの少し長いに過ぎない。だがヘンワイフ夫妻は脅威であると同時に、強烈な憎悪の対象でもあった。ペティケートは、ジャレッティが何かしら苦痛を伴う事故で視力をなくし、二度と粘土を持つことができないような障害が残る場面を想像することなど、できそうにない。ウェッジが突然発狂し、わめきながら病院へ運ばれ、二度と出てこられないと想像したりしない。サンジョルジョという小さな国やそこにあるカジノがすべて地震で壊滅したり、火山の噴火で燃えるような溶岩の下に埋もれたりする想像すらしない。だが、ヘンワイフ夫妻が何かしら恐ろしい病にかかったり、ずっと隠し続けてきた犯罪のために絞首台に引き出されたり、復活したゲシュタポか宗教裁判の拷問室で苦しめられたりしたら、どんな姿になるだろうかと想像した。そしてこれらのイメージは、願いが叶うはずがないほど突飛なものではあっても、彼の哀しく苛立った魂をほんの少しだけ落ち着かせるのだった。ゆっくりと夜が更けていくにつれて――火の消えた暖炉の前に座り続ける彼には、時間の感覚がなかった――その身の毛もよだつイメージを、よりおとなしいものが取ってかわった。ついに彼は、単純で、何とも楽しい――そう、何よりも楽しい――空想に耽った。ソニアが戻って来たというものだ。

ふたりで揃ってジャレッティのアトリエへ行き、その後でソーホーの昔馴染みのレストランで食事をする。ミセス・ゴトロップの家を訪れてカクテルを飲み、自分たちについて広まっているらしい馬鹿げたスキャンダルを笑い飛ばす。サンジョルジョへ行き――盛大な授賞式の後で、ペティケートは大公と実に友好的なおしゃべりを交わす。

ヘンワイフたちは？　ペティケートはソニアが素っ気なく家に入って来て、即座にふたりを解雇するところを想像した。自分たちの抱いていた不愉快な疑惑が、実は頭の中の混乱に過ぎず、脅迫に賭けた希望は愚かなものだったと判明したときの彼らの当惑した顔が見えた。みすぼらしい荷物をスニッグズ・グリーンのタクシーに積み込み、〝紹介状〟を持たない不名誉な使用人に残された何らかの下等な働き口へと、惨めに出発するふたりが見えた。特にこのイメージはペティケートにとってあまりに楽しく、やがてそれを実現させてくれないたったひとつの事実に、彼は激しく腹を立てていた。ソニアは、帰って来られないのだ。ソニアは、帰っては来ないのだ。なんと優しくない女だろう。

　この数時間でさらされてきた並外れた圧力をおいてほかに――普段なら見事に合理的な――ペティケートをここまで惨めな妄想に追い込むことはできなかっただろう。だが、いったん始まった空想は、さらに馬鹿げた考えへと突き進んでしまった。このままずっと妻に戻ってほしいと望んでいるわけじゃない。もちろん、それならそれで利点はある。彼自身があれほど思いがけない鋭い嫌悪感を抱いたつまらない小説の執筆は、彼女がやればいい。だが、彼が望んでいるのはそうじゃない。ほんの数週間もあればいい――そのぐらいは叶えてくれて当然だろう。ずっと良き夫でいてやったじゃないか？

　ペティケートは椅子に座ったまま、何となく部屋が冷たくなっているのに気づいて目を覚ましかけた。ひと月も要らない。ヘンワイフたちの計画を潰し、ゴールデン・ナイチンゲールを受け取り、馬鹿げたジャレッティの望みを満たし、段階的に姿を消す計画を練り直すのだ――今度はもっとじっくり考えて、その場しのぎにはしない。一週間もあればできそうだ。

　突然ペティケートは背中を伸ばして座り直した。これは意味のない夢想ではない。一見わけがわからないようでいて、彼の理性――彼の強い理性――は秘密裏に働いていたのだ。やはり、ソニアを短かい、だが充分な期間、死から甦らせる方法はあったのだ。危険だ。まるで夢物語だ。詳細に至るまで、恐ろしいほど曖昧だ。だが、確かにひとつの策だ。

そしてその可能性を探りに、翌朝一番のオックスフォード行きの列車に乗ることにした。

第三章

朝食前に、おそらくヘンワイフ夫妻に気づかれることなく、家を出た。まさかペティケートが二度と戻らないつもりで逃げ出すことはあるまいと、高を括っているのだろう。何もかもに自信があるのだ。まあいい、今に仰天させてやるからな。

だがそのとき、仰天させられたのは彼自身だった。年老いたドクター・グレゴリーが駅のプラットホームにいたからだ。スニッグズ・グリーンはほぼ無人駅で、形ばかりのプラットホームにはそれぞれ、乳母車を押したまま入れるような木製の待合室があり、互いに言葉を交わさないわけにはいかない造りだった。ペティケートはこんな早朝に隣人の誰かと顔を合わせるとは思っていなかった。だがきっと医者というものは、概して早起きに慣れているのだろう。

「おはよう、ペティケート」グレゴリーは彼に会ったことにも、納屋が崩れたというニュースにも、大して関心はないようだった。「町まで行くのかね?」

「いえ、オックスフォードまでです。ボドリアン図書館でひとつ、ふたつ調べたいことがありまして。ご存じでしょう、わたしが従軍していたころの記録についてです」

「初耳だな」グレゴリーはペティケートに見覚えのある鋭い視線を向けた。「そのために夜遅くまで起きていたようだね」

「ええ、まあ――ある意味では」ペティケートは、きっと自分がひどくくたびれて見えるのだろうと思い、このちょうどよい口実に飛びついた。「妻のいない生活をしているせいでしょう。ですが、実は、それもそろそろ終わりです。ソニアがいつ帰って来てもおかしくないんです。ただ、スニッグズ・グリーンを引き払う準備をする間だけですが。前にお話ししたと思いますが、老後に備えてもっと日の当たる、世界のどこか片隅に移住するつもりなんですよ」

「それはまた羨ましい話だ」ペティケートの話をすべて聞いていたはずのグレゴリーは、ただ控えめにうなずき、スニッグズ・グリーン駅のポーターと話をしに歩いて行った。このまま列車が入って来たら、礼を欠くことなくペティケートと別の個室に乗れるわけだ。ペティケートはその行動を高く評価した。グレゴリーは真に礼儀をわきまえた男だ。だが、どうして自分はあんなことを彼に話してしまったのだろう？　グレゴリーは、あの上品な雰囲気とは裏腹に、ソニアが戻って来るという知らせをあっという間にスニッグズ・グリーンじゅうに広めることだろう。つまりペティケートははっきりと自らの発言をもって、退路を断ってしまったというわけだ。前にも同じことをやったが、幸せとはほど遠い結果を招いた。今回のオックスフォード行きの賭けに負けたら、結果はさらに不幸なものになるだろう。だが彼は、こうして隣人に言葉少なに宣言することによって自分を縛りつけたのは、賢明なる本能の成せるわざだと信じていた。もはやこの計画は引き返せない。どれほど危険なものに見えても、すでに目の前に待ち受けているのだ。

列車が入って来て、ペティケートは誰もいない個室を見つけた。〈スミス〉と彼は隅の座席に座って心の中で言った。〈オックスフォード、イーストモア通り一一六番地〉。まだその名前と住所を覚えていたとは、見事じゃないか――吉兆と呼んでもかまわないだろう。次は、ソニアと外見の区別がつかないあの女のことを、もっと詳しく思い出さなければ。

一番記憶に残っているのは、もちろん、彼女に大変なショックを与えられたことだ。〈あんたの奥さんは死んだはずだ〉と彼女は言った。〈それはあんたが一番よく知ってるくせに〉と。

それから彼のことをヘンリー・ヒギンズと呼んだ。ペティケートは庶民とまちがわれたことにひどく腹を立てたことを覚えている。だが、もっと思い出してきた。女は明らかに何か胡散臭いことをしでかして、そのことで不安がっていた。本物のヘンリー・ヒギンズに百万長者だと偽られた叔母の小切手の信用と関係があったような。ペティケートはことの詳細にはまったく興味がなかった。ここで重要となるのは、小切手を使った汚い策略と何らかの関係があるような女なら、習慣的にその手の厄介事を抱えているのではないかということだ。他人を演じる簡単な依頼の報酬としてまとまった金が入ってくるかもしれないと聞けば、女にとって魅力的な話に映るだろう。とにかく彼女を見つけて――もちろん、見つかる保証はないが――うまく話を進めることだ。彼女にソニアを演じさせ、彼が自ら招いた問題を解決するのに必要なだけ、何回か、ほんの短く姿を見せさせればいいのだ。

もちろん、この厄介を抱えた未知の女が、スニッグズ・グリーンのような階級の世界と無縁であるという恐ろしい事実はある。それでもペティケートのぼんやりとした印象では――今となってははっきりと断定できることではないが――あの女には、この絶対に困難なはずの問題に多少明るい見通しを持たせるものが、何かしらあった気がする。かつて鋭い洞察力を働かせながら、どこかの貴婦人に仕えていたのだろうか。あるいは、端役で舞台に立った経験があるのだろうか。そういう類のことかもしれない。何であれ、それはまちがいなく、彼のとんでもない計画に賭けてみるだけの価値が充分にあると思わせてくれた。もちろん、非常に不愉快なことになるだろう。あの女が嫌いだという事実ほど、彼がはっきり断言できることはない。だが、施しを受ける身では選り好みできない、と彼は険しい表情で自分に言い聞かせた。それに、不幸に見舞われれば見知らぬ同士も床を共にすると言うではないか。

ペティケートはふたつめのことわざの暗示しているものに不快感を覚えて顔をしかめた。少なくともその心配はない。


何事もなくオックスフォードに到着したペティケートは、タクシーでイーストモア通りへ向かった。希望が持てそうだ。ここから抜け出すことを喜ばない人間を探すほうが難しいだろう。この名高い街がどれほど美しくとも、その美はイーストモア通りにまで届いていなかった。レディングの陰鬱な地域でさえ、ここほど意気消沈した空気は感じられないはずだ。もしもミセス・スミス――いや、ミス・スミスだったか?――にチャンスを摑む気がないとしたら、そもそもペティケートには用のない女というわけだ。自分の依頼は受諾されるはずだという合理的な自信を胸に、ペティケートは一一六番地の汚れたドアに向かう階段をのぼり、呼び鈴を押した。

何も起きなかった。ペティケートは左側を見た。ほんの二フィートほど先に、部分的にむさ苦しいレースのカーテンに覆われたみすぼらしい出窓があり、それはまるで暗い通りの汚れた狭い一画を落胆しながら見下ろしているようだ。部屋の中には安ぴか物の小さなテーブルがあり、無邪気にくるりと回転している少女の安物の石膏像が飾ってある。その奥には、本や紙の散らばった大きなテーブルが少しだけ見えている。彼はもう一度呼び鈴を押した。

またしても、何も起きなかった。だが遠くから、汚れた幼児がふたり転がるように走って来た。どちらも棒のついた大きな菓子を手に持ち、大まかに口の方向めがけて顔に押しつけている。ふたりは不可解なものを見るように目を丸くしてペティケートを見つめた。ペティケートは気まずくなり、ドアを開けて入れるか試してみることにした。

中に入ることはできた。まっすぐ前に細い階段があったが、ぼろぼろになったリノリウムタイルが数枚踏板に画鋲で留めてあるだけだ。道をふさぐように錆びた自転車が二台、階段の手前の狭いホールの床に乱雑に倒れている。その奥には、明らかに左側の部屋から出て来たらしい若い男が立っていた。やつれて知性的な外見は、ひどく魅力的に感じられた。不潔そうな長い髪に、一度も脱いだことのなさそうなひどく不潔な長いコート。自転車越しにペティケートに声をかけてきた。

「誰かを探してるのか？　呼び鈴が聞こえた気がしたんだ。もちろん、悪ガキどものしわざかもしれないが」

ペティケートは振り向いた。ふたりの貧民街の子ども《ガターー・チルドレン》たちは、文字通り排水溝《ガター》の中に座り、幸運なことに菓子をまっすぐ口に入れることに成功していた。

「ミス・スミスという女性を探しているのだがね」ペティケートが言った。自分の社会的立場から外れた場面ではいつも落ち着きを失い、その声は不安に満ちていた。

若者が答えるより早く、左側の部屋から女の声が聞こえた。

「ここの一番上の階よ。そこの階段をのぼるといいわ」

続けて声の主が姿を現した。青白い、ひと際きれいな顔の娘で、不潔そうな髪をしている——黒いぴったりとしたタイツのようなものを穿き、ちょうど太腿の上までかかる、ひどく大きなジャケットを着ている。彼女の視線はペティケートを通り過ぎ、表のわんぱく坊主たちに向けられた。

「マーカス」彼女が呼ぶ。「マーカスにドミニク――さあ、おうちに入ってちょうだい」

礼儀正しさと、相手を黙って従わせる芯の強さの混じった言葉を聞いて、ペティケートはそこに暗示される社会的階級にますます戸惑うばかりだったが、呼ばれたわんぱくどもは玄関の階段をよじ登り、自転車を乗り越え始めていた。若者が屈んで、まるで子犬を拾い上げるかのように、ふたりを首根っこでつまみ上げた。

「スージーならきっと部屋にいるよ」彼は言った。「最近は出ていないようだから、ぼくの見たところでは。きみはどう思う、ペルセフォネ（ギリシャ神話の冥界の女王）？」

「かわいそうにね」娘が言った。「悪い人じゃないのに」

「きみたちは」ペティケートが尋ねる。「親戚ではないのかね？――その――ミス・スミスとは」

ペルセフォネが平気で人をにらみつけるタイプの人間であれば、その質問を受けて明らかに彼をにらんでいただろう。

「いえ、ちがうわ。お互い、ここに部屋を借りてるだけよ」

「スージーはうちの悪ガキどもに優しいんだ」若者が言った。「ぼくたちがふたりとも個別指導や講義があるときには、子守りをしてくれる」

「なるほど」この汚い髪をした若いふたりは、マーカスとドミニクをもうけ、結婚もしているのだろうが、実はオックスフォード大学の学生らしいとペティケートは思った。あの大学に関しては、あくまでも型にはまった又聞きの情報しか持ち合わせていないペティケートは、その現実にショックを覚えた。この若者など、十九世紀のパリから抜け出してきた〝呪われた詩人《ポエート・モディ》〟を彷彿とさせるじゃないか。娘のほうは、まったく彼の知るどのタイプにもあてはまらない。「アドバイス通り、上の階へ行ってみるとしよう」彼は言った。「どちらかの自転車を移動してもらえるなら」

それを聞いた若者は無言のまま、ぼろぼろの運動靴を履いた片方の爪先を近いほうの自転車のスポークスに突っ込み、壁に向かって蹴り上げた。ペティケートは、自分の要求に応えるためのその行為が尊敬に欠けているとは思いつつも、堅苦しく礼を述べて階段をのぼり始めた。

「スージーは、まだ起きてないかもしれないわ」ペルセフォネが背後から声をかけてきた。「どっちにしても、関係ないと思うけど」


ペティケートは急な、危険なタイル貼りの踏板をのぼりながら、心配になっていた。あの娘の最後の言葉は、どういう意味だろう？　若者の言っていた、スージーは最近出ていないようだという言葉は？　まさか……まさかスージー・スミスというのは、とうの立った売春婦なのでは？　まさか列車で出会ったあの女について、自分がそれに気づかなかったことはあるまい？

だが——ふと気づいたが——彼の考えは陳腐で時代遅れだ。最近では、嘆かわしいことではあるが、性的に不適切な選択肢にはさまざまな種類や度合いがあるらしい。何にせよ、引き返すにはもう遅い。ペティケートは意を決して最後の階段をのぼった。最上階にはドアがひとつしかなく——意気消沈してためらう暇《いとま》を自分に与えずに——ノックした。

「入って！」

一瞬とはいえ、今度はためらった。どういうわけか、ドアの向こうから部屋に招き入れる言葉がかかるとしたら、きっと不安や警戒心が混じっているだろうと思っていた。何と言っても、最後に別れたときのミス・スミスはそういう気持ちにすっかり取りつかれていたからだ。だが、今の口調には警戒心がまるでない。むしろ、楽しそうだ。

ペティケートはドアを開けて中に入った——が、ドア口をくぐり抜けたとたん、狼狽のあまり立ち止まった。なぜならソニアは——いや、心臓が止まるほどソニアにそっくりに見えるその女は——明らかにまだ起きていなかったからだ。ベッドに上体を起こして座り、小さなトレイをベッドに置いている。もしや彼女がエリザベス王朝時代の野蛮な先人たちのように、何も着けないで眠る習慣があるのではないかと、ペティケートの中を恐怖が駆け抜けた。だがすぐに、彼の目には極めて不適切なほど透き通って見えるものの、実は何らかの寝間着を身につけているのが見えた。それとともに、そんな姿を目の当たりにしてみると、スージー・スミスは素晴らしく美しい女性と呼ぶべきだとわかった。ルーベンスやルノワールも彼女を見れば喜んだだろう。おそらくかわいそうなソニアよりずっと若いわけではないのだろうが、彼女と比べればまちがいなく成熟のより早期段階、より魅惑的な段階と表現できるだろう。

ペティケートは危うく身を翻して逃げ帰りそうになった。その女を嫌っていることはわかっていた——だが、彼女の持つ強烈で粗野な性的魅力を感じたとき、心の奥底の何かが一層その嫌悪感を深めていた。断続的に情欲が湧かないわけではない彼にとって、これは極めて異例な反応だ。だが異例ではあっても、決定的だ。今後——寝間着をまとった彼女を目にした後は——ミス・スミスの存在は警戒すべき対象でしかないことを悟った。

ミス・スミス自身は、やはり警戒心がないようだ。ティーカップを下ろして、驚きながらも楽しそうにペティケートを見つめた。

「おやまあ」彼女は言った。「まさか、あ、あ、あんただとはね！」

「嬉しいね、また会えるなんてさ！」スージー・スミスは気軽に話を続けた。「あたしったら、前に会ったときは、ちょっとおかしかったよね？　叔母さんとヒギンズの話を長々とするなんてさ。それに、あの小切手が警察に目をつけられるような言い方までして。でも、終わり良ければすべて良しってね」

ペティケートは言葉が出なかった。スージーは彼に鋭い視線を放った。それからベッドから身を乗り出すと、あきれ返っているペティケートの目に、さらに裸身に近い彼女の姿がさらけ出された。だが彼女のその行動はガウンに手を伸ばすためであり、かろうじてそれで体を覆った。頭の回転の速い女だ、こっちがショックに陥っていることに気づいて、わざと下品な面を見せている、とペティケートは思った。

「そうさ」彼女はゆったりと続けた。「列車に乗ってたときは、どうかしてたんだよ。あんたのことを、ヘンリー・ヒギンズって男とまちがえたりして！　あたしの社会常識はどうかしちゃってたんだろうね？　それにあんたもえらく傷ついたようだったし。だから、まさかあんたとまた会えるとはね。世間は狭いよ」

ペティケートは魅入られたように彼女を見つめた。本当にやり通せるだろうか？　スージー・スミスは想像していたよりはるかに下品な女だ。だが一方で、こうして見ると、想像以上に賢い印象も受ける。

「挨拶をしに来ただけなのかい?」スージーが尋ねた。「朝のご挨拶ってわけ? ねえ、煙草を一本ちょうだい」

ペティケートは煙草入れを取り出して近づいた。「いや、挨拶だけじゃない」彼は言った。スージー・スミスに一番効果的な話の切り出し方を頭の中で探った。「ちょっとした仕事の依頼もあるんだ」

スージーは体を引くように枕にもたれ、厳しい視線を向けた。

「下品な話は勘弁してよ。でも――火はつけてくれないの?」

ペティケートはマッチを擦り、核心に迫ることにした。

「聞いてくれ」彼は言った。「こういうわけなんだ。わたしの妻になってほしい。いや、つまり、妻の代わりになってもらいたいのだ、一週間か二週間だけでいい。あんたは彼女と瓜二つなんだ」

「みんなそう言うんだよ」

「何だって?」ペティケートは仰天した。「何を知ってる?」

スージーはまたベッドから身を乗り出し、今度は小さな本棚に手を伸ばした。「ソニア・ウェイワード」彼女は言った。「彼女の本の裏に写真が載ってるだろう? この本に三十ペンス払ったんだよ。つまんない本だね、あたしに言わせれば。でも絶対に売れる、あたしが保証する」彼女はペーパーバックの本を一冊取り出した。「確かに似てるね。特に、首から上は。大抵の連中はそこに注目するだろうしね、まちがいなく。あんたもそこに注目してたんだろう、あの列車でおかしな行動をしてたときさ……ペティケート大佐」スージーはどうやら、ソニアの写真の下に小さく記された略歴の紹介文の中から彼の名前を見つけたらしい。「でも、何だってあたしに奥さんの代わりをさせたいんだい？ずいぶんおかしな話に聞こえるけど」

「詳しく説明する必要はないと思うが」ペティケートは、スージーはただ金で雇われた目的のみを果たせばよいのだという点を、最初にはっきりさせておくべきだと考えた。「わたしが心配しているのは、きみにそれが務まるかどうかだ。貴婦人がどういうものか、知ってるのか？」

彼の見た限りでは、スージーはその質問に特に気分を害した様子はなかった。

「そうだね」彼女は言った。「紳士がどういうものかならよくよく知ってるんだけど」そこで間を空けた。「必然的にね」少し厳しい表情で付け加えた。

ペティケートは当惑していた。これでスージーには、倫理的な品性に欠けた過去があることに少しの疑いもなくなった。

「残念ながら」彼は言った。「それとこれとはまったく別の話だ。訊きたいのはひとつ。きみが満足するような見返りと引き換えに、誰にもわからないように、貴婦人だった——いや、貴婦人である——わたしの妻として振る舞えるか、ということだ。不躾だと思わないでほしいのだが」

「どのみち、ずいぶんおかしな人だとは思ってるよ」スージーは煙草の煙を吐き出してから、乱暴な口調で言った。「本物のソニアはどうしたのさ？　何でもうひとり欲しいんだい？」

ペティケートはためらった。これ以上交渉を進めるには、せめて少しはミス・スミスにも事情を打ち明けざるを得ないようだ。

「実を言うと」彼は言った。「妻は死んだのだ。だが、そのことを知られるのはわたしの不利益となる——少なくともあと数週間は。土地や保険金、そういった関係の問題だ。その上、妻は大きな文学賞を受賞したのだが、死んだことがわかればその話もなくなってしまう。だが、詳しいことはまた後から説明しよう。問題は、きみにやってみるつもりがあるかどうかだ。条件を相談する気はあるか？」

「条件？」スージーは思いやりのこもった目つきになったが、それがペティケートを不安にさせた。

「実を言うとさ、あたしあんたが気に入ってるのよね」

ペティケートの不安が急激に高まる。自分はまちがいなくスージーに対して嫌悪感を抱いている。だが、その事実を彼女に知られてはまずいのも、同様にまちがいないことだ。

「主に姿を見せることが重要なのだ、誰かと話したりするよりも。だが、話すことも求められるだろう。たとえば、パーティーにもひとつかふたつ出てもらわなきゃならない」

スージーは興味を覚えたようだ。

「あたし、パーティーは大好き。近ごろじゃ、ほとんどお声がかからなくなってさ。生きるってのは退屈だね、大佐。信じられないぐらいに退屈なんだよ、あたしの人生。今回はそれがあたしの切り札になるよ、きっと」

「きみもけっこう楽しめるかもしれないな」ペティケートは本当にそうだろうか、と疑っていた。それからスージーの訛りや構文、イディオムなどをどうにか正せないものかと、半ば落胆しつつ、考えていた。「これまでにもそうやって楽しんだことはあるのかね、貴婦――」

「貴婦人になりきって？」ペティケートの申し出にますます興味を引かれているらしいスージーが、上機嫌で彼の質問の続きを引き取った。「ええ、そりゃもう。インドでのあたしの活躍、見せてやりたかったよ」

「インド?」ペティケートは驚いた。

「あたし、一時は軍人さんにばかり熱をあげてね。あるとき、軍人と結婚しようとしたんだよ。相手はあんたと同じ大佐でね、くっついちまえばよかったのに、あたしは馬鹿だったよ。でも、あたしが心惹かれたのは若い少佐たちのほうだったから――と言っても若い坊やたちには興味はないんだ――準大尉なんかにはね。お茶《チャー》を一杯、飲まないかい?」

その提案を受けると、スージーがベッドから這い出て部屋の中を歩き回ることになると推察し、ペティケートは慌てて断った。

「そうなんだよ」スージーは思い出に浸るように続けた。「若いうちは、どんな人生になるかなんて全然見えてないんだ。立派な家があってさ。召使やら何やら、上層部が用意してくれてさ。そういうのをみんな振っちまうなんて、あたしは本当に頭がおかしかったんだよ」

「それで思い出した」ペティケートが言った。「ひとつ、きみに真っ先にやってもらいたいのは、うちの使用人を解雇することだ。ヘンワイフという夫婦だ。きみにそれができると思うかい?」

「もちろん、できるさ。あたしが〝回れ右〟って言ってやるよ、ガツンと。役立たずの連中ならね」

「役立たずどころじゃない。わたしを脅迫しようと企んでるんだ」

「薄汚い犬どもめ」スージーはまた思いやりに満ちた目をした。「そいつらは、奥さんが死んだことを疑ってるのかい?」

「そうなんだ。だからこそ、きみが姿を現したのを見たら慌てることだろう」

「なるほどね」スージーの頭の中は高速回転しているようだ。「やっと問題点が見えてきたよ。足元に気をつけなって言って、あとは問答無用でさよならってわけだね」

「まさしく、そのとおり」ペティケートは語気を強めた。「わたしもこの件は、まさにそれが原則だと思っている。三週間でどうだろう、やり遂げたら五百ポンド払う」

「そうね、そういう話なら反対する理由もないね。取り引き成立だ、大佐。あんたをがっかりさせたりしないよ」

「もちろん、精いっぱい頑張ってくれるだろうとも」ペティケートは、純粋な博愛精神をもって励ました。「一番の問題点は――その、きみの話し方だ。少々練習が必要なようだ」

だがそれを聞いたスージー・スミスは思いがけず笑い出した。

「あんたは何にも心配なんかしなくていいんだよ。大佐の奥さんになるのがどういうものか、あたしだってよく心得てるさ。声音を変えてでかい声を出して、常に誰かに食ってかかるか、でなきゃ犬に向かってしゃべるかみたいに話せばいいんだから。任せといて」

ペティケートは、その辛口の分析には当惑したものの、そこで明らかにされた彼女の洞察力の深さは認めた。

「では」彼は丁寧な口ぶりになった。「きみが起き出せるようにわたしは一旦失礼させてもらおう。昼食のときに詳細を説明する。オックスフォードにはきっとまともなホテルがあるだろう」

「何を言ってるの、あんた、これから一緒に十一時五分発のロンドン行きに乗るんだよ。それから、三百ポンドばかり要るよ。あたしが真っ先に必要なのは、あんたのソニアの情報じゃない」スージーは嬉しそうにほほ笑んだ。「洋服さ」

確かにスージーの手持ちの衣裳は、満足できる状態ではなかった。ティータイムまでにすでに三百ポンドを使いきり、最後に訪れた数軒の店では、ペティケートはただ小切手にサインするだけだった。時間を追うごとにスージーを飾る華やかな服飾品が増えていくと、午後からは、目に見えて度合を増していく媚びへつらいに迎えられて、同じことが繰り返された。多額の出費――彼にはまったくその必要性が理解できなかった――に対するペティケートの不安は、外見を飾る新しい品物を購入するたびに、スージーがまちがいなく洗練されていく――積極的に、だが驚くほど説得力のある上品さをまとっていく――という事実を前に、緩和された。最後には、ソニアに――出版者から思いがけない大金が入って手当たり次第に買い物をした後のソニアに――驚くほどそっくりになっていた。さらにスージーは、ずっと以前に集めて貯め込んであった記憶を勢いよく解放しているようだった。彼女はもはや、ペティケートが列車で初めて会った女とはまるきりちがっている。おそらくは生まれ育ったであろう中の下の社会階級の中で、それにふさわしい態度や手段を取るしかなかったのだ。今となっては、ヘンリー・ヒギンズに騙された叔母がいたことも、その叔母が嘘の資産があると信じ込み、無分別にも空の小切手を信用してしまったことも、信じられないほどだ。ペティケートは、かつて有名な詩の中で〈ジュディ・オグレイディと大佐の妻は、一皮剝けば姉妹のごとし〉と主張した詩人のキプリング（一八六五〜一九三六。ラドヤード・キプリング。イギリスの詩人）が、今日の午後の成り行きを見たら、自説がはっきり証明されたと感じたことだろうと思った。（ジュディ・オグレイディは、軍に同行していた売春婦の名と言われている）

　ペティケート自身は、買い物に満足感をほとんど得ることはなかった。もちろん、ある意味では喜んでいた。この信じられないぐらいに勝ち目のなかった作戦の成功が、現実味を帯びてきたからだ。だが、ここまで計画があまりにすんなりと進んでいることにこそ、彼は深い戸惑いを覚えていたのだ。スージーの成功に、彼の命がかかっている。だが、きっとその成功にも嫌悪感を抱くだろう。彼女を嫌悪するのと同じように。このアイディアが実現できるかもしれないこと、卑しい生まれと卑しい仲間を持つ人間が、このような偽装行為をやってのけるチャンスに恵まれたということさえも、彼自身が生まれついた精神と人格の上流意識にとってはひどく屈辱的だった。こんなことがまかり通るなど、いったいこの国はどうなってしまったのかと問わずにいられない。もちろん、これがそういつまでも続くわけはあるまい。ミセス・フォリオット・ペティケートまぎれもなく生まれ育ちの素晴らしい女性であり、ミス・スージー・スミスによる物まねは、たかだか一瞬の閃光――精巧な時限装置によって発火させる閃光――に過ぎない。それでもなお、ペティケートには不快なことだった。すべてが終わるのが待ち遠しかった。

スージーは最後の帽子を買うと、是非〈フォートナム〉でお茶を飲んで行かなくちゃ、と言いだした。ペティケートは彼女の後からピカデリー通りを渡りながら、確かに彼女にはどんな場所にもすぐに馴染む才能があると思った。今朝この話を持ちかけたときに彼女が飲んでいた紅茶から、こうして味覚の楽園でカップに注いでいる紅茶に至るまでには、大きく口を開けた断裂があるというのに、この女はまったく何事もないように受け止めている。このまま放っておけば、彼女が自信たっぷりに、もうロンドンにはまともにお食事のできる店なんて半ダースしか残っていないわねなどと、はきはきとしゃべりだすのはほぼ確実に思われた。

そこには哲学的一般化の幅広い能力に長けているペティケートにとって、思考の糧があった。そして今日の前には嬉しいことに、手に取ることのできる本物の糧がさまざまな種類を取り混ぜて並べられており、次の三十分はほぼ満足できるものとなった。帰り際に売店で珍味をひとつかふたつ買って帰るべきかどうか頭の中で考えあぐねていたために近くの様子をまったく気に留めていなかったが、すぐ背後からひどく聞き覚えのある強烈な声が発したたったひと言で、ゆったりとした気分が粉々に砕け散った。

「ソニア！」

彼は恐怖におののきながら振り向いた。たった今ミセス・ゴトロップが隣のテーブルに着いたところだった。同席しているのはあの恐るべき老婦人、たしかレディー・エドワード・リフトンだ。それはかつてないほど緊迫した狼狽の瞬間だった。これまでのところ、スージーとは洋服以外の話題には触れていない。彼女が演じるべき役柄について、初歩的な指示さえ与えていないのだ。

「ダーリン！」

スージーは躊躇なく感嘆の声を上げ、立ち上がってミセス・ゴトロップに抱きついた。ミセス・ゴトロップも立ち上がり、彼女を抱き締めて大声で笑った。

「ブリンプの元に戻ったのね！」ミセス・ゴトロップが叫ぶ。「田舎者のブリンプの元に！」

この言葉にスージーが困惑していたとしても、それをおくびにも出さなかった。

「あら、ダーリン」彼女は言った。「ずいぶんとお久しぶりじゃないこと？」

それを聞いて、ミセス・ゴトロップは肯定するように大きな笑い声を響かせた。それから威厳たっぷりの同席者の方向へ腕を振ってみせた。

「もちろん、こちらのダフネのことは覚えているわよね？」彼女が言った。

スージーはほんの一瞬で答えた。

「わたしの覚えている限り、レディー・エドワードにお目にかかったことはないはずだわ」彼女の声はきびきびとして、傲慢にさえ聞こえた。「ご機嫌いかが？」

「そちらこそ、ご機嫌いかが？」レディー・エドワードは明らかに感銘を受けているようだった。ソニアの偽物が堂々としたお辞儀をして見せたのも、お気に召したようだ。

「さてと、フォリオット、そろそろ失礼しなくてはね」スージーは素早くペティケートに顔を向け、彼に立つよう促した。本来なら女性たちの前ではとうに起立すべきところだったのが、不安と感覚の麻痺のために凍りついたように椅子に座ったままだったのだ。「これからフォリオットを連れて」スージーはさらに、例の〝犬に向かってしゃべる〟口調で好演を続けていた。「仕立屋に行くところなの。イギリス紳士はひとりで仕立屋に行くべきだなんて、実にばかばかしいことだわ！　お金を騙し取ってくれと言っているようなものよ。ローマじゃあり得ない話だわ。マドリードでもね」

「そうなの？」レディー・エドワードはこの極上の情報に感心し、いつか役立てようと心に刻んでいるようだ。

「それで、ダーリン、今度うちでちょっとしたパーティーを開くけど、来てくれるわね？」スージーは手袋をはめながら、ミセス・ゴトロップに向き直っていた。「本当にお久しぶり！　招待のカードは送っておくわね。ごきげんよう、ごきげんよう！」そう言って、洗練された女流作家に実にふさわしい仕草で大きく手を振り、悠然と出て行った。後に残されたペティケートは婦人たちにお辞儀をして後を追った。

通りに出てタクシーを待つ間、ペティケートは体に力が入らなかった。珍味のことはすっかり忘れていた。通りの向かい側の〈バーリントン・ハウス〉の手すりに、何やら革命と書かれたポスターが貼ってある。だが、彼は気に留めなかった。たった今経験してきた途方もない出来事で頭がいっぱいだったのだ。

「それで――あたし、どうだった？」スージーが挑戦的に振り向きながら、かすかに不安を覗かせた。

「突然だったね。あんたのソニアの口ぶりに似てたかい？」

「全然。いや――そうだな、きっと似ていたのだろうな」ペティケートはあまりに動揺しすぎて、きちんと答えられないことに気づいた。「きみは彼女に似ていなかった。似るわけがない、きみは彼女を見たこともなければ、何ひとつ知らないのだから。まったく無茶なことを始めてしまった。今それがよくわかった。きっとわたしは頭がどうかしていたのだろう。だが……だが、あのゴトロップ女史は完全に信じきっていた」

「彼女が信じきってたのはね、あたしが信じきってたからだよ」スージーが頭をのけぞらせて笑いだしたのを見て、タクシーに案内しようとしていたドアマンが、礼儀をわきまえつつ驚きの目で彼女を眺めた。「これが心理学ってもんよ、あんた。あたしの自信が揺らげば、あの人の自信も揺らぐ。そしたら、あたしたちはおしまいだったってわけよ」彼女は謙虚な満足感に浸りながら、タクシーの埃っぽい座席にもたれた。「必要なのは、あんたのソニアについて何も知らないこと。肝心なのは度胸さ。度胸ならあるからね」

　ペティケートは息を深く吸い込んだ。

「そうらしい」彼は言った。「だが、どうやらきみは情報もいくらか持ち合わせているようじゃないか。あの老婦人がレディー・エドワード・リフトンだと、どうしてわかった？」

「写真雑誌だよ、馬鹿だね。あたしはずっと前から社交界のページを読むのが大好きなんだ。それから、度胸の話だけど、あたしがいつもこんなだったなんて思わないでちょうだいよ。もしそうなら、あんたと初めて会ったときみたいに落ち込んだりしないし、あの汚いイーストモア通りでの暮らしを続けたりしてないよ。そうじゃなくて――何かがあたしの中で息を吹き返したんだよ。どうしてかって？　あんたが好きだからだよ、そう言っただろう？」スージーはしばらく黙ったまま何かを考えていた。「おかしなもんだよね。あんたはたぶん、あんまりいい人じゃないと思う。それでもあたしは惹かれちゃったんだ。女の子たちの中で、ポン引きに惚れちまうのがいるみたいに。お客の中にも、あんまりいい人じゃないのもいるしね」

ペティケートに何らかの返事を口にできるはずもなかった。あらゆる面で、スージーと過ごす三週間が悪夢になるのは確実だ。

「ところで」スージーが話を続けた。「運転手に、あたしをオックスフォード・サーカスで降ろすように言ってくれない？」

「降ろす？」ペティケートは浮足立った。「これからパディントンに行くんだぞ。六時四十五分発の列車には充分間に合う」

スージーは首を振った――その素っ気ない素振りから、この女が鉄の意志を持っていることにペティケートは突然気づいた。

「今夜は勘弁してもらいたいね、あんた。あたしは明日の朝の列車に乗って行くから、そうしたらふたりで一日ゆっくりと静かに過ごしながら、あたしにできる限りでソニアを呼び覚ますとしようよ。でもそれまでは、スージー・スミスの自由時間さ」彼女は幸せそうにため息をついた。「お久しぶりだこと、とか言って――本当にものすごく久しぶりなんだよ――バッグにちょっとばかりの金を持ってロンドンに来るなんてさ」

結局、ペティケートはまたしても、ひとりでスニッグズ・グリーンまで列車で帰った。とにかく、状況が動きだしたのはありがたかった。隣人と鉢合わせしたときに隠れられるようにという理由だけで、パディントン駅で夕刊紙を買った。紙面には、何かしらサンジョルジョの記事が書いてあるらしいと気づいた。だが、あまりにも疲れすぎていて、何が書いてあるのかは読む気になれなかった。

第五章

列車で帰る途中から——彼にとっては珍しいことに——ペティケート大佐は居眠りをした。異様な一日を——しかも、異様な一夜に引き続き——過ごしたばかりだ。どうりでへとへとなはずだ。だが今、駅から家に向かって暗闇の中をゆっくり歩きだすと、頭がすっきりして、現状をじっくり考える余裕ができていることに気づいた。

納屋のがれきに埋もれている、あのテープレコーダーがずっと気がかりだった。だが、がれきを片づけるも放置するも自分次第じゃないかと、ふと気づいた。あのままイラクサやアザミに埋もれさせておいたところで、反対する者も、少しでも怪しく思う者もいないだろう。仮にいつか将来的にあの跡地を整地したときに壊れた機械が発見されても、きっと工事に携わった作業員がほんの少し興味を引かれる以上のことは起きないはずだ。一方のロープに関しては、石の中から飛び出ている部分だけを切ってしまえばいい。そうすれば廃墟の辺りをうろつく者がいても、まず発見されることはあるまい。

そう、問題は納屋ではないのだ——ヘンワイフたちを黙らせた上で追い払うことさえできたら。そして、それはかなりの確率でできそうだ。今夜家に戻ったら何をするか、はっきりと決めてあった。ヘンワイフに向かって、女主人が明朝スニッグズ・グリーンに戻って来るぞと、はっきり言ってやる。

それ以上は、何も言わない。ヘンワイフはその発言だけでたじろぎ、謎に包まれたまま十二時間もびくびくして過ごせば、さぞ不安が募ることだろう。ソニアの偽物の姿をちらりと見たとたん、少しばかりの荷物を引っ摑んで逃げ去るにちがいない。確かにペティケートが自分たちを殺そうとしたことを、彼らは知っているはずだ。だがその運命は自分たちの行動の当然の報いなのだと、充分にわかっているだろう──そして、これから自分たちの生意気で邪悪な行動が誤った推測に基づいていたのだと確信するのだから、なおさらだ。

ヘンワイフ夫妻を排除するのは、実際には赤子の手をひねるようなものだろう。よし、大喜びでひねろうじゃないか。ペティケートは先の見通しを考えて含み笑いをしながら、自宅の門の前の通りへと角を曲がったところで、数ヤード先に貨物自動車が駐まっているのが目に飛び込んできた。

商人が何かを配達しに来るには、時間が遅すぎる──それに熱心な商売人が好みそうな車としては地味だ。漠然とした悪い予感に足が止まったペティケートは、どうにかあと数歩前に踏み出した。貨物自動車のさらに二十ヤード先に、乗用車も一台駐まっている。パーキングライトが点いていた。そして屋根のすぐ上に、謎めいた仄暗い青色の明かりが灯っている。

その謎は、間もなく解けた。もう少し近づいて見ると、その仄暗い青い光には〈警察〉と書いてあったのだ。貨物自動車のほうも、警察車両だった。実のところ、彼が子どものころ、下品にも〈ブラック・マリア〉と呼ばれていたタイプだ。ペティケートは激しい震えに襲われ、全身がわなないた。背中を向けて走って逃げたかったが、そんなことをすれば膝が何かしら恐ろしい状態に陥りそうな予感がしていた。結局のところ、彼はその場に立ちすくんだまま、自分の家の門をじっと見つめていた。そしてそうしている間に、門の脇で何かが動くのが見えた。いや、両側で何かが動いている。不可解だが、門柱が動いているのかもしれない。だが、それは門柱ではなく、巡査たちの――静かに待機していた巡査たちの――ヘルメットだとわかった……。

そしてようやくペティケートは振り向くことができた。顔にまぶしい照明をさっと向けられ、腕をがっちりと摑まれるのを感じたのだ。

「そのまま」ブラドナック巡査部長の声がした。「どうやら驚かせてしまったようですね。まずは、落ち着いてください」

恐ろしい悪夢に出てきた男に、ペティケートは自分の家の廊下へ案内されている。ヘンワイフ夫妻もいる、それに驚くほど大勢の警察官も。ペティケートはぼんやりとその警察官たちを眺めた。きっと納屋のがれきをひっくり返して調べるために来たのだろうと思った。ヘンワイフ夫妻が彼のことを密告したのは明らかだ。彼が夫妻を殺そうと画策したこととと、夫妻が彼を悪魔のように出し抜いたことを。

ペティケートはじっと立ち尽くしていた。オーバーコートを脱ごうともしなかった。あの黒い貨物自動車に乗せられて刑務所まで揺られて行くのは、きっと寒いだろうと考えていた。奇妙な沈黙が短く続いた後、ブラドナック巡査部長が咳払いをして話を始めた。

「これは非常に繊細な問題です、大佐。実に繊細ですとも。余計なことは言わないようにと、警視から厳しく命じられております。ですが、かなりのご不便を強いることになりますので」――ブラドナック巡査部長は、その言い回しが気に入ったと見えて、間を空けた――「かなりのご不便を、容疑者の雇用者であるあなたに強いることになりますので、簡単な説明が必要かと」

ペティケートは、無意識に手探りで椅子を探していた。数秒の間、実際に視界がぼやけていた。ようやく視力が戻ると、その目でヘンワイフ夫妻の姿をはっきりと捕えた。疑いの余地はない。こんな様子のふたりはまるで見たことがない。何があったにせよ、もうおしまいだとはっきり思い知らされたにちがいない。

「申し上げにくいのですが、脅迫容疑です。ご存じのように、脅迫というのは決まって繊細な問題なのです。決まって実に繊細な問題ですとも。こんな世の中ですからね、大佐、被害を受けていた人間は法廷で名前を出されたくないのです。無理もないでしょう。そして名乗り出た場合には、法によって守ってやらなければなりません。そういうわけで、大佐、あまり多くはお話しできないのです」ブラドナック巡査部長はやけに大きな声でそれだけ言うと、口を閉じた。突然前かがみになって顔を寄せ、ペティケートの耳のそばでやけに大きなささやき声でしゃべった。「あの年寄りのサー・トーマス・グライドのことですよ、大佐。恥ずかしい悪癖があったのです。実に恥ずかしい悪習ですとも。そこに、大佐の大事なおふたりさんがつけ込んだのです」

「なるほど」ブラドナックのランタンの光線が、ペティケートを麻痺させるように降り注いで以来、ようやくはっきりとしゃべれるようになった。「だが、まさかそんなことだとは、絶対に疑わなかったことだろう――絶対に」彼はまっすぐヘンワイフ夫妻を見据えた。「まさかおまえたちが」彼は厳しく、だが悲しげに言った。「きっと魔がさして、ついついやってしまったのだろう。残念だ――実に残念だとも」

ヘンワイフも口を開いた――まず渇いた唇をなめてから。「ありがとうございます、旦那様。われわれの性格証人を引き受けてくださいますね、旦那様。わたしどもはこれまで旦那様のご満足のために、常に努力を惜しまなかったつもりです」

「ああ、わかった、わかった。反論はないよ」ペティケートは立ち上がり、落胆したように大きくため息をついた。「巡査部長、ほかにも同じような被害者が見つからないことを祈ろう。仮に彼らがプロの脅迫屋だったと判明した場合には、当然さらに重い罪に問われるのだろうからね。最長で懲役十五年になる可能性もある」

「おっしゃるとおりです、大佐」ブラドナック巡査部長はことの成り行きに少し失望したようだ。「当然ながらわれわれも、彼らが誰かほかの人間にも迷惑をかけていたのではないかと考えていたのです。たとえば、大佐ご自身とか」ブラドナックは意図したのか、そこで口をつぐんだが、その不愉快な発言を打ち消すには遅きに失した。「いえ、もちろん脅迫未遂だとは言っておりませんよ。ですがひょっとすると、貴重品がなくなったり、そういった類の被害です」

ペティケートは首を振った。「いやいや——ふたりは無実だよ、わたしに関する限りは。だが、そろそろ連行してくれないか、巡査部長。あまりに苦痛に満ちた出来事だ」再びヘンワイフ夫妻を正面から見据える。「本当によかったよ」彼は言った。「この騒動が、ミセス・ペティケートが戻って来る明日の朝までに判明して。彼女もきっと深く傷ついただろうからね。本当に、彼女に伝えるのが今からつらいよ。おやすみ」

ミセス・ヘンワイフは何も言わなかった。ヘンワイフはいつもどおり、退室する前に主人に感謝の挨拶をした。さらに——警察官にぴったりと付き添われていたのが妨げになったものの、仕事上確立したやり方でこちらを向いたまま玄関のドアを通って出て行った。

ペティケートは彼を見送った。ブラドナックと、集結していた彼の部下たちをも見送った。それからよろよろと階段をのぼり、ベッドに転がり込むと、羽根布団をかぶって眠りに落ちた。

第六章

ペティケートはそれから何時間か、世間から忘れ去られたひとときを楽しんでいた——もしも忘れ去られることが楽しめるものだとすれば。そしてやがて次々と夢が襲ってきた。

彼はソニアと——本物のソニアと——ヨットの上にいて、ふたりは喧嘩をした。実際にした覚えのある喧嘩とは種類がちがう。たとえばひどく苛立ったり、機嫌が悪かったり、育ちの良さや退屈や競い合うような我儘など、これまでの喧嘩では、燃料を心の奥底に貯め込み——その後は良識ある本能に従って、大抵はそれ以上触れないようにしてきた。だがその夢の中では、それらが一気に燃え上がり、彼女に襲いかかる、それも殺意を持って襲いかかるのがごく自然な成り行きに思われた。殺害に成功した証拠に、彼女の体はデッキに倒れ込みながら、犬の大きさに縮んでいったが——それは（ペティケートの夢の世界では常識らしく）死んだ人間の体に必ず起きる現象なのだ。そこでソニアの縮んだ死体を拾い上げて海に投げ捨てた。そしてヨットの反対側を振り向くと、早速ソニアがまたヨットに這い上がって来るのが見えた——ただし、こちらは本物ではなく偽物のソニア・スージー・スミスだ。海から上がったスージーは船べりを乗り越えてきたが、その服がまったく濡れていないことにペティケートは気づいた。ぱりっと渇いた服装を見てもペティケートは驚かなかった——と言うのも、ふたりとも映画の中で役を演じているだけであり、映画の中で水に浸かっていた女優は、不可思議なことに、数秒後にはすっかり渇いているものだからだ。だがペティケートは、この偽物のソニアも殺さなければならないのだとわかっており、鈎竿を手に彼女に殴りかかった。鈎竿が彼女の体を貫通したため、ペティケートは、まるでステッキの先にへばりついた落ち葉を払い落すように、彼女の体を海の中へ振り落とさなければならなかった。偽物のソニアが落ち葉のようにゆっくりと時間をかけて海中に沈んでいくのを見守っていたペティケートは、なんて静かなのだろうと思った。だが、完全に無音なわけではない。どこか彼の背後から、素早くタイプライターのキーを叩くパチパチという音が聞こえてきたのだ。その音は、ヨットのキャビンから聞こえてくる。彼は駆け寄って中を覗いた――どういうわけか、その光景を見てもまったく驚きを感じなかった。本物のソニアがタイプライターに向かって座り、指の下のキーが次々と飛び跳ねている。何枚もの原稿用紙がキャビンの床に散乱して、ペティケートは、これが全部どろどろに溶けたパルプに変わるのかと思うと、残念でならなかった。どうしてパルプに変わるのかと言うと、本物のソニアがタイプをしながら水を滴らせているからで、彼女の足元を取り囲む床に水がたまりつつあり、原稿はその中に浮かんでいたからだ。ペティケートは、水を抜かなくてはいけないとわかっていて――なぜなら本物のソニアは今、ペティケートが彼女を溺死させた浴槽の中にいたからだ――浴槽の栓を見つけ、思いきり引っぱってみると、それはいつの間にかロープに変わっており、ペティケートは、納屋が崩れ落ちたときにはどうかがれきの下に、ふたりのソニアが揃って埋められますようにと強く願っていた。

納屋が崩れ落ちる轟音が響いた。そしてペティケートは目を覚まし、誰かがドアを思いきりノックしていることに気づいた。

スージー・スミスが表の通りまで戻ったところで、ちょうど頭上にある窓が開く音がした。

「こんにちは！」彼女は呼びかけた。「あんた、やっぱりいたんだね。もしかしたらまるきり嘘だったんじゃないかと思い始めてたとこだったよ。降りて来て、家に入れてちょうだい」

しばらくの間、ペティケートは麻痺したようにその女を見つめていた。つまずくように部屋を横切るまでは、まだ真夜中だと信じて疑わなかった。だがこうして外の日の明るいのを見ると、どうやら昼近くまで眠り込んでいたようだと気づいた。もう陽射しは秋だったが、スージーは自分自身の小さな影の中に立っていた。その周りを、トランクやスーツケースやバンドボックス（帽子などの服飾品を入れる、円筒形の紙の箱）が取り囲んでいる。きっとその荷物を全部タクシーから降ろさせてから、車を帰したにちがいない。ペティケートはそのひと揃えの中に、昨日自分自身が現金なりクレジットなりで購入しなかったものは何ひとつないのだろうと、落胆しながら思い出した。

「やあ」彼は言った。普段の歓迎の挨拶ではなかった。だが今は、ほかに何と言えばいいのか浮かんでこなかった。

「あたしに会えて、あまり嬉しくなさそうだね」スージーはまったく悲しむ様子もなく言った。それどころか、異常にはしゃいでいるように見える。「いいから、さっさとドアを開けてよ。何か変だよ、ロミオとジュリエットを演じるなんて――あたしたちみたいに長年連れ添った夫婦がやるもんじゃないね」

「今すぐ行く」ペティケートは背を向け、洗面台へ向かった。着替える必要はない。服を着たままで――すっかりよれよれになっているが――ベッドに転がり込んだからだ。だが、髭も剃らずに降りて行くわけにはいかない――たとえ通りがかった出しゃばりな隣人の誰かに、ミセス・フォリオット・

ペティケートが自宅の玄関の前で待たされ続けているのを怪訝に思われたとしても。

だが急いで髭を剃ろうとしても、うまくいかなかった。ゆうべ寝つけなかったせいで疲れが取れず、剃刀を扱う手が震えている。代理の妻と会っても嬉しくないのは確かだ。むしろ、予想していた以上にうんざりしている。それがどうしてなのか、すぐにははっきりわからなかった。ただ彼女との再会自体が、何かしらどうも拍子抜けのような気がしていた。

家は――どこもひんやりとして鎧戸が閉まったままだと、廊下を通り抜けながら気づいた――彼を嫌な気分にさせた上、前夜警察が囚人を連れて引き上げるとき、ドアを閉めたはずみに自動的に施錠されたらしく、鍵を開けるのに手間取った。ようやくドアを開けてみると、スージーがほんの数インチ先に立っていた。これにはひどく驚いた。

「あたし、ちゃんと来ただろう?」彼女が尋ねる。「十時五分発の列車に乗ったのさ。それで、車内で誰と一緒になったと思う?」

ペティケートはますます不安になってきた。スージーの声に感じられる無邪気さは、完全に本心から出ているようだ。そして女が自信をつけるのに必要なのは、世界じゅうのどんなものよりも、溺れるほどたくさんの新しい服なのだと思った。だが同時に、彼女は鋭い目つきでこちらを見ており、昨夜彼から受けたはずの印象にまちがいがないか再確認しているかのようだった。

「一緒になった?」彼は馬鹿みたいに繰り返した。「いいや――誰だかさっぱりわからない」

「お友だちのオーガスタさ」

「オーガスタ?」彼女をじっと見つめる。「オーガスタというのは誰だ?」

「オーガスタ・ゴトロップに決まってるじゃないか。ところで、彼女の旧姓がかのゲール＝ウォーニングだって知ってたかい？」

ペティケートは息を深く吸い込んだ。と言うよりも、何となく体の活力が高められそうな気がして、息を深く吸い込もうと試みた。スージーが人を手玉に取るのがうまいらしいのは、もちろんメリットにはちがいない。生まれつきの詐欺師の本能がなければ、昨日の午後〈フォートナム〉で急に持ち上がった危機を堂々と乗りきれなかったはずだ。そして彼女のその能力が極めて必要とされる状況が、ごく近い将来にいくつか待っている。が、そうだとしても、何かしら危ない予感がする。

「さて」彼は言った。「そろそろ家に入ったほうがいい。荷物を運び込むのを手伝おう」

「あんたが言ってた使用人たちは？」スージーはペティケートの背後の、誰もいないホールを覗き込み、明らかに驚いていた。「雇われてる間はせいぜい働いてもらわなきゃ――もっとも、あたしがくびだって言い渡すまでだけど」

「くびにする必要はなくなった。もういないのだ」

ペティケートはそう言いながら、スージー・スミスの到着とともに拍子抜けする気分になった理由を、突然思い出した。彼が本当に待ち望んでいた場面――墓場から甦ったソニアによって、悪魔のようなヘンワイフ夫妻が狼狽する場面――は、永遠に繰り広げられることがない。もう繰り広げられる必要がないのだ。ヘンワイフの企みは、すでに完全に叩き潰された。

「へえ、もういないの？」ミス・スミスはその知らせを軽く受け止めた。「まあいいさ、すぐに代わりは見つかる。でもそうと知ってたら、あのタクシーを帰さなかったのに。トランクのいくつかは、なかなか重いんだよ。あんた、運転手は雇ってるの？」

「いや、いつも自分で運転している」

「運転手を雇ったほうがいいんじゃない？　運転手ってのは気が利くんだよ、あたしに言わせりゃ。それに、オーガスタにも運転手がいるし……じゃあ、庭師を呼んで来てよ」

「庭師もいない。つまり、週三回の契約だが、今日来る予定ではない」

ペティケートは当然の苛立ちと同時に、不可解な危険も感じ、せっせとスーツケースをホールへ運び始めた。終わりの見えない作業だった。だがミス・スミスもそばで見ているだけではなかった。嬉々として作業に手を貸した。

「トランクを運ぶのは、町から誰かに手伝いに来てもらおう」彼女はきっぱりと言った。「それに、掃除と洗い物の手伝いも。しばらくはあたしが料理してやってもいいよ。腕は悪くないんだ。あんたが募集広告を出している間ぐらいなら」彼女はそこで言葉を切り、何かを思い出そうとしているらしい。「だけど、脅迫《チャージ》されてるって言ってたのはどうなったの？　もういないって、もしかしてあんたが警察に突き出すって言ってやったからかい？」

「確かに、ヘンワイフ夫妻は拘留《チャージ》されているよ。脅迫容疑でね。だが、わたしは何もしていない」

「なるほど。それで、あんたについては口をつぐんでてくれるのかい？」

「そのはずだ。でないと、彼らにとって大変不都合な事態になる。今のままでさえ」ペティケートは思い出しながら、表情がかすかに明るくなった。「厳しい刑が言い渡されそうだ。当然の報いだがね。犯罪者だったのだ、夫婦揃って」

「まあ、厄介事がひとつ減ったってことだね――そうだろう、あんた？」スージーは心から喜んでいるような口調でそう言った。「さてと、あたしの部屋を見て来るよ。それからふたりで昼食にしよう。貯蔵庫には何かしら入ってるんだろうね？」

「少なくとも、アンブローズ用の魚がある」ペティケートは手近にあったスーツケースを摑み、先に立って階段をのぼり始めた。「昼食は食べよう」彼はいくぶん優しい口調で付け加えた。「だが食後には、相談しなきゃならないことが山積みだ。ヘンワイフ夫妻は片付いた、ありがたいことに。それでも、きみの仕事はまだこれからだということに変わりはない」

スージー・スミスはうなずいた。その言葉に異論はないようだ。

階段をのぼりきったところで、ペティケートは躊躇した。ソニアが実際にどの寝室を使っていたかを知っているのはヘンワイフ夫妻だけだが、そのふたりも今はいない。つまり、礼節を重んじて、ペティケート自身の寝室から距離を置いたいずれかの部屋にミス・スミスを案内しない理由は何もなかった。スージーの新しい服装は、不謹慎なものではない。実のところ、あり余る服の中から今朝の彼女が選んだものは、贅沢な気分を味わいたくなったときのソニアの趣味に不思議なほど似ていた。だがきちんと衣服を着けているスージーは、ベッドで上体を起こし、一見すると何もまとっていないように見えたときと変わらず、いかにもルーベンスが描く女性らしかった。それはペティケートにとっては、過去にはどんな女性が好みだったにせよ、今は本能的に心惹かれる対象ではまったくなく――むしろ、本能的に恐怖を覚える対象だった。そのために、この純粋に反射的な反応と、習慣に基づく倫理的および知的な配慮が合わさって、スージーの今後二、三週間にわたる寝所と自分の部屋とを隔てるものが壁一枚と互いの部屋を直接行き来できるドアしかないという考えは、彼を極めて不愉快な気持ちにさせた。

「あんたのソニアの部屋だよね、当然」スージーはてきぱきと言った。「ほかの部屋じゃ無理なんだよ、わかるだろう。気持ちが入らないんだ。何て言ったって、気持ちがすべてだからね、そう思わないかい?」

ペティケートは、事実そのとおりかもしれないと思いながら、声に出してその意見に同意することはなかった。返事の代わりに、廊下をずんずん歩いて、ソニアの部屋のドアを勢いよく開けた。

「ここだ」彼は言った。「もちろん、きみ専用のバスルームもついている。あのドアだ。もうひとつのドアは使っていない。鍵がかかっている」

スージーはとりあえずそこには興味がないようだ。まっすぐにベッドへ近づき、腰を下ろすと具合を試すように上下に跳ねてみた。ペティケートは、体を休める道具にそのような試験的な前段階を施すのが当たり前な世界に属したことがなく、もしかすると彼女のその行動は自分を挑発するためではないかと、瞬間的に頭が混乱した。だがスージーは自分など見ていない。部屋の中のあらゆるものを注意深く眺めている。

「なるほど」彼女は言った。「確かに、イーストモア通りよりずっといいね。子どもたちがいないのはさびしいけど」

「子どもたち?」ペティケートはさらに頭が混乱して、自分はこの上、ミス・スミスが明らかにしていない人の道に外れた愛の結晶にまで対処しなければならないのかと考えた。

「ペルセフォネの子どもたち、マーカスとドミニクのことさ。まあ、あの子たちにもそのうちここへ遊びに来てもらえばいいか」スージーは今度はふかふかとした絨毯を値踏みするように爪先で突いている。「あたしだってね、前はもっと贅沢な暮らしをしてたこともあったんだ」

「そうだろうとも」ペティケートは、スージーがかつての稼業で成功を納めたとして、はたしてどんな贅沢ができたのかについては、言い争う気はなかった。「部屋のどこかを変えたほうがいいなら教えてくれ」

「そうだね、正直に言わせてもらえば、ちょっとつまらない部屋だね。あたしの意見じゃ、日当たりが悪いんだよ。でも、あそこの何もない壁なら――」そう言ってスージーは部屋の反対側を指さした――「ねえ、あそこをぶち抜いて窓を造るっていうのはどうだい？　可愛い出窓がいいかな、鉢植えをいくつか置いてさ。今は何て言ったってゴムノキが流行ってるんだって。ただの提案だけどさ」

「ご提案を、どうもありがとう」ペティケートは平坦な口調で言った。皮肉でねじ曲がった世界から自分を守ろうと努力を重ねてきたが、さすがに限界だ。「残りのスーツケースを取って来る。それが済んだら、さっき言っていた食料貯蔵庫を見に行こう」

「そうだったね、あんた」すでに靴を脱ぎ捨てて、ゆったりと膝を折って座っていたスージーが幸せそうにうなずく。「魚があるって言ったっけ？　それなら白ワイン《ホック》のハーフボトルがぴったりだ。冷蔵庫の冷えてる隅に入れておけば、十五分でちょうど飲みごろだよ」彼女は満足げに長いため息をついた。「ちゃんと残ってるもんだね」彼女は言った。「時間が経っても、こういうのはやっぱり忘れないものなんだよ」

ミス・スミスがほとんど何も忘れていなかったとしても、今は新たに吸収しようという意欲に燃えているようだった。ホックを飲みきるころには（ペティケートはハーフボトルが見つけられず、結局ふたりでフルボトルを飲みきった）彼女は仮の夫について何もかも知り尽くしていた。ペティケートはこれほど饒舌になるつもりなどまったくなかった。だが、どういうわけかすっかりこの女の思うままになっていく気がする――ヘンワイフたちのときよりも、まちがいなくはっきりとそう感じる。それでも、良識的に考えれば、彼女にはできるだけ何も知らせないほうがいいと思った。そして当初は、どうしても必要なこと以外は何も打ち明けずに、詳細な指示だけを出すつもりだったはずだ。

その案が崩壊したのは、スージーの脅しによるものではまったくなかった。そういう類のことであれば、少なくともしばらくの間は、拒否しただろう。問題は――それを問題ととらえるならばだが――スージーの聡明さにあった。彼女の頭脳は、学がないにもかかわらず、回転が速い。彼女が確認しておくべき点があれば、まちがいなくペティケートよりもずっと早くそれに気づくのだ。だが、彼には考えが及んでいなかった難しい問題を見つけても、必要とされる期間中は偽物を演じ抜くという彼女の自信にまったく揺らぎがなかった。彼女に不安があるとすれば、それはペティケートに関するものだ――そしてペティケートに目を光らせておくことを彼自身に隠すつもりはまるでないらしく、明るくそう伝えた。

ペティケートは、いわば〝鎖の中の弱い環〟が自分自身だと言われたことに、少なからず気分を害していた。暗に彼が知的に劣っていると推定されているのが、当然ながら、彼には非常に腹立たしかった。ミス・スミスが自分の味方になってくれるだろうという、彼が推測していたふたりの関係性は、今にして思えば、あの食堂車での短い遭遇で得た第一印象に基づいていた。だが今のミス・スミスは、あのときの彼女とまったくちがう。一時的により高い世界へ――おそらくは、かつて彼女がその甘みを少しばかり吸ったことのある世界へ――移ったことが、彼女をがらりと変貌させた。しかも、羨ましいほどの自信を彼女に与えただけではない。彼女の頭の中まですっかり変えてしまったのだ。かわいそうなソニアは、彼女なりに実に鋭い女だった。その鋭さがなければ、あれだけのものを印刷機につぎ込むことなどできない。だがソニアには、この女のような人を動かす力はなかった。ミス・スージーが最終的に自分の視界から消える瞬間には、きっととてつもないほどの安堵感が訪れるだろうことは、徐々にペティケートの中ではっきりしてきた。

少なくとも、彼女はこの役割を演じるのに大乗り気らしい。

「例のサンジョルジョってところだけど」彼女は言った。「ソニアは今までにそこへ行ったことがあると思うかい？」

「わたしと一緒には行っていない。だが、きっと一度か二度行ったのだろう。もっと若いころには、ずいぶんと時間をかけてあちこちへ旅に出かけていたらしいから」

「なるほど。まあいいさ、そんなに大事なことじゃないから。そこでは何語で話をするんだい？」

「サンジョルジョか？　それはもちろん、イタリア語だ」

「イタリアの中にあるというわけ？　まあ、あたしも前に十日間ほど長距離バスで行ったことがあるけど。ソニアはイタリア語がしゃべれたのかい？」

「少しは。誰でも知っている程度だな」

「発音は悪かった？」

「ひどいものだった」ローマ人のしゃべるトスカーナ語ができると自負していたペティケートは、ソニアについてそう断言した。

「そう、じゃああたしもいくつかのフレーズを、ひどい発音で言えるようにしておくよ。ちょろいものさ、このアカデミア・ミネルヴァの一件は。けど、リスクはなくしておくに限るからね。幕が上がる寸前に飛行機で着いて、翌日はパリで先約があることにしよう。麗しのパリーでね」

ペティケートは顔をしかめた。

「パリーなんて言い方はよせ」彼は言った。「実に品が悪い――しかも時代遅れだ」

スージーはとても楽しそうだった。

「あら、あたしがそんなこと知らないとでも思ってるのかい？　でもあたしなら、あのレディー・エドワードのばあさんの前でパリーって言ったって、きっとお咎めなしだよ。こういうのは、どんと構えるのが肝心なんだ。何なら賭けようか？」

「そんな賭けなどしない。これは深刻な問題なのだぞ」

「ただのいたずらだよ、あんた。ものすごく規模の大きないたずらさ――だからこそ面白いんじゃないか。あんたがソニア・ウェイワードの小説を書いてたのは、あれだっていたずらじゃないのかい？」

「あれはれっきとした収入源なのだ」ペティケートは、経済的な現状はできるだけスージーに明かしておいたほうがいいと思った。だが同時に、彼女の言葉に衝撃を受けてもいた。急に年をとった気がして、衝撃を受けるとともに落ち込んでいた。実のところ、彼が『若さの欲するもの』を書いたのは、確かに少なくとも部分的にはいたずら心もあったからだ。だがそれは、最後まで持たなかった。書き始めた当初の気力は、これまでの恐怖や危機をすり抜けるうちに、すっかり枯渇してしまった。今は、ただ生き延びたいだけだ。そしてそれはすべて、まだあまりよく知らないこの女の肩にかかっているのだ。

「それで、そのジャレッティって男だけど」スージーが言っている。「これはまた別の問題だね、あたしの見たところ。一番手こずりそうだ」

「そう思うかね？」ペティケートはその推測に少なからず驚いた。「どうやら彼はソニアとはそれほど親しくはなかったようだが、彼女の話をするときは馬鹿みたいな熱の入れようなのだ。きみはやつが粘土をこねくり回す間、玉座というのか何というのか、ただ彼のアトリエの中央に座っていればいい。ほとんどしゃべる必要もないだろう」

スージーが首を振る。

「よく聞いてよ、あんた、もしあたしらがしくじるとしたら、きっとそのときだよ。そいつはソニアのどこを気に入ってたんだい？　彼女の外見なんていう大まかなものじゃないことは確かだ。あたしもやってたから、よく知ってる」

「やっていた？」ペティケートは混乱していた。

「モデルだよ、あんた。一時は結構やったものさ。全裸でね。それじゃなきゃ駄目だったんだよ、だってどの絵描きもあたしの臍の正確な位置にしか興味がなかったからね。何ともおかしな話だろう？いつかあんたにも見せてあげるよ」スージーはペティケートの不安そうな顔を見て、言葉を切ってほほ笑んだ。その笑みにあるのは優しさだけではなさそうで、彼女のそんな表情を見るのは初めてのことだった。「そう、臍を除けばあたしの体に何の興味も示さないんだ――言っておくけど、ほかの職業の紳士ならそんなことは絶対にないんだよ。あたしの臍だけ――いや、もう少し正確に言えば、ほんの少しずれただけですべてのバランスがすっかり変わってしまうという、臍の位置だけなんだ。今回のジャレッティもきっと同じはずさ。警察が指紋を見分けるように、あんたのソニアの頭はすぐにわかるんだと思う。騙すのは難しいよ、あたしが保証する」

ペティケートはしばらく黙っていた。あの彫刻の巨匠はたしか、ソニアのこめかみ辺りの骨がどうとか、何かそんな馬鹿げたことを言っていた。あれは芸術家がしょっちゅうやるような大げさな物言いではなかったのか。何せあの老ジャレッティは、恐ろしいほどの巨匠だ。ひょっとすると、本当にソニアのこめかみを、世界じゅうのほかのこめかみの中から見分けられるのかもしれない。ひょっとすると――ペティケートにはよくわからないが――スージーのこめかみとはまったくちがうのかもしれない。

「かなりの年寄りだがね、ジャレッティという男は」ペティケートの話し方は、あまり自信がなさそうだった。「ソニアをモデルにしたこの作品が、彼の最後の胸像になるかもしれないようなことを言っていた。自分で思うより、頭が鈍っているかもしれない」

「そうならいいけど。どのぐらいの期間が必要だと言ってるんだい？」

「それは訊いてある。同じようなものを作る場合、いつもなら一週間連続でやって、それで終わりだそうだ」

スージーはほかのことでは見せたことのない真剣な顔で考え込んだ。

「先送りしてもしょうがないだろうね」彼女は言った。「明日にでも始めよう。とにかく車で乗りつけて、ベルを鳴らすのさ。やってみる価値は」――スージーはめったに使わない表現が思い出せないかのように口をつぐんだ――「急襲することに、心理学的な価値はあるはずだ……さて、まずは一緒に皿を洗っちまおう」

ペティケートは文句ひとつ言わずに皿を洗った。その作業は、かなり感傷的に、以前の暮らしを思い起こさせた。ソニアが彼のことなど考えもせずに勝手にひとりで死んで、こんなことに巻き込まれる前のヨットでの暮らしを。

「そうだ」スージーは皿を片づけながら言った。「今度は車で行こうよ。ねえあんた、どんな車に乗ってるんだい？」

ペティケートはこの数年使ってきた、高評価を受けている移動手段の名前を告げた。

だがスージーは首を横に振った。

「新しいのに変えたほうがいい」彼女は言った。「アストン・マーチンさ。何よりも気品がものを言うんだからね」

第七章

チェルシーにあるジャレッティの自宅は、バタシーパークに面して川を見下ろしていた。いや、その晴れた秋の朝にペティケートとスージー・スミスが家の正面に着いたときには、その建物は何も見下ろしてはいなかった。川越しに見える景色はいつもと変わらない。が、最上階のふたつの窓を除いて鎧戸を下ろした建物は、まるでその眺めを見まいと目を閉じているかのようだ。

「ひょっとすると、出かけてるのかもしれないね」入口の階段に立つスージーは、まるでそれを期待しているかのように言った。ペティケートはスージーとの再会を果たしてから初めて、彼女が明らかに緊張しているのを見た。そのせいで彼自身までが不吉な気分になってくる。スージーは小さなへまを重ね始めたが最後、完全に自分を見失ってしまうだろう。だが、何も彼女がそうなると決まったわけではない。スージー・スミスの前にも、大勢の女優たちが悲惨な状態で舞台に上がったとたん、素晴らしい名演技を披露してきたではないか。それにこの場面で緊張するというのは、彼女の知性の鋭さを証明している。まちがいなく彼女の言うとおりだ――ペティケートは思い出しながら結論を出した――ジャレッティとの面会こそが最大の試練になるはずだと。

「もう一度呼び鈴を鳴らしてみてくれ」彼は言った。「ジャレッティ以外全員出払っていて、彼はアトリエに引っ込んでいるのかもしれない」

スージーはもう一度鳴らしてみた。その音は正面玄関のドアに何ひとつ変化を引き起こさなかったが、おそらく最上階の窓が乱暴に開いたのは呼び鈴の影響だと思われた。年老いた女がいくぶん怒ったように窓から顔を突き出した。

「呼んだかい《ア・レイ・キアマート》？」女が叫んだ。

「もちろん、呼んだとも」ペティケートは、訊くまでもなく明白だろうにと思った。さらに、こんなロンドンの街中《まちなか》でイタリア語を叫ぶ気にはなれなかった。「ミスター・ジャレッティはご在宅かね？」

「旦那様なら、もう出発したよ《イル・シニョール・エ・パルティート》。わたしらもすぐに発つんだ《パルティレーモ・プレスト》。自由、万歳《ビバ・ラ・リベルタ》！」女が両手を振った。かなり興奮した様子だ。

「家には誰もいないのかね？」

「ふたつめの階段だよ《ラ・スカラ・セコンダリア》」老婆は手で大きな輪を描いて見せてから、音を立てて窓を閉めた。

「なんと不作法な」ペティケートが言った。

「今の人、イタリア人なんだろう？　あたしたちみたいな礼儀は、はなから期待できやしないよ」スージーはその考えをあくまでも平和的に提示した。「でも、何て言ってたのさ？」

「どうやら建物の裏にある、別の階段を探せということらしい」

「じゃあ、裏へ回ってみよう。馬屋か何かにアトリエがあるのかもしれない」スージーは通りの奥へ目を向けた。「あっちじゃないかな」

その推理は正しかった。家の裏には、おそらくかつては馬車や馬や御者のための小屋だったと思われる建物があった。今は金をかけて芸術家らしく改造してある――もっとも、手を加えたのはずいぶん前のようで、おそらくジャレッティが巨匠と認められる前の、まだ注目され始めたころのことだろう。

「あそこだ」ペティケートは、上階の開口部からクレーンのようなものが突き出ているのを指さした。「きっとあれを使って大理石のかたまりを中に引き上げるのだろう」

「どこからも入れそうにないけど」スージーは建物をじっくり観察した。「ああ、あれだね——あの外階段をのぼればいいんだ。最上階まで続いてるよ」

ふたりは階段をのぼり、半開きになったドアの前に到着した。呼び鈴もノッカーもなかったが、ドアの中央についている小さな色あせた真鍮のプレートに〈ジャレッティ〉と書いてある。ペティケートは扉を叩いたが、中でかすかな音や人が動く気配はするものの、返事はない。

「入っちゃおうよ」スージーが言った。先ほどまでの緊張は、かなりほぐれてきたようだ。「この状況は、入ってくれってことだよ——あんたもそう思うだろう?」

ふたりが入ってみると、すぐ中には壁のないギャラリーが広がっていた。階下の広いアトリエを見下ろせるようになっており、北向きの大きな天窓から冷たく澄んだ光が差し込んでいる。カーテン、タペストリー、それに丸めた絨毯は、かなりの高級品と見てとれるが、アトリエ全体はまさに撤収作業の真っ最中なのがわかった。一方の壁に梱包用の箱が並んでいるのは、床に積んである大型や中型のブロンズ像を収納するためのものだろう。見たところ、いくつかの大理石のかたまりを除いて、部屋の中身はすべて運び出すつもりらしい。残されたその大理石は、あまりに巨大で形がいびつだったため、まるで地震の振動でアトリエの床を突き破って隆起した、地質学的現象の痕跡のようだ。あるいは、部屋じゅうに冷たい雰囲気を充満させている点では、氷山を思わせた。だが実際には、まったく寒くない。むしろ、部屋の中は暑いほどだ。

アトリエの一番奥には、大きなストーブがある。火がついており、大きな炎が赤々と燃えている。どうりで暑いわけだ。ストーブに火がついているのは、あくまでも山のような雑多な不用品を大急ぎで処分するのが目的なのだろうとペティケートは思った。困惑しながらその結論を受け入れていたところへ、彼のすぐ下のほうからカランという音が聞こえ、ギャラリーの下から若者が姿を現した。ゴミを積み上げた手押し車を押しているところだったが、ほんの一瞬、全裸ではないかと思われた。ペティケートは――それに、嬉しそうに小さな悲鳴をあげたスージーも――黄金色の胴体と滑らかな肌の下で波打つ筋肉に目を奪われ、ようやくその持ち主がごくごく小さなショーツを穿いていることがわかった。

「こんにちは！」スージーが声をかける。「そちらへ降りて行ってもかまわないかしら？」

若者は手押し車のハンドルから手を放し、振り向いてギャラリーを見上げた。

「ああ、ミセス・ペティケートじゃありませんか――これは嬉しい驚きです！」若者は一瞬の躊躇もなく歓迎を露わにした後、ミセス・ペティケートの夫のほうを向いて、少しかしこまった、だが気さくで気持ちのいい態度で挨拶をした。「こんにちは、大佐。ご存じないと思いますが、ぼくはティミー・ジャレッティと言います。ようこそおいでくださいました。どうぞこちらへ降りていらしてください」

ふたりは中階段を見つけ、降りていった。ペティケートは、唐突に自身の『若さの欲するもの』の世界の中に飛び込んでしまったことにかなり動揺しており、何かにつかまって歩きたい気持ちをかろうじて抑えていた。この若者の存在は完全に忘れていた。きっと小説家として現実世界のジャレッティ親子を観察する中で、ソニアはこの若者とも親しくなったのだろう。なるほど、彼女がティミーを観察したとき、彼は全裸だったのかもしれない。ペティケートは、もしかするとティミーにはおぞましい露出症の気質があるのではないかと思った。

「こんな格好で失礼します」ティミーは魅惑的な笑みを浮かべ、壁のそばに倒れていた椅子を引き寄せて手のひらで埃を払い、スージーに勧めた。「実を言うと、いろいろな物を移動させていたのですが、そんなときにはつい癖で」彼はペティケートに顔を向けた。「まさかと思いますが」彼は何気なく尋ねた。「質のいい五トンのカララ大理石にはご興味ありませんか？　何年後かの備えとして――その、どなたか叔母さんや叔父さんが亡くなられた際にすぐに使えるように」

スージーはそれを聞いて遠慮なく笑った。「ティミーったら」――彼の裸の上腕を気安く叩くのを見て、ペティケートの血が凍りついた――「本当におかしなことを言うわね」

「おわかりだろうが、われわれはあなたのお父上に会いに来たのだ」ペティケートはきちんと礼儀を維持しつつ、すぐに用件に移りたいのだと伝えようとした。「妻の胸像を作るのに、モデルをする日にちを決めなければならないのでね。あなたもお聞きだろう」

「ああ、ええ――もちろん」一瞬、ティミー・ジャレッティはどうしていいかわからないように見えた。「父はとても楽しみにしていました、本当にとても。きっと父は」――ティミーは躊躇した後、明らかに父方の国の言語から言葉を選んだ――「きっと父は寂《デソラート》しく思うでしょう。もしや、まだお聞きになっていないのではありませんか？」

「聞く？」ペティケートの動揺が激しくなった。ティミーの言葉や態度は、ペティケートの頭に真っ先に浮かんだ考えと一致しない。つまり、偉大なる彫刻家が亡くなったのではないかということだ。

「サンジョルジョの革命のことです、大佐。もちろん、お聞きになっていなくても無理はありません。新聞に書きたてられていると言っても、さほど大きくはありません。ですが父にとっては、人生最大の事件なのです。何年も革命のために力を注いできましたから」

「まあ、なんて素敵なんでしょう！」息を呑んだスージーの言葉は、称賛と歓喜にあふれていた。インド系イギリス人としての背景から、共和制への情熱が思いがけずかき立てられたらしい。

「父はもう何年も、革命の地下組織に大金を送り続けてきたのです。それが今、実を結んだのですよ。父は昨夜のうちに飛行機でサンジョルジョへ向かいました。この家に残っている者もみな――もちろん、ほとんどがイタリア人なのですが――今日出発します。でも、ぼくは残ります。ぼくはもう気持ちとしては、純粋なイギリス人ですからね。それに実を言えば、もうすぐイギリス人の娘と結婚する予定なんです」

「それはおめでとう」困惑する状況に直面しても、いつもの礼儀正しい振る舞いはエティケートを裏切ることはなかった。「それにお父上が行かれれば、まちがいなく――その――反逆者たちを落ち着かせることができるだろう。いや、悪い意味で言っているのではない」

ティミー・ジャレッティが笑った。「ですが、大佐、彼らはもう反逆者ではないのですよ。革命が大成功を納めたことは確実で、主導者たちはしっかりと権力の座に着いているのです。父は、もちろん、初代大統領となります」

「まあ、なんて素晴らしいの！」スージーがますます熱を帯びてきた。「そうなっても昔馴染みの友人に会ってくださるかしら？　フォリオットと一緒に、素敵なお国サンジョルジョの大統領とお食事できたらどれほど嬉しいか！　そうでしょう、あなた？」

「ああ――まちがいなく」ペティケートは、何が何でもスージーをここから連れ出さねばと考えていた。「だが、この状況では」と彼は話を続けた。「お父上が切望していたソニアの胸像制作はしばらく延期せざるを得まいね?」

「ええ、そうですね」ティミー・ジャレッティの美しい顔に、再びかすかな気まずさが混じった。「実を言いますと――それは決定です。お約束を破る形になって申し訳ありません。ですが、これは父にとって宗教上の――いえ、宗教に匹敵するほどの――重要な問題なのです。事実、父は一種の誓いを立てていたのです。一世紀にわたる独裁政治からサンジョルジョが解放されたあかつきには、必ず感謝を捧げると。残された人生のすべては、今回の革命の英雄たちを記念する巨大な彫像の制作に懸けるそうです。それはそれは巨大な作品になります。大理石ならすぐに手に入りますから。父が懸命に石を削っている姿が目に浮かびますよ! たぶんぼくも時々手を貸しに行くことになると思います。実はいい運動になるんです、ボートが漕げない季節には」

「とても、とっても残念だわ」スージーが言った。「でも、常々あなたのお父様は素敵な方だと思っていたのよ。それに――言わせていただくわね、ティミー、フォリオットは気にしないと思うから。あなたのことも素敵だと思っているわ」

ペティケート夫妻は――そう呼ぶのがふさわしいと思われた――ほとんど無言のまま、スニッグズ・グリーンへ向かった。ペティケート自身は、今回の遠征の思いがけない結果がスージー・スミスの中に感情の葛藤を引き起こしていることに気づいていた。彼とちがって、スージーはほっとしているようだ。だが同時に、これも彼とはまったくちがって、スージーはがっかりもしていた。結局のところ、ふたりの性格のちがいなのだ。どこまでも合理的で分別のあるペティケートは、不必要なリスクは避けるべきと考えている。何と言っても、避けられないリスクだけでも手に余るほど悩まされているのだから。だがミス・スミスは——疑いの余地もなく——詐欺師であり、あの偉大なジャレッティのアトリエに立ったとき、自分は最高の檜舞台でもその役目をやり遂げる運命にあると確信していた。アカデミア・ミネルヴァという場で役を演じれば歓喜を味わうことはできるだろう。だが同時に、そちらの関門のほうが易しいだけに、それほどの満足感は得られそうにないと考えているのだ。

ペティケートの考え方は彼女とはまったくちがっていたものの、彼もまた——非常に曖昧ながら——確かに不満を抱いていた。自分を取り巻く混乱を極めていた状況は、実に着々と解決に向かっているというのに、不満を抱くなど不可解なはずだ。ヘンワイフ夫妻は、まったく危険な存在ではなくなった。彼らの脅威は思いがけず崩れ去った——しかも、偽のミセス・ペティケートと対峙することもないままに。さらに今度のジャレッティも同じことだ。ペティケートの周りの景色は、急速に霧が晴れつつある。それでもまだ——自分でもどういう理由かはわからないが——それを完全には喜べないでいた。

スージーがこの機会にどうしてもマーカスとドミニクに会いたいというので、ふたりはオックスフォードで昼食をとった。子どもたちの話をする彼女の口ぶりは——本心からどうしても彼らに会いたがっているようだった——まるで折りに触れて懐かしそうに思い出す遠い過去の断片について語っているように聞こえた。ペティケートはばかばかしいと思い、当然ながらイーストモア通りに一緒に行こうとは言わなかった——ほんの短期間だけミセス・ペティケートとして華やかに装う喜びに浸っている最中にあそこへ戻るなど、その疑いたくなるようなセンスに驚愕した。だが苦労の後においしい昼食を食べるのも悪くないと感じ、食後はミス・スミスがひとりで退屈な用事を済ませる間、静かに葉巻を楽しめると思った。子どもたちの両親に対して、突然舞い込んだ人目を引くほどの運命の変わりようをどう説明するつもりなのだろうかと考えた。それに、今の冒険が終了した後は、五百ポンドの収入を懐に、これまでどおりにあそこでの暮らしに戻るつもりなのだろうかとも。

少なくとも食事そのものは満足のいくものだった――ただし、驚くことにスージーがふたりの立場を完全に無視するように、彼が何を食べたり飲んだりするべきか、控えるべきかと、あれこれ気遣うような口出しをしなければもっと満足できただろう。彼女が一時間の別行動に出かけたときには、肩の重荷が一気に下りた気がした。とは言え、心配が消えたわけではない。彼女の肉体――ペティケートがひどい嫌悪感を覚える、あの豊満な肉体――はそばになくとも、彼女が頭を悩ませる問題であることに変わりなかった。スージー・スミスの中には、抑え込んだ母性本能と、欲望にまかせて一切抑制しない陽気な母性本能が同居しているように思えた。その組み合わせは、彼には奇妙で不愉快でしかなかった。

ふたりはティータイムまでに帰宅した。スージーは村に立ち寄ってパン屋へ行きたいと言い張った。車の中で待つペティケートには、カウンターの奥のパン屋の奥さんと楽しそうにおしゃべりに興じるスージーの姿が見えた。ミセス・フォリオット・ペティケートになりきるという意味では、それほど大事な場面とは言えない。だが車に戻って来たスージーは、ひどく嬉しそうだった。ペティケートとの間の座席に紙袋を置いた。

「今日食べる分のクランペットだよ」彼女は言った。「それから、明日の分のマフィン」

ペティケートは不満そうに聞いていた。

「好きにすればいい」エンジンをかけながら低い声で言う。「わたしはティータイムにはショートブレッド・ビスケットしか食べないのだ」

「じゃあ、ちょっと待って」スージーはあっという間に車を飛び出し――今度は比較的すぐに缶を持って戻って来た。「エジンバラ製なんだって」彼女は言った。「あたし、前に住んでたことがあるんだよ。素敵な少佐と一緒にね。どこのショートブレッドがおいしいのか、そのときに覚えた。アレックスも――あたしの少佐の名前さ――これが大好きだったんだよ」

このつまらない思い出話に、ペティケートはひと言も返さなかった。自分の苛立ちの性質が変わってきていることに気づいた。今はむしろ、悪い予感がすると言ったほうが近い気がした。


そんな気持ちを抱いていたからこそ、ペティケートはティータイムの紅茶を飲み終え、口髭についていたショートブレッドの粉を拭き取るや否や、電話機を引き寄せてウェッジに連絡したのだった。結局まだ残っている危機は、あと一件だけだ。早く手を打ったほうがいい。ソニア・ウェイワードは授賞式に姿を現さなければならない。その後は――ペティケートが前回の経験を活かして、今度こそ巧妙に計画を準備すればだが――ソニアの物理的存在は、その創造力あふれる頭脳は別として、消滅する。永遠に。言い換えるなら、あのうんざりするようなスージー・スミスはあちらへ、ペティケート自身はポータブル式のタイプライターを持ってこちらへ、道を分かつことができるのだ。小説を書くのはひどく退屈な作業だ。だが世界のどこかで、物価が安くても暮らしやすいどこかでひとりきりで生きていくなら、この奇妙な将来の飯の種にそう何度も苦しめられずにすむだろう。

助手の長々としたくだらない話に腹を立てているうちに、ようやく電話がつながった。

「ウェッジか？　ペティケートだ」

「ああ……きみか」

　礼儀にかなった答えとは言えない気がしたが、ペティケートはどうにか丁寧に話を続けた。

「ちょっと知らせたいことがあってね。ソニアが帰って来たよ」

「それで？」

「聞こえたかい？」彼は尋ねた。「別の回線でつなぎ直してもらおうか？　ソニアが帰って来たと言ったんだ」

「はっきりと聞こえているよ。ソニアが帰って来たと言ったのだろう。それがどうかしたのか？」

　今度こそ、ペティケートは本気で不安になった。ウェッジの声にはどこかおかしな響きがあるものの、郵政大臣のせいでは決してない（当時国営だったイギリスの電話事業は郵政局の管轄だった）。

「何を言ってるんだ、ウェッジ――あの賞の話だよ。ゴールデン・ナイチンゲールだか何だかいう名前の。これでようやく授賞式に出る相談ができる」

　その言葉に、はっきりとした返事はなかった。ただ、ペティケートが思わず頭をひねるような音だけは聞こえた。

「今のは何だ？」彼は尋ねた。

「今のが何かって？　怒りの雄叫びだよ、ペティケート。今度は歯ぎしりをしているぞ、聞こえないか？」

「おいおい、ふざけないでくれ」ペティケートは自信なさそうに言った。ウェッジが著しく不機嫌なことはまちがいない。

「ふざける？　ふざけてるのはわたしじゃない、きみのほうだろう。サンジョルジョで革命が起きたことは聞いてないのか？　もう賞などなければ、アカデミア・ミネルヴァもない。解体されたのだ。どっちにしても、何もかもやつらの腐ったカジノやら何やらの宣伝活動に過ぎなかったのだ、そうだろう？　そして高尚な新政府には、そんなものは必要ないのだ」

「だが、こんなのは理不尽じゃないか！」ペティケート自身まで何を言っているのかわけがわからなくなってきた。「あの国の新しい大統領は誰だ？　かのジャレッティ本人だぞ。妻の本の大ファンじゃないか」

「たわ言だ、ペティケート。それを言うなら、奥さんの骨格の、だろう――第一、今はそんなものに頭を使っている暇などないはずだ。まさかジャレッティほどの芸術家が――あんた自身が認めるほどの教養ある方が――ソニアのつまらない本など本気で称賛すると思うか？　あまりに馬鹿げた考えだ。ちなみに、わたしが『若さの欲するもの』をどれだけ刷ったか、あんたに見当がつくか？　この茶番が中止になったせいで、どれだけの赤字を被ることになるか、見当がつくか？　破産は免れたとしても、破産したも同然の損害だ」

　このような攻撃を受けて、ペティケートはしばらく言葉を失っていた。頭の中は、ひどく惨めに混乱している。ウェッジの主張のほとんどは、こうして考えてみれば、言われるまでもなく自分で論理的に推測できることばかりだった。だが何より判断に困っているのは、これをいい知らせと取るか、悪い知らせと取るかだ。一方では、かなり多額の金を失うだろう。だがもう一方では、彼の身の周りに残っていた最後の危機が――つまりは、妻を甦らせたと見せかけなくてはならない唯一の理由が――これによって崩壊し、消滅したことになる。そう思ったとたん、言葉が出てきた。

「だが、教えてくれ」彼は言った――自分自身でも支離滅裂だとわかっていながら続けた。「教えてくれ、ウェッジ――ソニアのことは、どうすればいい？」

「どうすればいいかって？ きみ、何を言ってるんだ――どうとでもすればいい。また荷物をまとめてバミューダへでもどこへでも送り出せばいい。『若さの欲するもの』を見る限り、きみたちの素敵なスニッグズ・グリーンで暮らしていたときより、外に出て書いたほうがよほど出来がいいようだからな」ウェッジの声から不機嫌さはまったく消えていない。「どこかに南の島をひとつ、彼女のために買ってやるといい。それできみが例のヨットで年に一度、最新の原稿を回収しに行けばいいんだ。それはそうと、印税のスライド制を変える件は再考しなくてはならないな。では」


ペティケートは受話器を戻して書斎から出ると、夢遊病患者のように客間へ歩いていった――そこはスージー・スミスが使っていた。紅茶を片づけ終わり、暖炉のそばに座っている。編み物をしながら。


何よりもペティケートの心を沈ませたのは、どういうわけか、その編み物だったのかもしれない。スージーはまるで、彼が処刑場へ向かう移送馬車に乗せられてやって来るのを見ようと待ち構えている編み物女《トリコトゥーズ》（フランス革命時に公開処刑のギロチンのそばに座って平然と編み物を続けていた女たちのこと）に見えた。

「ウェッジと電話で話してきた」彼は言った。「サンジョルジョの一件は中止だ。革命で何もかも無に戻った」

「あたしたち、あそこに行かなくなったってこと？」

「そのとおり。当然あそこには行かない」

「でも、なんて残念だろうね！」スージーは完全に動揺していた。「ソニア・ウェイワードになりきって、大公様から賞をもらう楽しみが、革命なんかのために全部流れちゃったなんてさ！　楽しみにしてたんだよ、あたし、本当に。それにあんただって、大公様一族と仲良くできるのを待ち望んでたじゃないか」ほんのしばらく、そして初めて、スージーは心の底から落胆して見えた。だがすぐに顔をきらめかせて、編み物を膝に置いた。「かまわないさ」彼女は言った。「景気づけと行こうよ、あんた。パーティーを開くんだ」

「パーティーだと？」パティケートは困惑するばかりだった。

「お酒を振る舞うのさ。電話するだけでみんな集まるよ。最初はオーガスタだね」

「オーガスタ？」ペティケートには誰のことだかさっぱりわからなかった。

「旧姓、ゲール・ウォーニング。オーガスタ・ゴトロップのことだよ。それに、レディー・エドワードも来てくれるかな？　ほかにも何人か声をかけるから、その人たちについて前もっていろいろ教えてちょうだい。あたしたちにとって新たに大きないたずらができたね」

ペティケートはほとんど顔から血の気が失せた。「言わせてもらうが――」彼は言いかけた。

「でも、もうひとつやらなきゃならないことがあるね――郵便屋さんが行っちゃう前に。『タイムズ』に載せる広告だよ」

「『タイムズ』の広告？」無意識のうちにペティケートはハンカチを引っぱり出して、眉の汗を拭っていた。

「使用人の募集だよ。このままずっとあたしたちでお手伝いさんの真似事はしてられないからね、あんた」

「いや、それでもかまわないんだ——きみがここに滞在する予定の二、三週間ぐらいなら。だが今の状況だと、きみとの契約は」——ペティケートはその言葉をはっきりと発音した——「実質的にすでに終了している。考えてみれば、きみは初めからまったく必要なかったのだ」彼は誠意のこもっていない、憎らしいような笑い声を上げた。「すべて勝手に崩れたからな——初めはヘンワイフ夫妻、それからジャレッティやらサンジョルジョやらの一件——わたしにはきみを創り出す必要などなかったのだ」

彼女は面白そうに彼を見ていた。

「でもね、あんたはあたしを創り出したんだ」

「そうだな、もちろんそうだとも」ペティケートは一見親切そうな答えを異様なほどねじ曲げた。「きみは実によくやってくれたし、きっとこのまま素晴らしい演技を続けてくれていたことだろう、まちがいなく。だが、終わったのだ。約束の五百ポンドは明日渡そう」

一瞬スージーは彼の言葉を真剣に考えているようだった。それから編み物を再開した。

「もちろん、契約ではそうなってたね、あんた。でも、いやだよ。あたしはいや。あんたの元を離れるなんて——今はまだね。何も、ここでの暮らしが快適そうだからってだけじゃないんだ」スージーは編み物の手を止めて間を空け、部屋の中をうっとりと見回した。「本当に素敵なところだね。ここの気品の良さは、あたしにぴったり合うんだ、見てわかるだろう。それに、二階のあの部屋もますます気に入りそうだよ——あんたの隣の寝室のことさ——出窓をつけ終わったらね。でも、今はそんなことは関係ない。本当の理由は、あたしがあんたと離れたくないってことなんだ」スージーはまた間を置いた——今度は心から誠意のこもった目でペティケートを見つめるための間だ。「確かに、あんたには見下げた卑怯者の一面もある。それは否定できない。でもね、あたしはあんたが気に入ってるんだよ」

　その発言の大半を、ペティケートはまるで迫り来る身の破滅を前にして体が凍りついて動けないかのように、立ち尽くして聞いていた。だが今、ようやく口を開けるようになった。

「まさかきみはわたしもそうだと――」

「第一、困るのはそっちだよ、あんた。困らないと思ってるんだろうけど、絶対に困るんだよ。ソニア・ウェイワードのいない――妻として寝食を共にする、生きた生身のソニア・ウェイワードのいない――フォリオット・ペティケートなんて、何の価値もないんだ。すぐに転落が始まるよ、あんた。きっと一年もしないうちに、ずいぶんと下の方まで転がり落ちちまうだろう」

　長い沈黙が流れた。たった今聞かされた発言による真の混乱が一層深まったのは、運命を握るこの女の言葉には、恐ろしいことに一抹の真実が含まれていると、ペティケートが心のどこかで知っているからだ。

「きみは本気で信じているのか？」彼は弱々しいながら、皮肉を込めて尋ねた。「ソニアに取って替わられると、それも永遠に。きっと彼女の小説もきみが書くつもりなのだろう？」

　スージーは無邪気に笑った。

「それが誰の役目かは、よく知ってるはずだよ、あんた。ついでに言うとね、あんたなら年に二冊は書けると思うんだ。少なくとも、当分の間は。簡単なことさ――そうだろう？――毎日決まった時間を執筆に費やせばいいんだ。やるだけの価値はあるよ。ほら、あのアストン・マーナンだって、すぐに手に入るさ。さてと、オーガスタに電話をかけて来よう」

そう言ってスージーは立ち上がり、部屋を出て行った。ペティケートはそれを見送った。彼女のその動作をもって、どういうわけか、この話は避けられないものとして調印されたのだ。彼女はまちがいなく――誰にも一瞬たりとも疑う余地はない――この家にずっと君臨し続けてきた女主人その人だった。力なく、反抗することもできずに、ペティケートは椅子にぐったりと座り込んだ。彼の残りの人生はすべて、もうひとつの意味をもつことになったのだとわかった――新しいソニア・ウェイワードの陰で怯えながら生きることに。

訳者あとがき

イギリスのことわざに「自尊心は悪魔の庭に咲く花だ」というものがある。古来、高すぎる自尊心を傷つけられた人間が、何かの弾みに人の道を外れて転落する物語はいくらでもある。自分はこんなところにいるような人間ではない、自分の能力はもっと認められて当然のはずだ、他人はもっと自分に尊敬と敬意を払うべきだと思えば思うほど、現状とのギャップがいつしか歪んだ力を蓄積させていく。本作の主人公、ペティケート大佐の最大の欠点は、そのプライドの高さと言えるだろう。年上で裕福な女流ロマンス作家のソニアと結婚すると同時に陸軍の軍医を退役した後は、彼女のおかげで何不自由なく暮らしている。〝ミセス・ペティケート〟ではなく、作家の〝ソニア・ウェイワード〟として名の知れた妻のおかげで、彼もまた〝ペティケート大佐〟ではなく〝ソニア・ウェイワードの夫〟と認識されるようになってしまった。しかも、作家である妻よりも文学的教養が深く、元をたどればそれなりの家柄の出身であるにもかかわらずだ。幸せなはずの夫婦の日常の中で、本人も気づかないうちに少しずつ積もっていた不満や鬱屈が、本著の冒頭、妻が突然死んだことから思わぬ展開を見せる。そしてここからペティケートの本当の苦悩の日々が始まるのだ。

作者のマイケル・イネス（一九〇六〜一九八六）は英文学者であり、本作にも出てくるオックスフォードで学び、オーストラリアのアデレード大学で英文学の教鞭を取っているときに最初のミステリ小説を書いた。戦後イギリスに戻り、最終的にオックスフォードで大学教授となるが、その間に研究者として本名のジョン・イネス・マッキントッシュ・スチュワート名義で主に英文学関連の著書を発表する傍ら、〝マイケル・イネス〟名義でミステリ小説も多数書いている。アプルビイ警部シリーズが特に有名ではあるが、本作も、H・R・F・キーティング編『海外ミステリ名作一〇〇選』（一九九二年・早川書房）に選ばれている。

本作を読まれた方には、大変申し訳ないことに、訳注の多さが目についたのではないだろうか。ペティケート大佐には何かにつけて発言の中に英文学的な知識を盛り込む癖があり、文中に小説家、詩人、劇作家などの名前が出てきた際には、登場人物と混同しないためにも訳注を入れさせていただいたからだ（訳注を入れるまでもなく、即座にお分かりいただけた方には、さらに申し訳ないことだ）。訳注のあるもの、ないものを合わせれば六十前後の作家や作品名、引用文などが出て来るのではないだろうか。自身もイギリス文学の研究者であったイネスの経歴を思い出していただければ、これは教養をひけらかすペティケートの性格というより、イネスにとっては息を吐くようにごく自然に出てきてしまうのかもしれない。

なお、本書百二十九ページの、ウェッジからペティケートに宛てた電報部分に、実在する人名が羅列されているが、文中に訳注を入れると煩しくなるため省略した。挙げられていた人物は順に次の通り。

アーネスト・ヘミングウェイ……一八九九〜一九六一。アメリカの小説家。
エドワード・モーガン・フォースター……一八七九〜一九七〇。イギリスの小説家。
キングスリー・エイミス……一九二二〜一九九五。イギリスの小説家。

ジャン＝ポール・サルトル……一九〇五～一九八〇。フランスの哲学者・小説家。

マルセル・プルースト……一八七一～一九二二。フランスの作家。

アルベルト・モラヴィア……一九〇七～一九九〇。イタリアの小説家。

ボリス・パステルナーク……一八九〇～一九六〇。現在のロシアの小説家・詩人。

チャールズ・パーシー・スノー男爵……一九〇五～一九八〇。イギリスの物理学者・小説家。

ロバート・フロスト……一八七四～一九六三。アメリカの詩人。

“Penguin Crime” The New Sonia Wayward
(1964,Penguin Books)

さて、本著の原題は“The New Sonia Wayward”であるが、最後まで読んでいただいた方にはそのふたつの意味がおわかりいただけたと思う。まだお読みでない方にはあまり明かしすぎてはいけないが、ひとつめには、“ソニア・ウェイワード”著のロマンス小説の新作《ニュー》という意味。ソニアの書く大衆向けロマンス小説と比べ、自分はより高尚な文学作品の知識に長けていると自負するペティケートにも、この“新作”によってソニアの別の側面が見えてくる。そしてふたつめには、“甦った《ニュー》”妻のソニアという意味。ペティケートにとっては、両方の意味での“The New Sonia Wayward”が、今後も彼の自尊心を傷つけ続ける存在となるのだろう。

もうひとつ本文中に訳注を入れるのが難しかったため、こちらでひと言付け加えさせていただきたい点がある。

本書六十六ページに、スージー・スミスという女性がペティケートを〝ヘンリー・ヒギンズ〟なる紳士と人まちがいをするくだりがある。補足するまでもなくお気づきの方も多いと思われるが、これは後にハリウッド映画にもなったミュージカル舞台『マイ・フェア・レディ』（一九五六年初演）、またその原作の『ピグマリオン』（バーナード・ショー作。一九一三年初演）に出てくるヒギンズ教授の名を意図的に使っていると思われる。言語学者のヒギンズ教授が、訛りのひどい花売り娘イライザに正しいクイーンズ・イングリッシュを徹底的に叩き込んで、社交界に通用するレディに仕立て上げる、お馴染みのストーリーだ。スージーが感情にまかせて「ヘンリー・ヒギンズ！」と呼ぼうとして、思わずコックニー訛り特有の〝H〟が抜ける発音で「エンリー・イギンズ！」と言ってしまう。これは訓練前のイライザも同じだった。イライザのように、はたしてスージーもレディになれるのか。育ちの悪い女が、王族の御前に出るまでに変身できるのか。ふたりの女のイメージを重ねさせるために、イネスは〝エンリー・イギンズ〟の名前を入れたのではないだろうか。

恥ずかしながら、イネスの織り交ぜたこのような英文学のウィットのすべてを掌握し、訳文や訳注の中に反映しきれたかどうかは定かではないが、多いと感じられる訳注を〝煩わしい〟と思わず、少しでも関心を持って元となった作者や作品にまで興味の広がるような箇所があったとすれば、訳者として、また英文学に親しむ者として喜ばしい限りだ。

『ソニア・ウェイワードの帰還』を読んで

谷口年史（ＳＲの会）

今は昔、江戸川乱歩は『幻影城』でマイケル・イネスのことを「イギリス新本格派」の一人として紹介した。確かに、イネスの初期の作品は本格物が多いが、わりと早い段階から寄り道をするようになり、『海から来た男』や『オペレーション・パックス』のような冒険・サスペンス物、『見え透いた嘘』のようなユーモア物、そして『キャンドルシューのクリスマス』のようなお伽噺風のものと、なかなか多彩な作風を展開していく。そして、後年になると文章も初期のものよりは柔らかくなるのである。もっとも、そうだからといって読み易かったり訳し易かったりするわけではないのだが。

ただ、ミステリというものは徹底した作り物の面白さこそが本領である。小説の中にまで浮世の茶飯事や時事問題を持ち込んで欲しくない。その点、マイケル・イネスは俗世間から超越しているというか、この『ソニア・ウェイワードの帰還』が発表された一九六〇年、世界はどんなことになっていたか、振り返ってみると……

先年、お亡くなりになったキューバのカストロ氏が国内にある全ての銀行と大企業を国有化すると発表。アメリカのアイゼンハワー大統領は医薬品と食料を除いてキューバに対する輸出を禁止する。

それに対してカストロは「キューバにあるアメリカ人の財産と事業を没収する」と威嚇。

一方、ソビエトは地対空ミサイルでアメリカの偵察機を撃墜し、ＣＩＡ要員でもあったパイロットを捕虜にした。これによりアメリカはソ連領空で偵察活動をしていたことを認め、予定されていたアイゼンハワーとフルシチョフのパリでの会談は中止になった。

「西半球での共産主義国家は認めない」というアイゼンハワーにフルシチョフは「キューバを守るためならソ連のロケット弾を使う」と恫喝した。アメリカは「キューバがソビエトから大量の武器を供与されている」と非難する。

日本では反米デモが三週間続き、予定されていたアイゼンハワー大統領の日本訪問が中止になった。日米安保条約の改定で大もめになったのがこの年。ちなみに社会党の浅沼稲次郎委員長が山口二矢に刺殺されたのも同じ年である。

そしてケネディが大統領に当選し、フランスが核実験に成功した。

なかなか波乱万丈の年だったのである。

この目まぐるしい時期に書かれたイネスの作品というのは一言で言えば——

長閑《のどか》だ。

あらゆる世俗の争いには係わることなく、マイケル・イネスはマイペースで小説を書いていたのであった。

この年、ミステリの世界ではアガサ・クリスティーもエラリー・クイーンも新作を出していない。ただ、ドナルド・E・ウエストレイクが『やとわれた男』を発表し、ロス・マクドナルドが前年に『ギャルトン事件』を、翌年に『ウィチャリー家の女』を発表している。さらに忘れてはならないのが、映画の世界ではアルフレッド・ヒッチコックがこの年に「サイコ」を作っているのである。

このような時代背景の下に刊行されたこの『ソニア・ウェイワードの帰還』なのだが……

この物語の主人公は小さい。とてつもなく小さい人物である。いえいえ、小柄な人なのではない。人間として小さいのである。小心者なのだ。

小説家の奥さんに頼って生きてきた。要するにヒモである。同じヒモでも女に貢がせるような悪い奴ならまだマシなのだが、このペティケートという退役軍医は流行作家の奥さん、ソニア・ウェイワードに依存しなければ生活ができないのである。女に貢がせる甲斐性もない。極めつけの小物である。この小心者の小さな犯罪が膨らんでいくわけだが、発端もこれまた小さい。

冒頭でいきなりソニア・ウェイワードは死んでいる。新作さえ発表すればお金は入ってくるのだから「宵越しの銭は持たない」タイプのソニアはかなりの浪費家だったようで、さらに亭主のペティケートもこのタイプの旦那によくある放蕩三昧を絵に描いたような暮らしをしてきたようだ。

妻が死んで収入の道が絶たれると慌てたペティケートは死体を海に捨てるわけだが、ここで「?」と思う人がいるだろう。

小説を書いてそれが売れていたのなら、旧作の印税も入るはず。夫ならそれを相続できるから何も心配することはないのではないか。このような疑問を持つ読者もおられよう。

では、どういうことなのか。

この辺りは小説の行間を読むしかないのだが、ソニアが書いていたのは、一時期わが国でも流行った「ハーレクイン・ロマンス」のようなものだったと推測される。つまり、一回刷ったらそれで終わりで、おそらく再版はされない。よく売れたら同じ作品を重ねて出すのではなく、似たような話の別の作品（新作）を書いて出すわけだ。要するに、読み捨ての小説である。

ソニア・ウェイワードは俗受けする読み捨ての小説を量産していたということだ。だから死んでしまうともう金は入ってこない。稼いだ金はすべて贅沢な暮らしに投入していたから蓄えはない。そりゃあ旦那は慌てますわな。


しかし、それにしても、いくら妻の死を隠したいからといって、いきなり海に捨ててしまうというのは、何かを壊した子供がそれを隠してしまうのと同じで、ここに主人公が持つ一種の幼児性が描かれている。都合の悪いことはとにかく隠そうというメンタリティ。

で、ここからがユニークなのだが、主人公は金がほしいから妻が書きかけていた小説を完成させようとする。つまり自分で続きを書くわけだ。ここに至って、この小心者の隠れた才能が出てくる。何と、ちゃんと小説が書けるのである。しかも妻のソニアが書いていたものよりレベルが高いようだ。これまた、とんだところで主人公が潜在的に持っていた才能が顕在化されたわけだが、世の中はそう上手くは進まない。


普通、小説は「起承転結」が基本と学校でも教わるが、この作品は「起承転転結」である。

起　突然の妻の死をどう隠すか。そのための努力とその過程で明らかになる主人公の文才。

承　主人公は基本的にマヌケなので隠し通そうとして小さなミスを繰り返す。自ら招く苦境をどう脱するか。悪戦苦闘が続く。

転（Ⅰ）　意外な敵の出現によって窮地に立たされる。

転（Ⅱ）　敵に対して反撃を試みるも間抜けぶりは救いようがない。

結　死んだ妻の替え玉を用意するのだが、最後は主人公自身が自分の企みに絡め取られてしまう。

この主人公は決して悪人ではない。単なる小心者なのだ。安住していたかった檻がなくなり、自分で何とかしようとしたら新たな檻に囚われ、それから逃れようとすればするほど、又もや新たな檻に絡め取られてしまう。なかなかシニカルなのである。何にしても、この主人公の行動は行き当たりばったりである。そして淡々とした描写がその行き当たりばったりな行動と主人公の間抜けぶりを強調するのだ。

この物語は倒叙物ではない。倒叙というのは犯罪が崩れていく過程を描くものだが、この作品では大元の「事件」が計画的犯罪でも何でもない。たとえば冒頭で主人公が妻を殺したのなら倒叙物になるだろうが、普通の突然死である。それを隠蔽しようとする動機も「自分の生活を守りたい」という、中々どうして小市民的で、この主人公は本当に上流階級の人間なのかと思ってしまう。

上流階級でありながら俗物であり、医者だからこそそこの教養があるはずなのにやる事は行き当たりばったり。典型的な小心者なのだが、ミステリの主人公でここまでチンケな人物が他にいるだろうか。このチンケな人物を動かしてユーモアを醸し出そうとしている。これが狙いのひとつであろう。


さて、読者の中には「何だ、アプルビイは出てこないのか」と思われた方もおられよう。そう。この作品は『海から来た男』の系列に繋がるノン・シリーズのひとつである。イネスの作品としては中心ではなく周辺に位置するわけだ。謎解きではなく、一種独特の雰囲気を漂わす「イネス節」を楽しまなければならない。

この「イネス節」というのは、「イネスの個性」である独自のユーモアと薀蓄である。この二つがイネスの文章の重要な構成要素ということになるわけだ。


イネスといえば「文章が難しい」と言われる。特に（今ではもう伝説の領域ではないかと思うのだが）ハヤカワミステリから出た『ハムレット復讐せよ』の翻訳があまりにも酷かったので、イネス＝難物が定着したというのも確かにあるのだろう。

確かに、初期のイネス作品の文章は渋い。いわゆる英国風渋味で、特に難しい単語を使っているわけではないのに意味が取れない。原文で読めばその渋味が味わいになる。

ところが英語のリズムで読めば面白い文章でも、それを日本語にするとそのリズムが消えてしまう。ニュアンスも飛ぶとなれば、これはもう翻訳者泣かせである。

仮に苦心して「英国風渋味」を日本語で表しても、読者はスーッと読み流して誰も感心してくれないだろう。否、むしろ「読み難い」と思うかもしれない。

イネスのような作家の作品を翻訳するというのは、苦労が多いわりには報われることの少ない作業なのである。

特に、イネスが素知らぬ顔で滑り込ませる英文学に関する蘊蓄にどう対処するか。これは至難の業である。訳注を乱発した訳者を責めるわけにはいかない。

イネスの『証拠は語る』（長崎出版）を訳した今井直子氏は訳者あとがきの中で、

便宜上、多くの訳注をつけてはいるが、それも適当に読み飛ばし（中略）気楽に味わっていただけたらと思う

と述べておられる。

正にその通りだろう。でも、そこを読み飛ばされたら訳者の苦労はどうなる？

翻訳は正に異文化との格闘である。どんなに真摯に向かい合っても出来ないものはある。文学においても国境は存在し、その境界線は広くて暗くて深いのである。英文学に詳しいイギリス人が読めば思わずニヤリとするところでも、日本人はフィーリング的に反応できないのである。これが文化の溝。

イネスの文章は年を経るごとに段々と角が取れて読み易くなっている。しかし渋味は残っているのだ。ここが厄介なのである。

日本の古典でも、原文で読むのと現代語訳で読むのとでは全然違う。同じように、イネスを原文で読むのと日本語訳で読むのとでは全然違うのである。こんな事を書いたら翻訳者の立つ瀬がないだろう。それは良くわかっている。しかし、かつて野坂昭如が「黒の舟唄」で歌ったように男と女の間にだけではなく、日本人とイネスの間にも「暗くて深い川がある」のだ。この「どうにも渡れぬ川」にエンヤコラと舟を出して行くのが翻訳家ということになる。なかなか大変なのだ。

このように、イネスという作家を理解し、その翻訳がいかに苦しいかを理解してこの作品を読めば、本作のちょっとばかりご都合主義的な展開も大目に見てもらえるのではないだろうか。

〔訳者〕
福森典子（ふくもり・のりこ）
大阪生まれ。通算十年の海外生活を経て国際基督教大学卒業。訳書に『真紅の輪』、『厚かましいアリバイ』、『消えたボランド氏』（いずれも論創社）など。

ソニア・ウェイワードの帰還《きかん》
——論創海外ミステリ 189

2017年3月30日　初版第1刷印刷
2017年4月10日　初版第1刷発行

著　者　マイケル・イネス
訳　者　福森典子
装　画　佐久間真人
装　丁　宗利淳一
発行所　論　創　社
〒101-0051　東京都千代田区神田神保町2-23　北井ビル
電話　03-3264-5254　振替口座　00160-1-155266

印刷・製本　中央精版印刷
組版　フレックスアート

ISBN978-4-8460-1604-3
落丁・乱丁本はお取り替えいたします